Última

Última

L. S. Hilton

Traducción de Santiago del Rey

Roca editorial

Título original: *Ultima*

© 2018, L. S. Hilton

Publicado en lengua original inglesa como *Ultima* por Zaffre,
un sello de Bonnier Publishing, Londres.
Publicado en España en acuerdo con International Editors'Co.
y Bonnier Publishing Fiction.
El autor hace valer sus derechos morales.

Primera edición: febrero de 2019

© de la traducción: 2019, Santiago del Rey
© de esta edición: 2019, Roca Editorial de Libros, S. L.
Av. Marquès de l'Argentera 17, pral.
08003 Barcelona
actualidad@rocaeditorial.com
www.rocalibros.com

Impreso por EGEDSA
Sabadell (Barcelona)

ISBN: 978-84-17167-02-8
Depósito legal: B. 272-2019
Código IBIC: FA; FH

RE67028

A Michael Platt,
con mi agradecimiento

Prólogo

*L*a noche antes de la subasta habíamos paseado de la mano por la ciudad. Londres parecía nuevo, rehecho. La temperatura era excepcionalmente cálida; las luces colgadas a lo largo del Embankment creaban una corriente de fosforescencias en la estela del río; las sombras inmóviles de St. James's Park eran amatistas bajo la fronda veraniega de los árboles.

Más tarde, en nuestra habitación, aún persistía mi fragancia en su boca cuando me besó. No encendí la luz, solo abrí la ventana. Quería sentir el aliento dulce y sucio del aire de Londres en mi piel caliente. Sentada a horcajadas sobre su rostro, noté cómo se expandían los labios de mi sexo en torno a su lengua. Lentamente, me eché hacia atrás, arqueándome hacia la punta de su polla. Mientras él sujetaba la tensa columna de mi cuello, mi cuerpo se doblaba en un trance de deseo, deján-donos a los dos suspendidos, como en equilibrio. Entonces me puso de lado, apoyada en la cadera, de modo que mis piernas yacían sobre su pecho y, besándome el interior del tobillo, se deslizó dentro de mí y empezó a moverse perezosamente, con los dedos extendidos sobre mi vientre.

—*Ti amo*, Judith.

—Demuéstramelo.

—¿Dónde lo quieres?

Lo quería por todas partes.

—Lo quiero en mi coño. En el pelo, en la garganta, en la piel, en el culo. Quiero hasta la última gota. Quiero beberte, quiero tragarme tu leche.

Él volvió a darme la vuelta, colocándome a cuatro patas, con las palmas contra el cabezal de la cama. Me sujetó de la

9

muñeca y me la retorció en la espalda, empujándome sobre las almohadas, y arremetió dentro de mí con toda la fuerza de su peso: un solo envión sordo, enérgico. Abrí aún más las piernas, ofreciéndole la raja húmeda abierta entre ellas.

—¿Otra vez?

—Otra

—¿Otra?

Se echó hacia atrás, de rodillas, y me deslizó un dedo, luego dos, luego tres.

—Quiero oírte suplicar. Venga. Pídemela.

—Por favor. No pares. Fóllame. Por favor.

—Buena chica.

Yo estaba tan empapada que sentí cómo resbalaba cuando su polla me embistió de nuevo. Deslicé la mano bajo el muslo para acariciarle los tensos testículos mientras él bombeaba más y más rápido, arremetiendo en mi centro incandescente hasta que me corrí con un grito agudo y entrecortado.

—Ahora. Date la vuelta y abre la boca.

Más tarde, tanteé su rostro en la oscuridad, besé sus párpados, las comisuras de sus labios, el dulce hueco bajo su oreja.

—¿Te puedo preguntar una cosa? —Tenía la cara en su cuello y sentía en los labios aquellos latidos regulares tan conocidos.

—Lo que quieras, mi amor.

—¿Cuándo tienes planeado matarme exactamente?

Su corazón permaneció en calma. Sin tensión, sin reacción alguna. Se incorporó sobre un codo y posó su boca sobre la mía. Un beso con la cálida promesa de una herida.

—Mañana, cariño. O tal vez pasado mañana.

PRIMERA PARTE

Imprimación

1

Seis meses antes

Nunca había estado en el sur de Italia, y, tal como pintaban las cosas, mi visita iba a ser a la vez breve y definitiva. Más que nada porque el inspector Romero da Silva, de la Guardia di Finanza, me apuntaba con su pistola al corazón. Estábamos en una playa de Calabria; más concretamente, en una plataforma de hormigón que se adentraba en un mar pringoso y agitado. Un herrumbroso carguero anclado a unos cien metros se hallaba conectado con un grueso tubo de goma a la achaparrada mole de hormigón de la planta depuradora que teníamos al lado. Pensé en huir a nado, pero Da Silva ya me había advertido que, si él no acababa conmigo, las corrientes se encargarían de hacerlo. Y aunque en las últimas horas había descubierto que su capacidad para fingir y llevar una doble vida me convertía a mí en una aficionada, le creí. Además, a mí el riesgo me excita. Y yo veía algo que él no veía. Por encima de su hombro, atisbé a un hombre que se nos acercaba por la playa lenta y resueltamente. Y dudaba mucho que fuese un simple paseante, porque llevaba un rifle de asalto.

—Una de dos: o acabamos aquí, o vuelve usted conmigo y miramos a ver si podemos trabajar juntos una temporada.

Da Silva hablaba con la misma firmeza con la que sujetaba la pistola.

—«¿Trabajar juntos?» —siseé.

En ese momento podría haber pensado en todo lo que había hecho, en todo lo que había ocurrido y me había llevado hasta allí, en la persona que había sido y en la persona en la que me había convertido. Pero no lo hice.

—Muy bien —respondí—. Hágalo. Adelante.

Cuando sonó el disparo, Da Silva pareció más sorprendido que yo. Claro que esa era la segunda vez en una semana que trataban de matarme. La bala no procedía de la Caracal de Da Silva, que seguía apuntando a mi pecho, sino de detrás: de la playa. Muy despacio, sin modificar su posición, Da Silva giró la cabeza hasta que vio a la figura situada al pie del acantilado. El hombre había disparado al aire en señal de advertencia. Sentí la tentación de señalar que al menos había alguien allí que hablaba en serio, pero no me pareció el momento adecuado. Capté vagamente un olor a pólvora que ascendía hacia el cielo plomizo de ese inhóspito diciembre.

—La chica. ¡Suelte a la chica! —gritó el hombre.

Yo le susurré a Da Silva.

—¿Sabe nadar?

—Lo de las corrientes —repuso lentamente— no era ninguna broma.

—Sujéteme —dije—. Colóqueme delante de usted. Y luego use ese tubo de goma.

—¿Y si el tipo le dispara?

—Usted estaba a punto de dispararme.

—¡La chica! —Ahora el rifle nos apuntaba a los dos. Da Silva se lanzó hacia delante, me sujetó del hombro y me dio la vuelta, girando sobre sí mismo como si estuviéramos bailando, de modo que intercambiamos posiciones: ahora él daba la espalda a las olas y el rifle me apuntaba a mí directamente. Al menos, ya era un cambio—. ¡Se lo he dicho! ¡Suéltela!

El hombre descendió con el rifle por el sendero de guijarros sembrado de desperdicios. Da Silva, escudándose con mi cuerpo y rodeándome el cuello con el brazo, retrocedió un paso, luego otro. Uno más, y sentí que aflojaba y me soltaba. Un segundo disparo pasó sobre mi cabeza cuando caí hacia atrás en el suelo de hormigón, amortiguándome con las palmas de las manos. Sonó un chapuzón y luego hubo un prolongado silencio. Volví la cabeza. Da Silva me había dicho hacía unos momentos que si trataba de escapar, las corrientes acabarían conmigo en cuestión de minutos, pero él había logrado alcanzar el grueso tubo de goma. Yo solo veía cómo se agarraba con los brazos mientras intentaba deslizarse bajo la espuma a lo largo del tubo. El hombre de la playa había empezado a correr. Me quedaban unos veinte segundos antes de que me alcanzara, lo que no dejaba margen para una decisión meditada. El tubo de la depuradora estaba hacia la izquierda; podía atraparlo en unas cuantas brazadas. Rodando de lado, inspiré hondo y me dejé caer en el agua.

Da Silva no había mentido. La resaca era tan fuerte que incluso se oía: un gorgoteo ronco e insistente entre el oleaje, por debajo de los golpes sordos del tubo presurizado. El frío me habría dejado completamente sin aliento si la propia corriente no se hubiera encargado de ello. La chaqueta de plumón, una mortaja empapada en sí misma, se me enredó en la cabeza. Braceando y dando manotazos, cegada por la sal y los temblores del pánico, salí a la superficie justo para oír cómo silbaba otra bala y me lancé desesperadamente hacia la curva estriada del tubo. Pasé la pierna por encima y pegué la cara a la viscosa superficie de goma, sintiendo la pulsación del agua contenida en su interior. Con los dientes, me arranqué la chaqueta del hombro y logré liberar mi brazo derecho. Lo coloqué bajo el tubo para coger impulso y solté el brazo izquierdo justo cuando una ola me daba en toda la cara y el agua rancia me entraba por la boca. Yo era más pequeña que Da Silva, y el tubo resultaba demasiado ancho para moverme por debajo, poniéndome a cubierto, y respirar a la vez. Por tanto, debía avanzar montada encima, arrastrando mi peso a fuerza de brazos. Al menos, así veía algo. Aunque cuando alcé la mirada y vi al hombre a horcajadas en el arranque del tubo, allí donde se ensamblaba con la plataforma, apuntando otra vez con el rifle, casi habría preferido no ver nada. Volvió a disparar, pero no me apuntaba a mí. Si se había agachado era porque Da Silva debía de estar más adelante en el agua. El hombre se adelantó un poco más, sujetando el grueso tubo entre los muslos al estilo comanche. No se veía ni rastro de

15

vida en el carguero que cabeceaba sobre el oleaje. ¿Íbamos a acabar luchando los tres en la cubierta, suponiendo que llegáramos? Yo no tenía nada para defenderme, salvo el clip para el pelo que me había metido en el bolsillo trasero de los tejanos la noche anterior, en Venecia, cuando estaba convencida de que Da Silva iba a detenerme por asesinato. Cuando la vida era más relajada. Si hubiera tenido tiempo, habría podido entregarme a la melancolía.

Era un clip Concorde, de unos diez centímetros de largo y de forma curvada para sujetar el pelo en un moño. Flexioné mis dedos helados y lo saqué. «Piensa, Judith.» Ese clip no servía como arma, aun suponiendo que el hombre del rifle me permitiera acercarme. Él había actuado con cierta caballerosidad, pero yo dudaba de que tuviera demasiados escrúpulos ante posibles daños colaterales. Con el clip entre los dientes, avancé un poco más, unos metros desesperados; luego me deslicé de lado hacia el agua, todavía aferrada al tubo con las piernas, y cogí el clip mientras inspiraba una gran bocanada de aire. Apretando los párpados para protegerme de la sal, tanteé entre las rígidas estrías con la mano izquierda y clavé el clip en la gruesa capa de goma. Entró hasta el fondo. Entonces, usando todas mis fuerzas, lo saqué de un tirón.

El tubo dio un violento latigazo hacia la derecha, como la cola de una serpiente de cascabel, mientras el agua a presión salía disparada. Me alzó un momento a la superficie antes de que otra ola volviera a arrojarme bajo el agua. Traté de rodearlo con los brazos, pero era demasiado grueso y me faltaba asidero; y cuando dio el siguiente latigazo, salí despedida. Con unas cuantas brazadas logré salir al aire libre, aunque notaba por debajo el persistente tirón de la corriente arrastrándome hacia el tubo serpenteante. No había ni rastro del hombre del rifle. Me mantuve a flote pataleando, jadeando, escupiendo el salitre que me ardía en la garganta. El carguero estaba aún a unos cincuenta metros, pero la corriente ya me llevaba en la dirección contraria a una velocidad alarmante. Floté impotente. Intentar nadar era inútil. Exhausta, entorpecida por las ropas, no tenía más remedio que abandonarme a la deriva.

Flotar un rato para recuperar fuerzas. Mientras echaba la cabeza atrás sobre el agua indiferente, recuerdo haber pensado con extrañeza que ya no sentía el frío.

—¡Aquí! ¡Aquí!

Me pregunté por qué no había oído el motor del bote, aunque la verdad era que la voz de Da Silva me había llegado apenas entre el barullo sibilante que reinaba en mi cabeza. Sus gritos se abrieron paso a través de una calma extraña. «¿Por qué no se da por vencido y me deja en paz?» Así, al menos, lo privaría de esa satisfacción. Entonces dejé de mover las piernas y me deslicé hacia abajo, hacia la cuna del mar.

Era de noche cuando abrí los ojos. Es decir, parecía de noche: las nubes eran negros carbones entre los breves atisbos de una luna creciente. Me había despertado el frío. Bajo las ropas empapadas y rígidas de sal, me temblaba todo el cuerpo y me castañeteaban los dientes igual que los de un muñeco de cuerda. Me daba la impresión de estar tendida en el fondo de la barca, que me golpeaba dolorosamente la parte inferior de la espalda cada vez que oscilaba sobre una ola. El zumbido del motor parecía perforarme los oídos con carámbanos de hielo. Una hilera de luces LED en la popa iluminaba a Da Silva, plácidamente sentado al timón. Por un momento consideré la idea de que aquello fuese el infierno. ¿Tal vez había sido condenada a cruzar el Estigia durante toda la eternidad en compañía de Da Silva? El dolor que sentía en las caderas y la sed que atormentaba mi garganta, sin embargo, sugerían —para mi decepción, más bien— que aún estaba en el reino de los vivos. Traté de sentarme y me golpeé la cabeza en el asiento trasero del bote. Da Silva se volvió al oír el golpe.

—Ah, así que está bien.

Yo tenía el brazo derecho incómodamente extendido por encima de la cabeza; al intentar moverlo, noté que algo metálico me rodeaba la muñeca, irritándome la piel húmeda. Da Silva me había esposado a la parte inferior de la banqueta.

—Tiene agua a su lado.

17

Tanteando con la mano izquierda, encontré una botella de plástico. El agua Evian me supo mejor que un Lafitte del 73.

—Será cabrón —comenté con tono informal.

—¿Por qué?

—¡Le acabo de salvar la vida! Ese hombre podría haberle pegado un tiro. ¡Y al final ha estado a punto de pegármelo a mí!

—Pero la he salvado, ¿no?

Tuve que reconocer que había cierta lógica en sus palabras.

—¿Adónde vamos?

—Cierre el pico.

—Tengo frío.

—Cierre el pico.

Extendí todo lo que pude mis doloridas piernas, pero aun así me separaba una buena distancia de Da Silva. Incluso si consiguiera lanzarlo por la borda de una patada, me sería imposible alcanzar el timón con la mano esposada. Y luego, ¿qué? No tenía dinero, ni teléfono, ni documento de identidad. Si llegaba a tierra, fuera cual fuese esa tierra, supuse que podría recorrer en autoestop los mil y pico kilómetros que debía de haber hasta mi apartamento de Venecia, donde ahora mismo había un cadáver. Un panorama nada atractivo. Además, me sentía fatal: con náuseas por el agua tragada, con los miembros doloridos y magullados, totalmente congelada bajo los tejanos y la camiseta empapados en medio de esa noche de diciembre. Así que allí estaba, varada en mitad de la nada con un policía corrupto italiano que solo unas horas antes planeaba matarme: un tipo al que, por lo visto, alguien perseguía a su vez con un rifle. En fin, de lo más relajante.

—¿De dónde ha sacado el bote?

—Lo he cogido prestado, ¿vale? Del barco carguero. No había nadie para pedir permiso, así que lo he desamarrado y punto.

—¿Ha visto lo que le ha ocurrido a nuestro amigo?

—Ya le he explicado que había mucha corriente. Ahora ya no nos molestará. Y creía haberle dicho que cerrara el pico, ¿no?

—Tengo que mear —gimoteé.

—Puede mearse encima. No voy a soltarla.

—Encantador.

—He dicho que cierre el pico, joder.

No había mucho más que hacer, aparte de contemplar cómo se deslizaban las nubes deshilachadas por la negrura del cielo. Cuando me cansé de mirarlas, observé a Da Silva. Y cuando me cansé de eso, me las arreglé para volver a dormirme.

Al despertar por segunda vez, oí el crujido del bote al ser arrastrado a la playa y noté un suelo duro bajo las tablas. Da Silva se agachó sobre mí, apoyándome gentilmente la rodilla en el estómago, y soltó la esposa que me sujetaba la muñeca. Unas pisadas en los guijarros me indicaron que no estábamos solos, aunque el pecho de Da Silva no me dejaba ver nada.

—Ya puede bajarse —dijo.

Sonaba tranquilo, pero yo noté que, bajo el olor salado de su piel, estaba sudando. Tenía miedo.

—Levántese.

Me incorporé con cautela. La popa del bote, donde había estado al timón, seguía sacudiéndose con las olas. Sentí que unas manos me sujetaban por las axilas y me alzaban en volandas. Atisbé en la oscuridad, tratando de distinguir alguna cara, pero en cuanto mis pies tocaron los guijarros de la playa, me vendaron los ojos de un modo tan rápido y profesional que comprendí que no serviría de nada gritar.

—Vosotros dos, lleváosla. Yo os sigo. —Da Silva no hablaba en italiano, sino en un cerrado dialecto sureño que yo entendía a duras penas.

Me sujetaron de cada brazo.

—Por aquí, *signorina*. —El aliento del que había hablado olía a pescado y cebolla. Mis piernas heladas protestaron mientras subía tambaleante por la cuesta de la playa—. Espere un momento. Ya estamos. —La voz sonaba inexpresiva y práctica, como si ya hubiera hecho aquello muchas veces—. Ahora va a subir al coche. Eso es. *Attenzione alla testa.*

19

Un cuero blando y mullido bajo mi trasero magullado. Aliento-de-Pescado se inclinó y me colocó el cinturón mientras el coche se bamboleaba con el peso de los otros hombres. Calor: un calor intenso, bendito y lujoso. Si acabaran conmigo ahora, pensé, moriría contenta.

Cuando nos pusimos en marcha, traté de contar los segundos para deducir a qué distancia estábamos del mar, pero enseguida lo dejé correr. Las tácticas antisecuestro no parecían demasiado pertinentes: no había nadie a quien enviarle un trozo de mi oreja, nadie a quien le importase. Seguramente me estaban llevando a un lugar tranquilo, en medio del campo, para pegarme un tiro y arrojar mi cuerpo a una zanja.

—Ya es hora de bajarse. —Era la voz de Da Silva, mientras el motor enmudecía. Repetimos la torpe maniobra, con la mano de Aliento-de-Pescado sobre mi cabeza.

—Por aquí.

El miedo me oprimía el pecho. Empleé las energías que me quedaban para reprimir el impulso enloquecido de echar a correr. Oí que se abría una puerta, y me hicieron subir unos escalones. Sonó un clic. Di un respingo sin poder evitarlo, pero simplemente habían encendido una luz. Hubo un ligero cambio en la negrura del trapo que me vendaba los ojos.

—Quédese ahí —me dijo Da Silva—. Cuando oiga que se cierra la puerta, puede desatarse la venda. Pero no antes, ¿vale?

Asentí. Sonaron pasos, el chirrido de una bisagra, un portazo. Parpadeé ante la luz cegadora de una bombilla desnuda.

El lugar parecía un garaje o un cobertizo: paredes de bloques de hormigón, suelo polvoriento, ninguna ventana. En un rincón había un mugriento saco de dormir azul, un cubo y una silla de plástico, con una camisa de hombre y una toalla doblada sobre el respaldo con curiosa pulcritud. Junto a la silla, había un plato de porcelana floreada con un sándwich y una naranja. También una botella de agua de dos litros. Nada más. Durante varios minutos, permanecí contra la pared tiritando, aguzando el oído por si volvían. Cuando por fin me convencí de que estaba sola, me acuclillé junto al plato con una avidez feroz y devoré el sándwich a grandes mordiscos, dando tragos de agua para hacer bajar los bocados secos de pan y jamón por mi garganta estragada por la sal. Ya ni recordaba cuánto hacía que no comía... ¿dos días? Una vez terminado el sándwich, usé una parte del agua para lavarme la cara escocida; luego me quité los tubos húmedos de los tejanos y me puse la camisa encima. La naranja la guardé para más tarde. Siempre es agradable tener una golosina de reserva.

Di unas vueltas por el suelo de hormigón, desentumeciendo mis huesos cansados. Ese parecía el único entretenimiento que iba a depararme la noche. Volví a escuchar con la oreja pegada a la puerta y no oí absolutamente nada; ni siquiera el chasquido de un encendedor, o el murmullo de una conversación amortiguada o el desplazamiento de unos pies nerviosos. Empujé la puerta con las palmas de las manos, tratando de escuchar el ruido de los cerrojos echados. Estuviera donde estuviese, me habían abandonado por el momento. Pelé lentamente la naranja, la partí en gajos y me senté en el suelo. Si tuvieran planeado matarme, pensé, ¿se molestarían en alimentarme? ¿Y quiénes eran «ellos», en todo caso? Los compinches de Da Silva, supuse; pero no los que llevaban el uniforme de la Guardia di Finanza. No me entusiasmaba mucho el saco de dormir, pero me metí dentro, envolviéndome en su mohosa calidez, y me acurruqué en un rincón como una larva. La bombilla desnuda borraba las sombras polvorientas de las esquinas.

21

Tambaleante entre la extenuación y la vigilancia, mi cerebro entraba y salía del sueño. Cuando me adormecía, el subconsciente me obsequiaba con un montaje de los últimos días: el esqueleto de Alvin Spencer desmoronándose sobre el suelo de mi piso de Venecia; las preguntas de Da Silva en la comisaría de policía; el largo y silencioso recorrido en coche hacia el sur de Italia. Al despertarme, intenté ordenar mis pensamientos de un modo lúcido, pero cuando Cameron Fitzpatrick apareció por la puerta con unas toallas ensangrentadas en la mano, comprendí que seguía en las profundidades de un sueño febril. Fitzpatrick estaba muerto. Lo sabía porque yo lo había matado, años atrás, en Roma. Y Da Silva también andaba por allí entonces. Ahora lo volví a ver en el bote, llevando el timón bajo un cielo negro cuyas olas se convirtieron en el agua agitada de una bañera: un agua fría que olía a almendras y que muy suavemente me arrastraba hacia el fondo...

Mi propio grito ronco me despertó, totalmente rígida sobre el suelo de hormigón, bajo el monótono resplandor de la bombilla. Al principio, no sabía si habían pasado minutos o días. Se veía una débil línea de luz bajo la puerta. Como una oruga, me arrastré hacia allí con el saco de dormir, sujetando la botella de agua, y me incorporé hasta sentarme.

Yo había creído que estaba jugando a un juego, con unas reglas de mi propia creación. Y sin embargo, ese juego estaba entrelazado con otro, iniciado mucho antes, cuyas ramificaciones eran tan férreas como invisibles.

Me desprendí del saco de dormir, sacudí todo el cuerpo e intenté que mi mente espesa se concentrase. Me sobresaltó el ruidito de algún bicho (¿una rata?, ¿un escorpión, joder?), pero era solo un escarabajo, con un grueso y lustroso caparazón del tamaño de mi pulgar, que aleteaba estúpidamente contra las paredes. Lo observé durante mucho tiempo, tal vez durante horas, hasta que cayó al suelo agitando las patas débilmente y se murió. Con cuidado, le di un golpecito al cuerpo crujiente. Nada. De algún modo, aquello me reanimó. Con un trozo del envoltorio del sándwich, recogí el bicho y lo dejé en mitad del suelo. Luego partí en pedazos la piel de la naranja. Tenía el pelo apelmazado por el agua del mar; tiré de un nudo hasta arrancarlo y lo até alrededor de un pedazo de piel de naranja. Judith. Lo coloqué junto al escarabajo. Él sería Da Silva. Romero da Silva. Que había estado ahí todo el tiempo. Da Silva era policía. Da Silva era un criminal. Me había traído aquí, a Calabria. ¿Por qué? Más trozos de piel de naranja, dispuestos alrededor del escarabajo como los números de un reloj. En el lado exterior de cada uno tracé una inicial con la uña. Este era Rupert, mi antiguo jefe, director de Pintura Británica en la

Casa, la firma de subastas de Londres donde yo había trabajado de becaria en su momento. Y este —tracé otra inicial— era Cameron Fitzpatrick, el marchante de arte. Rupert y Fitzpatrick habían planeado estafar a la Casa vendiendo un cuadro falsificado: un cuadro que yo robé después de que Rupert me despidiera y después de haber matado a Fitzpatrick. Quité del círculo el trozo con la «F». Fitzpatrick trabajaba con un hombre a quien yo había conocido como Moncada, traficando con cuadros falsificados a través de un banco italiano. Coloqué otro trozo de piel de naranja al lado de la «M». Cleret. Renaud Cleret. El compañero de Da Silva en la policía. Yo había matado a Cleret. Lo saqué del círculo de un capirotazo.

¿Y entonces? Ahora me sentía despierta, decidida. Me había mudado a Venecia con otra identidad. Judith Rashleigh se desvaneció y me convertí en Elisabeth Teerlinc, curadora y propietaria de la galería Gentileschi. Con cuidado, arranqué un hilo de mi andrajosa camiseta y lo até alrededor del trozo de piel de Judith. Luego introduje otro, con la «K» de Kazbich. Moncada había estado traficando con Kazbich y con su socio, un tal Balensky. Otro trozo de piel. Ambos se habían dedicado a lavar dinero obtenido en la venta de armas usando el mercado del arte. Saqué a Moncada y a Balensky del círculo. Los dos estaban muertos. Qué pena. ¿Quién quedaba?

Una pluma suelta del saco de dormir me sirvió para indicar un nuevo personaje: Yermolov. Pavel Yermolov, un rico coleccionista de arte ruso. Kazbich había intentado venderle un Caravaggio. O, al menos, él aseguraba que era un Caravaggio. Yermolov y yo habíamos averiguado juntos la conexión entre Kazbich, Moncada y Balensky. Dejé a Yermolov en el círculo. Lo que yo no había advertido —ciega de mí— era la presencia de Da Silva, acechando en las sombras. Él me había estado observando durante todo el tiempo. Masculle sobre mi montoncito de desperdicios como una sacerdotisa de vudú. Una «A» de Alvin Spencer. Alvin se había... interpuesto en mi camino. Un trotamundos metido en los ambientes del arte, con alguna conexión en la Casa. Y con demasiada curiosidad sobre mí. Así que debía desaparecer; solo que yo no había logrado desha-

23

cerme del todo del cadáver. Coloqué el trozo de piel junto al cuerpo del escarabajo. Da Silva había descubierto lo de Alvin y había fingido que iba a arrestarme. Pero no lo hizo. Me tumbé en el suelo y contemplé mi mosaico de fetiches.

Da Silva quería que trabajara para él. Eso me había dicho en la playa. ¿Y si yo me negaba? Seguramente le sería más fácil deshacerse de mí aquí, en Calabria, que en Venecia. Obviamente, Da Silva tenía amigos, contactos a los que recurrir: los hombres que me habían traído a este lugar, dondequiera que estuviera. La mafia... Como arrastrarme era más efectivo que ponerme de pie, porque mis piernas no estaban del todo recuperadas, me acerqué a rastras a las pieles de naranja y las recoloqué una vez más alrededor del escarabajo. Moncada era de la mafia; Kazbich y Balensky también estaban vinculados con ella. Da Silva había sido el eslabón que faltaba. Absurdamente, como un niño jugando con piezas de Lego, situé a mis personajes más cerca del escarabajo.

Entre unas cosas y otras, yo había aprendido mucho sobre la mafia. Aunque todavía había mucha gente poderosa en Italia que negaba su existencia. Solo unos veinte años atrás, el arzobispo de Palermo había sido interrogado en un juicio contra la mafia. Cuando le preguntaron qué era, había respondido que, por lo que él sabía, era una marca de detergente. Más tarde se descubrió que la iglesia de Sicilia tenía estrechos vínculos con los capos de la Cosa Nostra. Esa negación oficial de la existencia del crimen organizado indicaba hasta qué punto había penetrado en Italia en la estructura misma del Estado. Si podía corromperse a un obispo, ¿por qué no a un policía? Eso explicaría la facilidad y la discreción con la que Da Silva me había traído aquí. Pero si tenía conexiones tan poderosas, ¿quién era el hombre de la playa, el asesino cuyo cadáver navegaba ahora suavemente hacia la costa de Puglia? Mi mente anegada se agotó en ese momento. Volví a dormirme, esta vez profundamente. Cuando desperté, la luz de debajo de la puerta había desaparecido.

ϒ

Estaba tendida de lado, con la cabeza apoyada en el saco de dormir. Debía de haberme desvanecido otra vez. Hacía más frío que antes. Era de noche. Lo notaba en la quietud más densa y profunda del invisible mundo exterior. Mis ojos recorrieron el batiburrillo de mi improvisado esquema. Su disposición solo tenía sentido para mí. Fuera del círculo, había una miga de pan. La cogí, la amasé entre mis dedos hasta volverla maleable y confeccioné una cabeza, el barrunto de un cuerpo diminuto y redondeado. Katherine. Mi hermana Katherine.

En la comisaría de Venecia había confesado que había matado a Alvin Spencer: ¿qué remedio me quedaba, puesto que su cadáver se hallaba sentado en un sillón en mi casa? No había sido capaz de deshacerme de él, de limpiar el estropicio. Y cuando Da Silva me preguntó por qué lo había hecho, solo había podido pensar en mi hermana Katherine, que había muerto cuando era un bebé. En un baño que olía a almendras.

Yo nunca pensaba en Katherine. No me lo podía permitir. Porque cuando lo hacía, mis recuerdos se arremolinaban y enturbiaban, se volvían tan opacos como el aceite al mezclarse con el agua. Tú sabes lo que hiciste. Pero no fue culpa tuya. No lo fue, ¿verdad? La culpa fue de tu madre.

En un arrebato, recogí todas las piezas del círculo, di unos pasos tambaleantes y las arrojé al cubo del pis, que era donde debían estar. El escarabajo quedó flotando repulsivamente entre todos aquellos desperdicios.

No había forma de saber cuánto tiempo transcurrió mientras estuve allí dentro, pero creo que fueron tres días. La segunda vez que desperté fue al oír unos golpes en la puerta que tenía a mi espalda. Una voz con fuerte acento italiano —la de Aliento-de-Pescado— me ordenó que me situara en el rincón de cara a la pared y que volviera a ponerme la venda. Me apresuré a obedecer. Antes de que entrara, sonó el chirrido de tres cerrojos. No dijo nada. Oí que cruzaba la habitación y dejaba algo en el suelo; luego me llegó un ligero chapoteo cuando recogió el cubo. Me encantaba que tuviera que hacer aquello; no

25

dejaba de ser una humillación. La puerta se abrió y volvió a cerrarse; en ese breve intervalo traté de captar algún olor: un olor a humo de coche, a hojas de olivo, a fertilizante quizá, o a pan recién hecho... cualquier cosa que me indicara dónde me encontraba. Pero lo único que capté fue un olor a polvo. Se oyeron los cerrojos y luego su voz diciéndome que ya podía quitarme la venda. Corrí a la puerta y escuché; distinguí sus pasos alejándose y luego, débilmente, un motor arrancando.

Las provisiones con las que ahora contaba eran otra botella de agua, un paquete de toallitas húmedas, otro sándwich de jamón, unas galletas de chocolate, una toalla deshilachada, un plátano y un yogur de fresa. Sin cuchara. Me lavé lo mejor que pude y me puse otra vez los tejanos húmedos, que empezaban a despedir olor a moho. Envuelta en el saco de dormir, comí lentamente, saboreando a conciencia cada bocado. Habría sido agradable un cigarrillo, pero no me vendría mal un poco de desintoxicación. Me limpié los dientes con una toallita húmeda y con la granulosa cara interior de la piel de plátano.

El mismo ritual se repitió al día siguiente. Yo había pasado una parte del tiempo caminando alrededor de la habitación y haciendo flexiones para entrar en calor, y el resto lo había dedicado a planear detalladamente mi fuga. El plástico del envase del yogur era demasiado endeble para confeccionar un pincho, pero pensé que podía ocultarme detrás de la puerta, arrojarle el cubo a Aliento-de-Pescado y salir corriendo mientras él se limpiaba el pis de los ojos. Por el ruido de sus pasos, daba la impresión de que bajaba una cuesta hacia la izquierda para volver al coche, así que yo podía correr hacia la derecha... Pero ¿hacia dónde exactamente? Aun suponiendo que Aliento-de-Pescado no llevara una pistola, yo no tenía la certeza de que estuviera solo. Por no tener, ni siquiera tenía zapatos, porque había perdido en el mar las zapatillas con las que había salido de Venecia. Si aquel cobertizo, o lo que fuese, se hallaba en un lugar remoto, lo que parecía ser el caso a juzgar por el silencio que lo rodeaba, ¿qué distancia podría recorrer sobre un terreno abrupto, seguida por uno o más hombres, uno de ellos rematadamente cabreado por el baño de mierda? Otra posibilidad era estrangular a Aliento-de-Pescado con la venda de los ojos. No sería la primera vez que ponía en práctica esa técnica, pero ahora no tenía la fuerza ni la sorpresa de mi lado. Y comparado con Alvin Spencer, que había encontrado la muerte en mi bañera en Venecia, Aliento-de-Pescado era sin ninguna duda un profesional.

La otra opción era recibirlo desnuda y ofrecerle un polvo a cambio de mi libertad. Aunque no disponía de un espejo en mis aposentos, intuía que no estaba en las mejores condiciones para el amor; pero, en fin, un polvo apestoso sigue siendo un polvo, y al propio Aliento-de-Pescado no parecía preocuparle mucho la higiene personal. Sin embargo, incluso si me empleaba a fondo, dudaba mucho que pudiera dejarlo lo bastante encoñado como para desafiar a Da Silva y dejarme libre. Por divertido que pareciese, era un plan pésimo. Si Da Silva hubiera querido matarme, ya estaría muerta a estas alturas. ¿No me había propuesto que trabajásemos juntos? Así que yo tenía algo que él todavía deseaba, algo que podía hacer, aunque su valor se tasara solo en sándwiches y plátanos.

Como siempre he pensado que si te haces a la idea de no ser feliz, no hay ningún motivo para no pasártelo de maravilla, encontré muchas menos pegas a aquellos días de cautiverio de lo que habría cabido esperar. Como no había nada que temer, el miedo no me servía de nada. Decidí no sentirlo. Las horas eran largas, pero al no haber contingencias ante las cuales reaccionar, poseían una cualidad casi hipnótica que se intensificaba a medida que transcurría el tiempo: un agradable letargo, si no una sensación de paz. Dormía, hacía mis ejercicios y recitaba verbos rusos; y cuando no hacía estas cosas, pensaba en cuadros. He oído hablar de presos que recitan poemas o pasajes de la Biblia para mantenerse cuerdos. Yo daba paseos imaginarios por la National Gallery de Londres, el museo en el que había visto cuadros de verdad por primera vez. Casi siempre volvía en mis recuerdos a uno en concreto: *Allée à Chantilly* de Cézanne. Lo había contemplado muchas veces; la composición toda en verdes, solo un camino en un bosque, cortado por el poste de una cerca; el suelo de tierra polvorienta y, en último término, unos

27

edificios bajos de color blanco y la bola anaranjada de un sol al alba o en el ocaso. Al principio, parece un lienzo tranquilo, casi impasible, pero luego adviertes que las fluctuaciones de la luz están captadas tan astutamente que las hojas parecen temblar bajo tu aliento. Tan inmóvil y, sin embargo, tan vivo.

2

O bien la Caracal de Da Silva había sobrevivido al chapuzón o bien me estaba apuntando con una de repuesto cuando finalmente abrió la puerta. Yo estaba obedientemente en el rincón, esperando la entrada de Aliento-de-Pescado y la sorpresa culinaria del día, y me sobresalté al oír su voz.

—Ya puede salir.

Tras el incesante resplandor de la bombilla, los colores del paisaje invernal, cuando me asomé al exterior con paso vacilante, se arremolinaron como en un Kandinsky en una vívida mezcla de verdes y dorados, de azules y grises que se resolvía bajo el sol de diciembre en un paraje rocoso rodeado de robles flacos y matorrales bajos. Fragancia a mirto, mantillo y pino. Da Silva volvía a ir de uniforme, olía a gel de ducha y agua de colonia. Yo era terriblemente consciente de mi boca apestosa y mi pelo grasiento y apelmazado. No había ni rastro de Aliento-de-Pescado. Da Silva me tendió una bolsa de plástico.

—Feliz Navidad. Vaya a arreglarse.

El aire límpido realzaba la sordidez de lo que ahora vi que era un barracón de bloques de hormigón: una especie de almacén con un amasijo de maquinaria agrícola criando óxido en un rincón del patio. Me daba la impresión de que estábamos a bastante altura. Da Silva seguía con la pistola apuntada a mi espalda mientras yo volvía a entrar y hurgaba en la bolsa. Más agua y toallitas, cepillo y pasta de dientes, jabón, desodorante, un peine. Me quité los mugrientos tejanos y la camiseta y empecé a limpiarme. Me daba igual si Da Silva estaba mirando o no. No podía hacer gran cosa con mi pelo, pero el jabón de menta —incluso con agua mineral fría— resultaba maravilloso.

—Las ropas no son las que suele llevar.

Me había traído unos pantalones de chándal azul marino, una camiseta blanca de algodón y una reluciente chaqueta acolchada, así como bragas de supermercado y un par de mocasines horribles de cuero de imitación granate.

—He tenido que adivinar su talla. Y la mayoría de las tiendas estaban cerradas por vacaciones.

Hablaba con un ligero tono de disculpa.

—Está todo bien. Y guárdese el arma. No la va a necesitar.

—Eso lo dice usted. ¿Ya ha terminado? Venga, vuelva a ponerse la venda.

Me sujetó del brazo para guiarme y salimos afuera. Tenía la pistola apuntada a mi pecho y, sin embargo, mi corazón se mantenía sereno. Resulta sorprendente a qué cosas llegas a acostumbrarte. Mientras bajaba con cuidado por la pendiente, sentí una extraña punzada de nostalgia por la paz de mi pequeña habitación. Hicimos un alto y Da Silva me dio la vuelta para desatarme la venda.

—Uau.

Estábamos en una tosca pista de cemento situada en la cima de un barranco. Ante nosotros se desplegaba un panorama de muchos kilómetros: primero, una serie de empinadas laderas boscosas; luego una extensa llanura que descendía hacia un mar reluciente, festoneado de playas plateadas.

—Es precioso.

Hasta el momento Calabria me había parecido un poco cutre, pero desde allí arriba las autopistas y los horrores de hormigón resultaban invisibles para mis ojos hambrientos. Da Silva señaló hacia la izquierda.

—Yo nací ahí mismo. En Siderno.

—¿Es allí a donde vamos?

—Quizá. Primero tenemos que hacer una visita. Suba al coche.

Todavía el beso secreto del cañón de la pistola hundido en mis costillas. «Que no note que tienes miedo», me dije.

—Vaya, vaya. ¿Piensa poner la sirena, inspector?

—Cierre la boca.

—Un poco de conversación sería agradable. He estado bastante sola, ¿sabe?, considerando que me ha tenido encerrada durante días.

—Ahórrese la saliva. Durante el camino puede echar un vistazo a estas fotografías.

Me pasó un teléfono móvil, no sin antes esposarme las muñecas y abrocharme el cinturón de seguridad. Esperé hasta que hubimos descendido sinuosamente por la empinada pista y entrado en una carretera para coger el aparato que reposaba en mi regazo. Él soltó una mano del volante y pulsó un botón para iluminar la pantalla, donde había un primer plano de un hombre de pelo gris con un agujero en la nuca y un montón de cerebro en el cuello de la camisa, lo cual volvía un poco difícil una identificación. La siguiente fotografía, sin embargo, del cuerpo tendido boca abajo sobre un escritorio, con una cortina de terciopelo rojo al lado, confirmó mis sospechas: era el cadáver de Ivan Kazbich.

Había conocido a Kazbich a principios de verano. Él se había presentado en Gentileschi, mi galería de Venecia, con una propuesta para valorar los cuadros de su patrón, el coleccionista ruso Pavel Yermolov. La conexión entre Da Silva y Kazbich era lo que yo había estado investigando infructuosamente en los últimos meses. La historia de la tasación había resultado ser un ardid. Kazbich había estado engañando a Yermolov y ahora llegaban las consecuencias: el marchante con un tiro en la nuca, como el traidor que era, en su galería de arte de Belgrado. Yermolov ya me había dicho que se encargaría del asunto.

Repasé algunas fotos más del cadáver, dejando que Da Silva percibiera mi falta de interés.

—¿Y bien? —preguntó.

—Así que Kazbich está muerto. ¿Espera que me importe? —Reflexioné un momento y proseguí—: Usted cree que será el siguiente. ¿De eso iba la escenita de la playa?

—Continúe —dijo Da Silva. Parecía divertido.

—Usted y Kazbich se dedican, o mejor dicho, se dedicaban, al tráfico de armas usando el arte como tapadera. Kazbich esta-

31

ba intentando sacarle a Yermolov una gran cantidad de dinero. Pero ahora Kazbich está muerto. La cuestión es... —Hice una pausa, recordando las pieles de naranja que había reunido en el suelo del cobertizo—. ¿Por qué necesitaba Kazbich el dinero de Yermolov? Porque se lo debía a alguien. Alguien que quiere recuperarlo. Y ahora solo queda usted para pagarlo.

—Muy bien.

Me sentí absurdamente complacida, como una alumna aplicada que acaba de recitar una lección. ¿Por qué me importaban los elogios de Da Silva? ¿Había desarrollado en el cobertizo el síndrome de Estocolmo?

—Pero, suponiendo que sea cierto, ¿a quién le debo ese dinero? —dijo—. ¿Quién cree que me ha mandado estas fotografías?

—¿Por qué habría de interesarme saberlo?

—Dejan Raznatovic.

—Ah. Ya veo.

Raznatovic era el proveedor de las armas, el último eslabón del montaje.

Yo lo había localizado en Belgrado, y me había parecido que nuestro encuentro en su estudio había ido a las mil maravillas. Pero a juzgar por el hombre con el rifle de la playa, la euforia poscoital se había difuminado desde entonces.

—¿Así que Raznatovic envió a nuestro amigo el Hombre-Rifle para acabar con usted? Muerto Kazbich... ¿adiós dinero?

Da Silva se encogió de hombros.

—Sí y no. Respecto al señor Raznatovic, hay algunos malentendidos. Digamos que yo necesitaba verla a usted con urgencia en Venecia.

—No sería tan urgente, puesto que me ha tenido a pan y agua durante tres días.

—Lo lamento. Debía mantenerla a salvo.

—¿A salvo?

—De Raznatovic. Ya verá. Ahora las cosas se han aclarado. ¿Y quiere callarse un rato, por favor? —añadió, encendiendo un cigarrillo y abriendo la ventanilla.

Esta vez no lo dijo con brusquedad. Me ofreció el paquete,

pero aunque yo habría matado por un cigarro, no acepté. El olor a tabaco revenido en los coches me recuerda a mi madre.

Ahora estábamos circulando por una carretera de la costa, con el sol sobre el mar a nuestra derecha y una hilera de apartamentos turísticos vacíos y de tiendas cerradas a la izquierda. La luz se reflejaba en el agua, confiriéndole al aire un brillo plateado. Inspiré hondo, saboreando su frescura en mi cara lavada. En conjunto, estaba bastante contenta. Solo unos días atrás había creído que me enfrentaba a un prolongado período en la cárcel; además, nadie había intentado siquiera pegarme un tiro desde hacía más de setenta y dos horas. Cierto, estaba sin trabajo, sin casa y con unas esposas en las muñecas, pero eso significaba simplemente que las cosas solo podían mejorar. El pensamiento positivo es esencial.

Una vez que dejamos atrás Siderno, el trayecto solo se prolongó cuarenta minutos. Cada cien metros, pasábamos junto a mujeres —solas o en grupitos de dos o tres— que se exhibían en la cuneta ante el escaso tráfico de la carretera. Eran africanas, la mayoría jóvenes, y todas con minivestidos ceñidos de colores vistosos o con pantalones sexy y camisetas recortadas, pese a la temperatura de diciembre. Algunas estaban sentadas en sillas de plástico, fumando, charlando o jugando con el móvil; otras se contoneaban y adoptaban poses ante los coches que pasaban, con los ojos perdidos en el horizonte. Una de las chicas llevaba un gorro de Papá Noel y una faldita de satén rojo ribeteada de piel blanca de imitación.

—¿Y todas estas chicas?

Las putas de carretera son un elemento habitual en las afueras de las ciudades italianas, pero nunca había visto tantas.

—Hay un campamento más adelante. Capo Rizzuto.

Eran refugiadas, entonces, todas aquellas mujeres. Inmigrantes en busca de asilo.

Da Silva redujo la marcha y paró en el arcén.

—Baje.

—No creo que vaya vestida para buscar clientela.

33

—Siéntese detrás. La estoy llevando detenida, ¿entendido? No hace falta que diga nada.

Guardó la pistola y me ayudó a acomodarme detrás.

Volvimos a la carretera y seguimos un poco más hasta que Da Silva se detuvo frente a una verja custodiada por dos uniformados de la Guardia di Finanza. Ambos se cuadraron y nosotros avanzamos a través de un complejo de edificios de oficinas hasta un campo con una pista de aterrizaje y una manga de viento fláccida. Un helicóptero oficial de color azul marino esperaba en la pista, y sus aspas empezaron a girar en cuanto el coche se acercó. Un agente llegó corriendo para abrirle la puerta a Da Silva y otros dos me acompañaron a los escalones del aparato y me empujaron junto al piloto, que ni siquiera se dignó a mirarme. El primer agente me colocó el arnés por encima de la cabeza, me lo ató y me quitó las esposas. Da Silva subió a bordo y se sentó a mi lado. Nos dieron unos auriculares y el agente hizo que Da Silva y el piloto firmasen unos papeles antes de despegar.

Sabía de sobras que no debía preguntarle a Da Silva a dónde íbamos, ni siquiera si mis auriculares hubieran estado conectados a los suyos. Él y el piloto mantenían una conversación por encima de mi cabeza, pero yo solo oía el zumbido amortiguado del motor. Rebasamos las colinas bajas que quedaban junto a la costa y luego el helicóptero aceleró y empezó a volar sobre el mar. Arranqué a la fuerza a mi mente de su madeja de interrogantes e intenté pensar en algo más animado. En mi amiga Carlotta, por ejemplo, la chica fiestera venida a más que finalmente había logrado echarle el lazo a un anticuado millonario. Carlotta me había dado varios consejos útiles, uno de los cuales era que siempre debías viajar en vuelo privado.

Sin reloj, calculé que estuvimos en el aire unas tres horas. Hicimos una parada en una especie de base militar, donde un joven y tímido agente me llevó, esposada, a un cuarto de baño. Él aguardó frente a la puerta del cubículo y luego me dio una botella de agua, que me bebí mientras miraba cómo llenaban el depósito del helicóptero. Despegamos y seguimos subiendo por la costa hasta que nos abrimos hacia mar abierto. Al cabo de un rato, descendimos sobre otro trecho de costa y el piloto se puso a hablar de nuevo por radio, preparándose para aterrizar. Sobrevolamos una serie de bloques de apartamentos con balcones desvencijados y multitud de antenas de televisión y llegamos a una azotea marcada con una «H» enorme. Varios hombres uniformados corrieron hacia el aparato, agachándose de ese modo absurdo que suelen inspirar las aspas en movimiento. Da Silva me ayudó a bajar y volvió a esposarme en cuanto pisé la pista. Incliné la cabeza para cruzar una puertecita, bajamos un tramo de escaleras y tomamos un destartalado ascensor de aluminio hasta un garaje subterráneo, donde nos esperaba un BMW negro con chófer. Da Silva no dijo nada hasta que los dos estuvimos acomodados detrás. Y entonces se puso a hablar en inglés.

—¿Se encuentra bien? ¿No está mareada?

—Estoy perfectamente. ¿Para qué me ha traído a Albania?

—¿Cómo sabe que estamos en Albania?

—Bueno, vamos a ver. Hemos dejado Italia y tomado hacia el este. Un Breda Nardi NH500 tiene una autonomía máxima de 263 kilómetros; por eso hemos tenido que repostar antes de llegar. Cualquier otro destino habría resultado demasiado lejano. Además, usted está hablando en inglés. Muchos albaneses hablan italiano, así que el inglés es más discreto.

Da Silva parecía ligeramente alarmado, pero yo no iba a darle la satisfacción de explicarle de dónde había sacado tanta información. En realidad, si sabía qué tipo de helicópteros usaba la Guardia di Finanza era porque al investigar sobre la pistola Caracal que había robado —una idéntica a la que usaba Da Silva—, había indagado un poco sobre el equipamiento del cuerpo. Me había parecido que sería útil poder reconocer a un policía italiano, aunque fuese de paisano, sabiendo cuáles eran sus armas reglamentarias, y yo tengo cierta facilidad para retener datos en mi memoria. Sería una rival peligrosa en un concurso de preguntas y respuestas. Supuse que averiguaría a su debido tiempo qué coño hacíamos en Albania, pero me figuraba que no era una misión oficial, a pesar de que Da Silva estuviera realizando esta pequeña excursión en horas de trabajo.

35

—Así que, ya puestos, podría decirme dónde estamos —añadí animadamente.

—En un lugar llamado Durrës —respondió Da Silva, un poco desinflado por mi exhibición al estilo inspector Montalbano—. Traiga —añadió acercándose para quitarme las esposas—. Ahora no las vamos a necesitar.

Quizá fueron imaginaciones mías, pero su pulgar se demoró un poco más de la cuenta, masajeando la zona del interior de mi muñeca donde el aro de metal me había dejado una ligera roncha en la piel. Miré por la ventanilla. Durrës, fuera de temporada, hacía que Calabria pareciese una isla paradisíaca. El coche se bamboleaba por calles de firme irregular plagadas de mujeres con mugrientos albornoces de nailon que empujaban cochecitos y carritos de la compra entre sórdidos puestos de comida y zanjas abiertas. Parecía haber una cantidad inaudita de perros callejeros, que merodeaban sin temor entre el tráfico caótico. Pese al despejado cielo invernal, la luz era turbia y brumosa, como si se filtrara entre las inestables alturas de los bloques de apartamentos, cuyas azoteas quedaban nubladas por una neblina de polución. Da Silva no mostraba la menor curiosidad —obviamente, había estado allí antes— y permaneció impasible cuando un mendigo, completamente desnudo salvo por un trapo floreado sobre los hombros, golpeó la ventanilla trasera del coche aprovechando un semáforo. El chófer sacó la cabeza y le gritó algo, seguramente una alusión a la castidad de su madre, y el tipo se apresuró a escabullirse.

Finalmente, salimos de la ciudad y tomamos una despampanante autopista nueva. Había menos tráfico, pero los conductores parecían considerar los seis carriles como una pista de carreras privada. Cerré los ojos cuando un enorme camión se alzó ante nosotros y viró solo en el último momento.

Da Silva me dio una palmadita en el hombro.

—Qué locura, ¿verdad? Para que luego digan que los italianos somos conductores agresivos. Debería ver la carretera de Tirana: siempre está sembrada de cadáveres.

—Vaya consuelo.

Nuestro destino era una inmensa villa de color melocotón cuyo sendero de acceso daba directamente a la carretera. Cruzamos unas altas verjas automáticas rematadas con alambre de espino. Enseguida se acercó al coche con andares solícitos un hombre flaco con una gran panza bajo una camisa morada abierta y una americana beige de casimir. Saludó efusivamente a Da Silva, en italiano, con mucho apretón de manos y muchas palmaditas, aunque yo capté una expresión recelosa en sus ojos grises hinchados. Luego vino a abrirme la puerta e hizo una breve y ceremoniosa reverencia sobre mi mano, mirando de reojo a Da Silva. ¿Creía que yo era su novia o algo así?

—Esta es la señorita Teerlinc —le dijo Da Silva, empleando mi nombre supuesto: la tapadera para lo que yo había creído ilusoriamente que era la vida que siempre había deseado.

—*Buongiorno signorina* —dijo el hombre, muy formal.

Me alegré de que no hubiéramos tenido que estrecharnos la mano. Seguro que la tenía tan pringosa como la frente sudada de puros nervios.

—¿Está todo preparado? —preguntó Da Silva con aspereza.

—*Certo, certo, tutto a posto!*

El tipo tenía un resto blanco de saliva en las comisuras de la boca. Estaba auténticamente sobreexcitado.

Da Silva habló con el chófer, que siguió adelante con el coche y desapareció detrás de la casa. Nosotros tres caminamos por un senderillo pavimentado de absurdo refinamiento y entramos en un gran patio con muros de hormigón donde había un columpio en una esquina y una fuente en el centro rematada con un cisne de plástico. El resto del decorado consistía en varios Mercedes antiguos, una mesa y unas sillas de plástico y un hombre arrodillado al que le sujetaban las manos detrás dos matones rapados, ambos con tejanos y tatuajes diversos. Cuando el hombre vio a Da Silva empezó a gritar, o a suplicar, tratando de explicar en italiano que había habido un error, que la culpa no era suya, que él nunca… Como si con su voz pudiera estirar los segundos. No llegué a descubrir qué era lo que no había hecho, porque Da Silva se adelantó, pasando por mi lado, sacó su pistola y le disparó tres veces en el pecho.

37

Nuestro anfitrión se santiguó teatralmente, dirigiéndole a Da Silva un gesto de asentimiento. El cuerpo se desmoronó entre sus ceñudos escoltas, soltando chorros palpitantes de sangre sobre el asfalto (el corazón siempre va unos segundos regazado por detrás del cerebro). Percibí el olor ferroso y nauseabundo de la sangre y el de la pólvora adherida a la mano de Da Silva, quien ya me guiaba hacia la casa. Por la expresión de su rostro, cualquiera habría dicho que acababa de sacudirse una mota de polvo de los pantalones del uniforme.

Una imperceptible corriente entre nosotros. «Usted es como yo.» Ambos lo captamos sin palabras por un momento.

Mirando por encima del hombro, vi que los dos matones cargaban el cadáver en el amplio maletero de uno de los coches. El flacucho de la panza se situó a mi lado. Su cara cetrina estaba pálida y húmeda, como si fuera a vomitar, pero aun así intentó esbozar una sonrisa.

—Por aquí, *signorina*, por favor —graznó—. El almuerzo ya está listo.

3

—No quiero ningún almuerzo.

En realidad, estaba muerta de hambre. No había comido nada desde el *panino* reseco de ayer. Pero nuestro viajecito empezaba a sacarme de mis casillas. Paradójicamente, pese a lo que acababa de ver, cualquier vestigio de temor que me hubiera inspirado Da Silva se había disipado junto con el olor a pólvora de las balas de 9mm. Además, no es que yo no hubiera visto nunca un cadáver. Si Da Silva sabía realmente de mí tanto como daba a entender, debería esforzarse un poquito más para meterme miedo. Ya estaba harta de que me llevaran de aquí para allá como a un fardo; y fuera lo que fuese lo que Da Silva quisiera de mí, estaba dispuesta a hacerlo cuanto antes y a quitármelo de encima de una buena vez. Así que me zafé de mi escolta y me volví hacia él.

—Dígame, inspector, ¿qué quiere? —le dije en inglés—. Explíqueme qué quiere exactamente. Porque no estoy interesada en la hospitalidad de su amigo, ni tampoco en la pequeña pantomima que acaba de escenificar. ¿Vale? Así que dígamelo ya.

Da Silva se encogió de hombros.

—De acuerdo. Simplemente había pensado que quizá estaría hambrienta. Venga conmigo, pues.

—No. ¿Ese espectáculo de mierda era para asustarme?

El otro hombre estaba arreglando nerviosamente los tres cubiertos de una mesa de caoba de marquetería cubierta con un vidrio. Fingía no prestar atención. Inspiré hondo y bajé la voz.

—Supongo que no me ha traído hasta aquí como testigo. Así que… ¿a qué ha venido eso?

Da Silva parecía divertido y cansado a la vez, lo cual me provocó un intenso deseo de romperle su hermosa nariz.

—No todo tiene que ver siempre con usted. Eso que ha visto era un mensaje. No le incumbe. Y ahora, ¿quiere acompañarme? El señor Raznatovic no puede esperar todo el día.

—¿Está aquí?

—Como usted ha dicho, no la he traído para que me viera matar a alguien. Venga, por favor.

Las grandes habitaciones de la villa estaban amuebladas con falsas antigüedades horripilantes, aunque ese alarde de estilo no se extendía a los suelos, que eran de hormigón desnudo, como el patio manchado del exterior. Pasando junto a la mesa, lo seguí a través de un salón con una enorme pantalla plana y luego por unas escaleras hasta lo que podría haber sido un dormitorio si hubiese contenido algún mueble, y no simplemente tres sillas plegables, una de las cuales ocupada por el abultado físico de Dejan Raznatovic.

Sentí con aguda intensidad tres cosas: que la habitación estaba extremadamente fría, que yo tenía el pelo hecho un desastre y que Raznatovic podía partirme el espinazo si se molestaba simplemente en extender una mano.

—Creo que ustedes ya se conocen —dijo Da Silva, obviamente creyéndose muy ingenioso.

Yo le lancé una mirada impasible mientras me sentaba en una de las sillas frente a Raznatovic. Mi encuentro con el serbio había sido demasiado breve para mirarlo como a un antiguo amante, pero cuando vi sus rasgos reciamente labrados y la mole de sus hombros inauditos sentí un leve estremecimiento de deseo. Era un hombre bien dotado. No es que pareciera muy contento de verme, por otra parte. Aunque si tan descontento hubiera estado conmigo, pensé, no habría corrido el riesgo de ser detenido bajo distintos tratados europeos de extradición solo para que nos reuniéramos en persona. Simplemente me habría hecho matar tal como al tipo del patio.

—Señorita Teerlinc —empezó.

—Qué tal, Dejan. Creo que le dije que podía llamarme Judith.

—Judith, entonces. ¿Vamos directamente al grano? Usted me mintió en Belgrado. Yo le transmití su mensaje a Ivan Kazbich con la condición de que usted devolviera la… pieza, tal como aseguraba que era su intención. Usted me dijo que pensaba entregarla en Suiza. Sin embargo, parece que el señor Kazbich ya no está entre nosotros; y la pieza no aparece por ninguna parte. ¿Dónde está?

La «pieza» era un ingenioso dibujo sobre lino, un supuesto Caravaggio. Kazbich había intentado vendérselo a Pavel Yermolov, pero yo me había interpuesto en su camino. Tengo un talento especial para eso, según parece.

—Digamos que la abandoné. Bueno, lo que quedaba de ella. No tenía ningún valor, como sin duda sabe perfectamente.

—En efecto. Sin embargo, era muy útil. Usted me ha causado muchos problemas. De hecho, de no ser por el inspector aquí presente —Raznatovic miró a Da Silva, que se había sentado a mi lado—, habría acabado usted igual que el señor Kazbich. Pero el inspector propuso una solución mejor.

—¿Qué es lo que quiere? —Ya empezaba a hartarme de hacer la misma pegunta todo el rato.

—Cuando la… pieza desapareció, hablé con el señor Da Silva. Él sabía sobre usted ciertas cosas que yo ignoraba, pero colectivamente… ¿se dice así? Colectivamente decidimos que usted podría ayudarnos a solventar la deuda que tenemos pendiente.

—Ya, ya. Y si me niego, me mata, ya me sé la canción.

Yo no quería morir, en realidad. Tampoco es que deseara redimir mis actos malvados pasándome el resto de mi vida cuidando leprosos. Pero desde luego no quería morir. Sin embargo, puesto que no estaba muerta todavía, sabía que no iban a hacerme nada. Al menos todavía. Solo pretendían atemorizarme. Y yo no reacciono nada bien en esos casos.

—Naturalmente —dijo Dejan—, pero no de inmediato. Primero mataremos a su madre. Enséñele las fotos, por favor.

Da Silva sacó su móvil, buscó las imágenes con el dedo y me lo pasó. Era mi madre, en efecto. Mi madre yendo al pub en nuestro viejo polígono. Menos mal que no la habían foto-

41

grafiado saliendo de allí, pensé. Mi madre empujando el carrito en el supermercado. Llevaba una prenda que yo le había enviado desde Italia por su último cumpleaños: un chaquetón azul marino MaxMara de lona encerada que sabía de antemano que le parecería aburrido, pero esperaba que le diera un aire un poco más elegante. Me sorprendió comprobar que lo había usado. La última foto la habían sacado a través del ventanal de un café, donde mi madre estaba disfrutando de un capuchino con su amiga Mandy. A mí nunca me acababa de entrar en la cabeza que el capuchino hubiera llegado a Liverpool. En lugar del chaquetón, esta vez llevaba una pesada chaqueta de piel sintética más abrigada. Pero, de todos modos, por si me quedaba alguna duda sobre la secuencia, el espía de Dejan había colocado en primer plano un ejemplar del *Daily Mirror* del día anterior. Deslicé los dedos por la pantalla; luego miré los ojos oscuros de Raznatovic. Últimamente había visto el cañón de varias armas apuntado hacia mí, pero aquellos ojos tan duros eran mucho más intimidantes. Me habría dicho a mí misma que no debía demostrar temor, pero descubrí que no estaba asustada. Dejan no tenía esta vez la sartén por el mango. Aparte de mi vida, todo lo que yo había tenido en su momento ya estaba perdido hacía mucho.

—Vale, ahora sé que la ha localizado. ¿Debería sentirme impresionada por el hecho de que usted pueda mandar a un matón a Inglaterra? Como le digo, ya me sé esa canción. No me importa que mate a mi madre. Realmente no me importa.

Da Silva dejó escapar un gruñido de sorpresa. Para los italianos *la mamma* es sagrada. Incluso Raznatovic pareció momentáneamente desconcertado.

—Aclaremos dos cosas —proseguí—. Doy por supuesto que el tipo del rifle que apareció en la playa hace unos días era uno de sus hombres, ¿verdad, Dejan? Porque usted quería recuperar el dinero de la «pieza» que a nuestro común amigo se le escapó de las manos. Por eso él me mantuvo oculta, fuera de su alcance, hasta que pudiera arreglar la situación, ¿no es así?

Raznatovic asintió lentamente. Me volví hacia Da Silva.

—Y el tipo del patio, ¿qué? ¿Esa sería la segunda víctima? Fue él quien tramó el golpe contra usted en la playa, ¿no? Así que ahora lo ha liquidado para demostrar a toda su gente que ustedes dos vuelven a ser íntimos. ¿No ha dicho antes que era un «mensaje»? Es decir, un gesto de lealtad en su renovado trato colectivo, ¿cierto?

Ambos me miraban fijamente. Dejan se disponía a responder, pero yo deseché sus objeciones con un gesto despectivo, que, debo confesar, me produjo un gran placer.

—No acabo de entender por qué han sentido la necesidad de hacer esa demostración de mierda. Todas esas mandangas de la *omertà* ya están muy pasadas, ¿saben? ¿No se les ocurre nada mejor? ¿Y esa operación de espionaje a mi madre en plan Gran Hermano? En fin. Mala suerte para el tipo que acaban de meter en el maletero. Deduzco que ambos quieren un recambio de su famosa «pieza», ¿no es así? Y piensan que yo se lo podría conseguir.

—*Ti avevo detto che è brava* —masculló Da Silva. «Ya te dije que es buena.»

—Correcto —dijo Raznatovic. Su tono ya no era tan frío.

—Vale. Sí. Aunque, como digo, me importa un bledo mi madre, la respuesta es sí. Haré lo que pueda. Pero antes, ¿podemos dejarnos de tonterías, por favor? Seamos más prácticos. ¿Les parece?

Yo confiaba en que se tragaran mi bravuconería. Si lograba convencerles de que no me los tomaba en serio, podría ganar tiempo y descubrir lo que querían. Así quizá tendría alguna posibilidad de salir del embrollo con las dos piernas intactas. Atenerme a mi papel me serviría también para mantener a raya las ganas de vomitar que me estaban entrando bajo mi espantosa chaqueta acolchada. Sabía lo que ambos podían hacerme. Así que fue un alivio observar que Dejan estaba sonriendo.

—¿Qué le dije cuando fue a verme a Belgrado, Judith?

—Que era muy valiente. Y también muy estúpida.

—Exacto. Pero estoy de acuerdo: podemos dejar de lado las tonterías, como usted las llama.

43

—Bueno, ¿y qué solución propone?

—Cuando vino a Belgrado, usted se ofreció a venderme una obra de arte. Sospecho que no era auténtica, que usted la había... fabricado, ¿verdad?

—Bueno, es que necesitaba desesperadamente llegar a usted, ¿entiende?

—¿Cree que podría fabricar otra?

La «obra» que yo le había mostrado a Dejan no era más que una serie de fotos, un popurrí compuesto por un icono veneciano y varias piezas contemporáneas bastante repulsivas. No había sido nunca una obra real, solo un instrumento para poner en práctica mi ardid. Titubeé un momento.

—Yo entiendo de cuadros. Bastante, de hecho. Pero no puedo fabricarlos. No sé pintar.

—Mi colega tiene gente que puede ocuparse de la ejecución.

—Me lo suponía.

—No se haga la graciosa. Ya me ha hecho perder un montón de tiempo. Su misión será inventar la pieza: el pintor, las procedencias. Tendrá que ser un trabajo impecable. Impecable y valioso. ¿Entiende?

—Sí.

—¿Cree que puede hacerlo?

—¿Por qué yo? Seguro que dos peces gordos como ustedes tienen a sueldo a todo un equipo de marchantes corruptos.

Hubo un silencio. Luego Da Silva dijo en voz baja:

—En realidad, no es así.

Kazbich, Moncada, Fitzpatrick... todos habían desaparecido. No me hacía falta que me lo explicara. Todos los demás candidatos al puesto estaban difuntos.

—Así que cuando se produjo ese pequeño... malentendido entre el señor Raznatovic y yo —prosiguió Da Silva—, pensé en usted. Usted tiene una galería legalmente constituida. Ha demostrado ser capaz de identificar una falsificación. Sabe investigar a fondo. La vengo observando desde hace mucho, ¿recuerda? Ahora, sin un marchante convincente, se nos ha abierto un hueco que tenemos que llenar cuanto antes.

Me volví hacia Raznatovic.

—Necesitaré tiempo. Quizá mucho tiempo. Tendré que investigar, hablar con la gente que se encargue de pintarlo. Pero sí, si me proporciona los recursos, puedo hacerlo.

Volví a mirar aquellos ojos calmados y perezosos. Por primera vez desde que Kazbich había acudido a mí para que valorase la colección de Yermolov, me sentí repentinamente contenta. Después de creer que no volvería a ver un cuadro, a menos que fuera una ilustración en la biblioteca de la cárcel, me estaban pidiendo que falsificara uno por mi propia cuenta. Un cuadro importante. Aunque el motivo de que esta idea me excitara tanto no lo acababa de ver, de entrada. En lo referente al arte al menos, yo siempre había estado del lado de la integridad. Toda esta historia con Da Silva, al fin y al cabo, ¿no había comenzado porque yo, cuando trabajaba de becaria en la Casa en Londres, había emprendido una virtuosa cruzada para desenmascarar una falsificación? El tiempo que había pasado tratando de ser Elisabeth Teerlinc, sin embargo, me había imbuido un gran desprecio por ese mundillo: por su esnobismo, por su falsedad, por su venalidad. Quizá amaba la pintura, pero no tenía motivos para amar a la gente que la vendía. O sea que... ah, sí, sí... casi me habría echado a reír a carcajadas.

—Vamos a dejar las cosas claras —continué, cuando conseguí reprimir la satisfacción que sentía por dentro—. Usted —dije, mirando a Da Silva—, o al menos su «familia»... ¿todavía lo llaman así? Usted le debe a él un jodido montón de dinero. Así que ese cuadro debería obtener unos beneficios de... ¿cuánto?

—Cien —dijo Dejan. No hacía falta que añadiera «millones».

—Así que la persona que más preocupada debería estar aquí no soy yo, ¿no?

—Podría decirse así.

—Bien. Entonces ya tiene mi respuesta: sí. Si usted me proporciona los recursos —repetí—, puedo hacerlo. Pero no en una venta privada, esa es mi condición, sino en una subasta pública. Y todo lo que pase de esa deuda, lo partimos a medias.

—Parece muy segura de sí misma.

—Así es, caballeros. —Siempre había deseado soltar esta

45

frase—. Y basta de tonterías. Ahora somos socios. Un colectivo, si lo prefiere. ¿Trato hecho?

Dejan reflexionó un momento.

—Muy bien. ¿Está de acuerdo, inspector?

Da Silva asintió.

—Y si fallo, bueno, puede liquidarnos a los dos juntos... ¿no le parece, Romero?

—Una elección inteligente. Siento no poder quedarme al almuerzo, pero, como comprenderán, debo volver a Belgrado. Ahora que usted ha aceptado, el inspector puede presentarle a su asistente. Le proporcionaremos todo lo que necesite.

—Una cosa más. Hay algo en mi antiguo piso de Venecia que requiere una operación de limpieza. Da Silva podría ocuparse de ello, estoy segura. Pero quiero que se haga.

—¿Inspector?

Da Silva se encogió de hombros.

—Ningún problema.

Dejan ya estaba poniéndose de pie. Su cabeza casi rozaba el techo.

—Espere. ¿Cuál es el presupuesto?

—¿Presupuesto? —Me gustó su aristocrática reacción de sorpresa—. Todo lo que usted necesite, por supuesto. Tengo gran interés en ver qué es capaz de producir.

La conversación obviamente había concluido. Da Silva me sacó rápidamente de la habitación. Los pantalones de chándal ondeaban sobre mis espantosos mocasines. Tal vez ahora que íbamos a trabajar juntos podríamos deshacernos sin más de mi atuendo, ¿no? Me distrajo de ese pensamiento el golpe de la puerta de la habitación al cerrarse. Quizá sentí una diminuta punzada en mi interior por el hecho de que Dejan no se hubiera molestado siquiera en despedirse.

Da Silva volvió a llevarme al comedor. El ansioso hombre de la panza había puesto en la mesa pan, ensalada y una fuente de salchichas de aspecto marchito. Me preparé otro sándwich y me lo zampé a grandes bocados.

—Espero que haya pudín de postre... El catering de ese agujero donde me ha tenido encerrada no era gran cosa, ¿sabe?

Da Silva comía un poco más delicadamente, ahora pelando una rodaja de pepino.

—¿Decía en serio lo de su madre?

—¿Por qué me lo pregunta? ¿Quizá porque si se convence de que soy una psicópata insensible usted no parecerá tan idiota?

Da Silva se masajeó el puente de la nariz. Una bonita nariz.

—¿Siempre habla tanto? Mire, cómo le diré... Todo este asunto, nuestro asunto, no es solo una cuestión de dinero. Hay una forma de hacer las cosas... unas normas. El señor Raznatovic es un hombre muy rico, como ya sabe. Pero si da la impresión de que no recibe su pago, si parece que no escarmentamos a la gente que se pasa de la raya, entonces nuestra imagen se debilita. Lo cual es muy negativo para los negocios.

—Entonces, ¿todo ese despliegue teatral es solo una demostración de fuerza?

—No es así como lo describiría la mayoría de la gente. Verá, los hombres del señor Raznatovic se mueven con frecuencia entre Albania e Italia. Uno de ellos se entusiasmó demasiado al enterarse de nuestro reciente malentendido. Nosotros consideramos que era importante aplicarle un castigo ejemplar para que sus compañeros... tuvieran las cosas claras. Además, Albania resultaba un lugar idóneo para que él pudiera verla en persona. En este punto fue muy claro.

—Muy bien. —Pinché un tomate paliducho.

—Bueno... ¿qué me dice de su madre?

—¿Usted estudió a Dante en el colegio? Debe de haberlo estudiado, siendo italiano.

—No me interesa demasiado la poesía.

—En el *Inferno*, Dante reserva el noveno círculo del infierno para la traición. Es una especie de zona VIP para la gente que traiciona el amor y la confianza.

Da Silva me dirigía la misma mirada que cuando me había puesto a hablar de helicópteros.

—¿Su madre la traicionó? —preguntó lentamente.

¿Cómo podía empezar siquiera a hablarle a nadie de mi madre... y mucho menos a Da Silva?

—No importa. Mi madre es una borracha. Nunca se ocupó de mí, nunca me cuidó. Así que no le debo nada.

—Uf... lo siento.

—No, no lo siente. En fin, ¿no tenemos nada que hacer? Y la verdad, estoy mucho más interesada en que me explique qué coño ha estado pasando que en hablar de mi madre.

—Usted solo sabrá lo que necesite saber.

—Vaya, vaya. Ahora somos un equipo, ¿recuerda? Es lo que dice su amigo Dejan. Y él es el jefe, según parece.

La idea que se me había ocurrido —tal vez debería llegar a calificarla de inspiración— burbujeaba en mi interior con tal intensidad que apenas había acabado de asimilar este hecho surrealista: que ahora éramos un equipo.

—Creo que ahora sí me fumaré un cigarrillo.

Como en todos los placeres sofisticados, el primer contacto me dio náuseas, pero luego cada calada fue un éxtasis.

—Bueno, Romero, ¿y ahora qué? ¿Cuándo empezamos?

—Ha dicho que quería conocer a la persona capaz de pintar el cuadro, ¿no?

—Estoy ansiosa.

—Entonces nos volvemos a Calabria.

—Qué alegría.

Yo suponía que no creía en el destino, pero era obvio que había algo kármico entre Da Silva y yo. Tantos cadáveres, tantos fantasmas. Empezábamos a parecer los últimos supervivientes, así que quizá más nos valía ser amigos.

$\mathcal{M}$i nuevo alojamiento constituía una considerable mejora en comparación con el cobertizo. La suite nupcial del Gran Hotel President di Siderno, nada menos. Para cuando llegamos esa noche a última hora, los duendes de Da Silva habían hecho su trabajo. Además del pequeño bolso que yo había preparado en Venecia cuando creía que iba a pasar una larga temporada en la cárcel, me encontré con muchas de mis cosas del apartamento de Campo Santa Margherita, incluidos mi portátil y mis teléfonos, las joyas, los vestidos, la ropa interior, los objetos de tocador, el equipo de deporte y todos mis libros de arte. Comprobé complacida que habían resistido la tentación de incluir algún trozo de Alvin.

—¿Estará cómoda aquí? Yo permaneceré en la habitación contigua mientras usted trabaja.

—No pensaba empezar esta noche. Estoy algo cansada, entre las amenazas de muerte y demás.

—Quiero decir que me alojaré aquí mientras usted prepara la operación.

—¿Todo el tiempo? —dije, incrédula—. ¿Y qué hay de las Navidades? ¿Franci y los niños no le echarán en falta? Giovanni y Giulia se quedarán destrozados si papá no está en casa. ¿Y qué me dice de su trabajo oficial?

Da Silva estaba hojeando distraídamente las ilustraciones de una biografía de Soutine.

—¿Cómo? Ah, no. Estoy de baja por enfermedad. Recibí un infortunado disparo en la pierna la semana pasada. Herido en acto de servicio.

—¿En serio? ¿Y consigue que cuele una mentira semejante?

Él me miró con expresión compasiva.

—Usted no sabe nada de nada, ¿verdad?

—¿Y su esposa?

—Ella lo entiende. Mejor aún: no se pasa el tiempo haciendo preguntas, como otras. Voy a dejarla para que se instale. Pero me quedo esto.

Alzó un sobre marrón. Mis pasaportes —el original, a nombre de Judith Lauren Rashleigh, y los dos falsos que le había comprado un año atrás a un experto en falsificación de documentos de Ámsterdam. Elisabeth Teerlinc y Katherine Olivia Gable. Los nombres de mi hermana... Nuestra madre adoraba las películas clásicas de Hollywood.

—No hace falta que se los lleve. ¿A dónde cree que podría ir?

—¿Por qué supone que me fío de usted?

—La confianza es lo único que te queda cuando no tienes otra opción.

—¿*L'última spiaggia?*

—Nosotros decimos «el último recurso».

—Me los llevo. Si quiere algo, comida o lo que sea, pídalo.

—¿Tiene cigarrillos?

Me pasó su propio paquete, que estaba a medias.

—Gracias, supongo. Me muero por un baño.

Da Silva me lanzó una mirada divertida al salir.

Cerrando la puerta con llave, abrí los grifos de la bañera de mármol y vertí todas las muestras de jabón y champú del hotel en el agua humeante. Mientras esperaba a que se llenara, revisé mi ordenador. Las cuentas de Panamá y Suiza estaban en orden. Seguía siendo relativamente rica y, aparte de las consultas (pocas, para mi decepción) de algunos clientes desconcertados por el repentino cierre de Gentileschi, solo tenía cuatro mensajes. Steve, Carlotta y Dave, las tres personas que eran lo más parecido a amigos que yo tenía; y otro de Pavel Yermolov. Pinché primero el de Yermolov.

Judith. Por favor ponte en contacto conmigo. Dime si va todo bien. Por aquí, todo resuelto, según lo acordado.

El anuncio de Yermolov llegaba con un poco de retraso. Lo de «resuelto» se quedaba corto. Cuando él me había asegurado que se encargaría de Kazbich, no se me había pasado por la cabeza que yo podría ocupar su lugar. Era más bien conmovedor, de todos modos, que Yermolov pareciera tan preocupado. Habíamos compartido unos días de sexo aceptable y cuadros espectaculares, pero yo no me había engañado pensando que aquello significara algo, aunque debo reconocer que soy poco exigente en este sentido. En general, cuanto menos sepa de mis amantes, mejor. Incluidos sus nombres.

El mensaje de Carlotta era típicamente conciso: dos emoticonos de bebé y un pulgar alzado. Sonreí. Después de cazar a su viejo pero riquísimo marido, su siguiente objetivo había sido quedarse embarazada, idealmente de gemelos. Carlotta constituía un ejemplo impresionante de cómo conseguir lo que deseas, si lo que deseas es encontrar un marido y forrarte. No podía envidiarla, pero me alegraba por ella.

El mensaje de Dave también era breve.

51

> Espero que vaya todo bien. ¡Grandes noticias sobre mi libro!
> Me muero de ganas de contártelo. Escríbeme. Besos. D.

Me sentí un poco culpable al leerlo. Dave había trabajado de mozo de almacén en la Casa cuando yo estaba de becaria en el departamento de Pintura Británica, pero su experiencia anterior en el ejército me había resultado muy útil. Eso, y su capacidad para no entrometerse, igual que la esposa de Da Silva. Dave me había ayudado de muchas maneras que ni siquiera él sabía ni desearía saber. La última vez que nos habíamos visto, me había explicado que había escrito un libro sobre sus experiencias con el arte como método terapéutico para soldados. Yo casi me lo había terminado, pero mi arresto y mi secuestro me habían impedido leer los últimos capítulos. Indudablemente, su tímido entusiasmo y su apasionado amor a los cuadros merecían mucho más. Con una punzada de nostalgia recordé nuestras conversaciones mientras fumábamos de tapadillo en el patio trasero de la Casa, donde las obras eran descargadas e introducidas en el sótano. Dudaba que Dave hubiera visto con buenos ojos el asunto en el que ahora estaba metida.

Steve, o más bien la última secretaria de Steve, me informaba de que su barco, el Mandarin, estaría en el Caribe en Año Nuevo y me preguntaba si me apetecería apuntarme. Respondí que lamentándolo mucho no podría.

Como era de esperar, no había ningún mensaje de mi madre. Aun así, el día siguiente era Nochebuena. Seguramente llamaría.

El baño caliente y dos raciones de *tagliatelle* con gambas y vodka, seguidas de una macedonia y un tiramisú, deberían haberme aplacado, pero estaba demasiado excitada para ponerme a dormir. Envuelta en un albornoz, me desenredé los nudos de mi pelo al fin limpio y salí al balcón a fumar. La terraza contaba incluso con un jacuzzi. Abajo, la parte vieja del centro de la ciudad se extendía hacia el mar, donde las luces rutilantes del paseo marítimo serpenteaban como los tentáculos de una medusa. Siderno. Me moría de ganas de empezar mi trabajo para Dejan Raznatovic, pero antes necesitaba saber un montón de cosas. Como, por ejemplo, qué estaba haciendo la señora Da Silva. Cogí el bloc de notas del hotel y un bolígrafo, abrí Facebook y empecé a fisgonear.

Salir a correr, a la mañana siguiente y me sentó de maravilla después de los largos días de confinamiento. Bajé por la carretera sinuosa del hotel hacia el paseo marítimo, apretando el ritmo hasta un sprint cada cien metros y notando cómo se me iban desentumeciendo los músculos. No me sorprendió encontrarme a Da Silva a la vuelta, enfundado en una recia sudadera con capucha, aunque tampoco hacía tanto frío. Estaba haciendo flexiones en un murete bajo, apoyando una y otra mano alternativamente bajo la espalda.

—¡Bravo! ¿Le apetece un café?

Da Silva alzó la cabeza por encima del hombro. Mi propio equipo de deporte constituía una considerable mejora respecto a los pantalones de chándal que él me había proporcionado, y juraría, además, que el aire marino me había coloreado las mejillas de un modo bastante favorecedor.

—Claro —respondió, incorporándose. Entramos juntos en el vestíbulo. El recepcionista le dirigió a Da Silva una respetuosa inclinación. Aparte de dos viejos aparcados en sillas de ruedas ante la mesa del desayuno, junto a una enfermera filipina de mirada soñolienta, daba la impresión de que éramos los únicos clientes del hotel durante las fiestas.

En la terraza, Da Silva sacó del bolsillo de la sudadera un paquete de Marlboro Gold y me ofreció uno mientras llegaban nuestros *cappuccini*. Al parecer, compartíamos entre otras cosas la misma forma de entender el ejercicio físico. Me encendió el cigarrillo con un pesado Dupont de oro.

—Bueno —empecé, cuando el camarero se alejó—, tal vez deberíamos volver al inglés, ¿no? Sería más discreto.

—Muy bien. ¿Qué ha estado pensando?

—Quiero saber cómo funciona esto. A qué se dedica usted.

—Ya se lo dije ayer. Usted sabrá lo que necesite saber.

—Sí, lo acabaré sabiendo. Pero sería mucho menos penoso si me lo dijera ya. Empecemos con lo que yo creo.

Da Silva se arrellanó con aire burlón en la silla y dio una larga calada a su cigarrillo.

—Me hice amiga de su esposa en Facebook. Ya hace bastante tiempo.

—Sí. ¿Y? No me gusta que mencione a mi esposa.

—Su nombre de soltera es Casachiara. Francesca Casachiara. —Las mujeres italianas no adoptan el apellido del marido—. Es de Casilino, en Roma —proseguí—, donde también se crio usted. —Casilino era un suburbio de los años sesenta bastante deprimente, no lejos del centro de la ciudad—. Aunque usted me dijo que había nacido aquí, en el sur, en Siderno. Los Casachiara son gente bastante importante en Roma, ¿no? Cuando murió el abuelo de Francesca, su funeral paralizó una parte de la ciudad. Los helicópteros de la policía ni siquiera pudieron acercarse. Fue un escándalo. Incluso la prensa británica recogió la noticia, ¿sabe? Las historias de la mafia les encantan.

53

Él hizo una mueca al oír esa palabra. Yo ya sabía que solo la usaban los aficionados, pero aun así disfruté su incomodidad.

—Así pues, Romero, de Siderno, y Francesca, de Casilino. ¿Cuál podría ser la conexión? Le diré lo que creo. En esta zona —señalé con un gesto más allá de la terraza— se calcula que un uno por ciento de los hombres están metidos en... eso. Muchos de ustedes proceden de Siderno, o de Bovalino.

—¿Y?

—¿Recuerda dónde nos vimos por primera vez, Romero? En el lago Como, ¿verdad? Un paraje precioso. Usted vino a interrogarme sobre la muerte de Cameron Fitzpatrick.

—Todo esto ya lo hemos hablado.

—No se altere. Bovalino... La madre de Cameron Fitzpatrick era de Bovalino. Doncella de un hotel de Roma, ¿cierto?

Volvió a sonar el chasquido de su encendedor.

—Fitzpatrick —proseguí— nació aquí, como usted.

—¿Cómo lo sabe?

—El año pasado hubo en Londres un funeral por la muerte de Fitzpatrick. Esa tragedia, ese asesinato. Su madre tomó un vuelo para asistir: el nombre aparecía en la necrológica. Y luego están los registros electorales, las declaraciones de residencia del ayuntamiento. A ustedes les encantan los documentos oficiales. La cuestión es que quien quiera entrar en la banda tiene que haber nacido aquí, en el sur. Tu familia biológica es también tu clan, por así decirlo. Aquí es donde empieza todo. En este lugar. Están todos ustedes conectados, aunque reconozco que me costó un tiempo averiguarlo.

Da Silva parecía haber devorado su cigarrillo.

—¿Sigo? Me encanta lo que viene ahora.

Él asintió.

—Hubo un pequeño problema de reclutamiento, ¿cierto? Demasiado músculo, pocos cerebros.

—*Brava*.

Recabar información oficial sobre la mafia italiana no era una actividad tan excitante como podría parecer. «Impedimentos generacionales para la internacionalización de competencias en los mercados ilegales» era uno de los títulos más atractivos que había encontrado sobre el tema. Dicho en pocas palabras, en una ciudad donde no había gran cosa que hacer en invierno salvo practicar el tiro al blanco con las ovejas o follarte a tu hermana, la calidad de los hombres del clan de origen local se estaba deteriorando. Demasiados zoquetes. Las estrictas normas de admisión basadas en el nacimiento estaban afectando a los beneficios, en especial a la hora de infiltrarse en el mundo de los negocios legales. Así que las familias, los clanes, idearon una solución. Becas universitarias, escuelas de negocios, clases de inglés. Toda la formación necesaria para poder operar en el siglo XXI.

—Hay diez grandes… grupos, si prefiere que lo diga así, diez grandes grupos calabreses que operan en el norte de Italia. Las conexiones con los grupos romanos son esenciales. Y usted es uno de los nuevos cachorros, ¿verdad, Romero? Con su matrimonio dinástico y sus conexiones. Usted tiene tentáculos por todas partes, con sus títulos universitarios, sus trajes elegantes y su gusto por el sushi. Bufetes de abogados, oficinas de urbanismo, administraciones públicas… Incluso en el Senado, si la prensa acierta solo un poco. Todo legal. Solo que usted está corrompido hasta la médula.

Cogí otro cigarrillo sin preguntar y lo miré. Él me devolvió la mirada, imperturbable, con ojos de lagarto.

—Siga.

—Así que usted, Fitzpatrick y Moncada estaban juntos en ese negocio de tráfico de armas. Kazbich era su asesor; Raznatovic, el proveedor. Así fue como me encontró Kazbich para el asunto del Caravaggio. Así fue como usted supo lo que había en mi apartamento.

—¿Se refiere a Alvin Spencer, el hombre que usted confesó que había asesinado? —dijo Da Silva con tono indiferente.

—Usted no me detuvo entonces y difícilmente lo hará ahora. Yo creo… —ladeé la cabeza—, yo creo que el otro día usted me habría matado.

—Solo lamento que me interrumpieran.

—Y sin embargo, aquí estamos.

Da Silva estiró los brazos por encima de la cabeza, flexionando los tríceps en diagonal uno tras otro.

—Bueno, volviendo a París —continué—. ¿Cuánto hace?, ¿cuatro años? Un policía que se hacía llamar Renaud Cleret consiguió localizarme allí. Cleret creía que ustedes dos trabajaban juntos, que tenían los mismos objetivos. Yo estaba a punto de huir de la ciudad y usted estaba esperando en el aeropuerto para detenerme. Supongo que tiene que atrapar a un criminal de vez en cuando para mantener su tapadera, ¿no? Pero perdió mi pista. Si no hubiera sido por ese mensaje de texto....

Me refería al mensaje que había enviado desde el teléfono móvil de Cleret: «¿El nombre Gentileschi te dice algo?». Seis palabras que me habían perseguido desde entonces.

—¿Qué pasó con Cleret?

Esa pregunta indicaba que Da Silva ya había abandonado todo intento de alegar ignorancia, y que los elementos principales de la historia que yo había necesitado casi toda la noche para reconstruir eran correctos.

—¿Su antiguo compañero? Mejor que no lo sepa. De veras.

Algunos recuerdos poseen una calidad sinestésica: los estímulos asociados a un sentido desatan los de otro distinto. El ruidoso gorgoteo de la carótida de Renaud cuando el cuchillo se hundió en su cuello conjuraba la espiral vinosa de su sangre girando alrededor del sumidero, esa fétida dulzura omnipresente aquella noche en París. Envolví su cabeza primero en film plástico, luego en una bolsa del súper y, finalmente, la metí en un bolso de deportes barato y la arrojé al Sena. Por lo que yo sabía, nunca la habían encontrado.

Apagué el cigarrillo en el ribete de flores de la terraza.

—¿Y bien?

—Voy a ducharme —dijo Da Silva—. Y luego le sugiero que deje de entrometerse de una vez y se concentre en el trabajo para el que ha venido aquí.

—No. Quiero saber. Ya he dicho que lo haré. Tampoco es que tenga muchas alternativas, ¿no? Pero quiero saber qué es lo que voy a costear con mi trabajo.

—¿Por qué le interesa saberlo?

—Ahora soy una artista. Necesito inspiración. Y usted me necesita a mí, así que explíquemelo. Raznatovic no va a esperar su dinero eternamente.

—Usted no es en absoluto indispensable, más allá de la impresión que haya sacado en Albania.

—No, ya. Pero Fitzpatrick, Moncada y Kazbich han desaparecido. Y ellos eran quienes le proporcionaban las falsificaciones. Y quienes las movían. Usted lo ha reconocido. Ahora, mientras yo esté hundida en la mierda a su lado, sabe bien que no puedo escapar. Y no va a encontrar a nadie que entienda de pintura y tenga tan buenas razones como yo para mantener la boca cerrada antes de que se le agote la paciencia a Raznatovic.

5

$\mathcal{U}$na hora más tarde, estábamos en el coche de Da Silva, el mismo modelo negro que me había traído desde Venecia, otra vez en dirección a Capo Rizzuto. Había más mujeres que el día anterior en el arcén, aprovechando las fiestas. Da Silva conducía en silencio. Se había puesto unos tejanos y un suéter azul marino de cuello de pico sobre una camisa blanca, y esas ropas de niño bien —junto con el pelo corto— le daban un aire más juvenil que el uniforme. Tenía que reconocer que estaba en bastante buena forma. Yo también me había decantado por el azul marino: un vestido de gamuza Chloé abrochado por delante y ceñido en la cintura, una holgada chaqueta tres cuartos de tweed y unas botas planas Ferragamo. Los duendes habían olvidado mi perfume, sin el cual no me sentía del todo vestida, pero con un poquito de maquillaje volvía a sentirme otra vez yo misma. Mucho más que desde hacía un montón de tiempo. Seguramente iba ataviada de modo excesivo para la ocasión, pero el placer de tener mis cosas de nuevo me había dado ganas de vestirme un poco bien. Al menos, esa era la razón que yo me daba y a la que pensaba atenerme.

—El puerto empieza aquí —dijo Da Silva finalmente, mientras tomábamos un carril recién asfaltado—. De este muelle salen los barcos para recoger a la gente. El campamento queda un kilómetro más arriba.

Le mostró el documento de identificación al centinela de la barrera y encontramos un hueco en el aparcamiento atestado.

—¿Cómo es que está tan lleno? —pregunté.

—Por las Navidades. Están preparando los barcos para salir a la búsqueda. Esperan un montón de refugiados esta noche.

Mientras hablábamos, caminamos a lo largo de un muelle en el que había amarradas tres grandes lanchas motoras con la insignia de la Guardia di Finanza. Un grupo de agentes uniformados estaba cargando chalecos salvavidas de color naranja y cajones de botellas de agua; las radios crepitaban; alguien lanzaba brazadas de mantas al interior de las lanchas.

—Los traficantes cobran una tarifa extra en Navidad. Hay más posibilidades de un recibimiento amistoso —me explicó Da Silva con toda naturalidad.

Se agachó para echarle una mano a una joven que estaba forcejeando con una pesada caja roja de primeros auxilios. Ella me miró con curiosidad mientras le daba las gracias. Da Silva le deseó feliz Navidad. A mí me maravilló el aplomo que mostraba entre sus colegas, la naturalidad con la que llevaba su máscara. ¿Ninguno de ellos tenía ni idea? ¿O eran partidarios de no hacer preguntas? Algunos zarparían más tarde, dejando a sus familias, para salir a rescatar a otras personas. ¿Cómo no podían estar al tanto de lo que ocurría delante de sus narices? Recordé una historia que había leído la noche anterior sobre una víctima milagrosamente afortunada de un golpe fallido de la mafia que se había negado a testificar: «Es verdad que me dispararon sesenta y tres tiros —había dicho el hombre—, pero estoy seguro de que fue por error.» Tal vez resulta más fácil no hablar de algo cuya existencia misma nunca se reconoce abiertamente.

Llegamos al final del muelle, donde el rumor del oleaje ahogaba nuestra conversación.

—Usted ha dicho que quería saber —murmuró Da Silva—. Bien, ahí va. El equipo se carga en las lanchas. Cuando se encuentran con el agente indicado, lo intercambiamos por refugiados.

—¿Se refiere a las armas?

—¿A qué iba a referirme, si no?

—¿Y luego?

59

—Libia, Siria, Irak, y aún más lejos. Allí donde el cliente quiera llevarlas. Eso no es asunto nuestro.

No podía sino admirar la simplicidad del montaje. Y su audacia. El rescate humanitario como tapadera para transportar fusiles de asalto AK47.

—¿Qué pasa con la gente?

—La mayoría termina allí, de entrada. —Señaló un cabo situado a la izquierda, al otro lado de la bahía. Haciendo visera frente al sol, divisé una densa silueta de alambre de espino que impedía el acceso a los acantilados y una especie de campamento de verano, con hileras de pequeños chalets de madera. Un grupo de hombres jugaba al fútbol entre los edificios, uno de ellos con una camiseta azulgrana con el dorsal «MESSI».

—Pero ¿cómo? —Aún no me entraba en la cabeza.

—Los cajones se descargan en los botes. Los tipos que los llevan no saben nada más. O saben que no deben preguntar.

—Pero ¿cómo llega aquí el equipo primero?

—Por Dios. ¿Usted no se calla nunca?

Me volví hacia él. El viento me apartaba el pelo de la cara.

—Yo le salvé la vida, y usted me la salvó a mí. Y me ha dicho que me lo iba a explicar.

Señaló costa arriba como si me estuviera mostrando las vistas.

—Camiones militares.

En las décadas posteriores al colapso de la Unión Soviética, Raznatovic había labrado su fortuna como traficante de armas. Una enorme franja de Europa del Este se había convertido en un mercadillo de armas del ejército. Hubo un momento en el que podías llevarte un AK47 por cien dólares.

—Sin problemas en las fronteras —observé.

Serbia era perfecta para introducir el contrabando militar en la zona Schengen de la Unión Europea; y una vez dentro, los vehículos militares podían moverse libremente.

—Exacto. Una vez que el material sale de Serbia, se almacena en barracones y se traslada en camiones. Algunos son oficiales; la mayoría, no. Hacemos que los refugiados los descarguen en una zona de la costa más al sur. Se tardan solo unos minutos por camión. Les pagamos —añadió, al ver mi expresión—. Dos euros la hora. Lo mismo que ganan recogiendo tomates. Luego la carga se divide; una parte viene aquí y el resto se distribuye a lo largo de la costa. ¿Lo ha entendido?

A lo lejos, en el campamento, uno de los jugadores de fútbol había salvado un gol lanzándose teatralmente al suelo para atrapar la pelota. Pensé en aquellas manos, me imaginé cómo reposarían en su regazo tras una noche agotadora descargando pesados cajones, acarreando los mismos instrumentos que habían destrozado su vida. Era grotesco, si te parabas a pensarlo. Pero nadie se para a pensar estas cosas. La gente mira un momento la foto del niño muerto en la playa y luego sigue recorriendo la pantalla para contemplar unos gatitos graciosos y unas posturas de yoga inspiracional.

—Impresionante —murmuré.

—¿Ya podemos volver? Hace un frío de mierda.

61

Da Silva desapareció una vez que volvimos al hotel. Dijo que iba a reunirse con algunos parientes para celebrar la cena de Nochebuena y asistir después a misa. Yo me pasé la tarde leyendo y luego salí a dar un paseo. Las últimas tiendas estaban cerrando; la gente se afanaba con las compras y los regalos de última hora; todos se deseaban felices Navidades. Caminar sola entre una multitud alegre parecía el peor cliché del mundo. Mientras oscurecía, me senté en un banco de cara al mar y estuve fumando hasta que me sentí mareada. Luego llamé a mi madre, pero no contestaba. Estaría borracha, claro, durmiendo la mona de la tarde pasada en el pub. Le dejé un mensaje disculpándome por el retraso de su regalo (culpé al correo italiano) y diciéndole que pensaba pasar «una velada tranquila». Ella tampoco debía de esperar que yo volviera. Le transmití mis mejores deseos y colgué.

Una de las lecciones más útiles de mi infancia es que los yonquis siempre conocen el percal y saben encontrar el lu-

gar idóneo en las afueras: un lugar con envoltorios arrugados entre las baldosas de las aceras y cucharillas dobladas en
las papeleras. Cuando divisé en el paseo marítimo a la chica a
la que había visto en la carretera vestida de Papá Noel, decidí
rehacer mis planes para esa noche. Al fin y al cabo, tampoco
es que estuviera demasiado entusiasmada con la perspectiva de una cena *à trois* con los viejos de las sillas de ruedas.
Apagué mi enésimo cigarrillo y la seguí. Vestida con unos
ceñidos tejanos y una chaqueta Puffa de satén morado, ahora
no estaba trabajando, pero seguía llamando la atención: no
solo por el color de su piel —todavía una rareza en Italia—,
sino por su forma de moverse, erguida y garbosa, entre los
restos que habían dejado los compradores navideños, como si
siguiera una coreografía invisible. Avanzó un poco más por
el paseo y luego tomó una de las horribles calles modernas
que separaban el *centro storico* del mar. Siguiéndola a unos
veinte metros de distancia, crucé un amplio bulevar y llegué
a una plaza de mármol presidida al fondo por una pequeña
iglesia barroca cuyo estuco relucía en la oscuridad invernal.
Al rebasar la iglesia y acceder a unas callejas más estrechas,
me rezagué un poco. No quería que la alertase el ruido de
mis botas en las losas de piedra. Cuando ella se detuvo a
mirar el móvil, me metí en un portal y aguardé, excitada por
la persecución.

Las viejas calles ascendían entre vueltas y revueltas hasta
una calleja perpendicular que discurría junto a la enorme
mole blanca del castillo de Siderno, el punto más alto de la
ciudad. La chica se agazapó bajo un arco de piedra. Unas velas de té en bolsas de papel marrón iluminaban los muros
desnudos que habían levantado los reyes de Aragón. Avancé
con cautela. Me llegó una música débilmente, una tonada
melancólica y jazzística, mientras bajaba por unas estrechas
escaleras curvadas que conducían a un sótano. Al parecer, la
chica ya tenía una cita: la vi entre los brazos robustos de una
mujer totalmente rapada, que llevaba una camisa de hombre con tirantes sobre su cuerpo achaparrado. Los *piercings*
de su oreja centelleaban a la luz de las velas entre el pelo

de la chica. Un banco alto y una sola estantería de botellas constituían el bar. Pedí un vaso de tinto repulsivo y miré en derredor buscando un plan B. Había unas veinte personas en el angosto espacio: una combinación de chicos hipster italianos orgullosamente ajenos a la Nochebuena y varios corrillos de árabes y africanos, quizá procedentes en parte del campamento. Dos hombres, un chico italiano bajito con barba y un tipo negro alto con una camisa estampada, bailaban extasiados lentamente junto al altavoz, mirándose a los ojos mientras se contoneaban. En la pared del fondo, varios cajones con almohadones desaparejados servían de asiento. Ocupé uno y encendí un cigarrillo, esperando y observando a los que bailaban.

—*Ciao* —dijo un tipo sentado dos cajones más allá. No estaba mal: piernas largas, cuerpo enjuto, frente despejada e inteligente. Le sonreí y él acercó su asiento. El local se fue llenando mientras charlábamos alzando la voz por encima de la música. El tipo me invitó a otra copa y apoyó discretamente el brazo en mi hombro, tanteando. Yo le dejé. Cuando descubrimos que los dos hablábamos francés, abandonó su italiano trabucado. Me dijo que se llamaba Serafim, que era de Egipto, que trabajaba de mecánico y estudiaba inglés por las noches. Me explicó que soñaba con ir a Londres algún día. «Carnaby Street», dijo con una sonrisa. No tuve valor para decirle que ahora ya solo había tiendas Zara y restaurantes asiáticos. Una oleada de aire frío procedente de la puerta precedió a otra remesa de bebedores. Cuatro italianos. Serafim le hizo señas a uno, me dijo que era amigo suyo y me lo presentó. Raffaele.

—¿En serio? ¿Serafim y Raffaele? ¿Os lo habéis inventado?

—No. Bueno, quizá, si te gusta así.

Bien, perfecto. Raffaele era rubio, más bajo que su amigo, con un cuerpo prieto de gimnasio. Resultaba atractivo, pensé, y, cuando Serafim se fue a la barra, me atrajo hacia sí para besarme. Me abrí bajo su boca y, deslizándole las manos bajo la camiseta, busqué los músculos de su torso. Cuando regresó Serafim, volví la cabeza, sonreí y le ofrecí mi boca. Así de espontáneo, así de sencillo.

—¿Quieres que vayamos a otro sitio? —preguntó Serafim.

—¿Con los dos?

Raffaele asintió lentamente.

—Claro. Voy a comprar una botella.

Salimos del brazo, yo entre los hombros de ambos. «Por aquí», dijo Serafim. O sea que ya lo habían hecho otras veces. Mejor. Subimos las escaleras hasta la calleja, la cruzamos y caminamos un trecho junto al muro del castillo hasta llegar a una puerta de madera cerrada solo a medias con un candado.

—Chist —siseó uno de ellos entre risitas mientras nos deslizábamos por la rendija. La puerta daba a otras escaleras más frías y oscuras, abiertas entre los muros del castillo. Una parte de mí se preguntaba si no debía asustarme, pero era esa parte de mi cerebro que no funciona como es debido, así que no hice ni caso. Salimos a un patio amplio y desaliñado, con matas de hierba asomando entre las enormes y antiguas losas de piedra. Serafim abrió la marcha, cruzando una galería abierta que yo supuse que ofrecería al otro lado una vista del mar. Había gatos por los rincones y, de vez en cuando, un par de ojos verdes destellaban tenebrosamente en la oscuridad. Al final de la galería, había un espacio acotado: no una habitación propiamente dicha, solo un muro curvo bordeado por una hilera de velas metidas en latas de tomate. Serafim las encendió una a una. Nos pasamos la botella —otra vez tinto repulsivo— y dimos cada uno un trago solemne. Hacía un frío gélido, pero yo sentía mi piel caliente, henchida de sangre. Durante un momento, nos detuvimos los tres y nos miramos. Luego yo me quité el abrigo y lo extendí en el suelo, seguido de mi vestido.

—Venga, venid a calentarme.

Ellos se tendieron a cada lado. Raffaele, más atrevido, deslizó la mano en mi sexo al tiempo que me buscaba la lengua con la suya. Serafim hundió los labios en mi cuello, mientras me agarraba los pechos. Uno de ellos me dijo que era preciosa. Raffaele empezó a recorrer mi cuerpo con la boca; yo solté un gemido cuando llegó al interior de mis muslos y empezó a trazar círculos con la lengua, tomándose su tiempo. Atraje a Serafim, busqué su polla, la liberé a tientas en la oscuridad y le hice arrodillarse a horcajadas sobre mí para metérmela en la boca. Entre murmullos y cuchicheos, sentí el grueso bulbo de carne lustrosa entrando en mi garganta y abrí la mandíbula al máximo para deslizar la lengua por la punta, sosteniéndome el cuello con una mano. La lengua del otro había llegado por fin a los labios empapados de mi coño y los lamía con largas pasadas. Chupé con más fuerza, empujando con la boca hasta la base rasurada de la polla de Serafim, y con la otra mano le sujeté los testículos, afirmando el pulgar en medio.

—*Sì, bella, sì, così.*

—Esperad. *Attendez.* Quiero veros.

Apartándome, me senté contra la húmeda pared de yeso. Las llamas amarillas relucían en una misma madeja de jugos entre mi coño y los labios de Raffaele. Él se secó con el dorso de la mano, sonriendo.

—Venga, poneos de pie para que os vea. Que uno me folle y el otro se corra en mi cara.

Ambos obedecieron, acariciándose la polla fuera de los tejanos. Eché un vistazo hambriento. Serafim era sin ninguna duda el mejor dotado.

—Te follaré a ti. Túmbate. —Mientras cambiábamos de posición, volví a besar a Raffaele y noté en su boca el sabor almizclado de mis jugos, que esta noche tenían un toque a limón.

—Tócatela —le dije. De espaldas a Serafim, descendí sobre él, echando las rodillas hacia delante al tiempo que me tumbaba sobre su pecho, hasta que tuve toda su polla dentro, totalmente insertada. Mientras Raffaele empezaba a masturbarse con un puño apretado y ansioso, afirmé mi peso sobre el miembro que me taladraba, removiendo en círculo el culo contra el vientre de Serafim y tensando los músculos del coño a cada embestida, hasta que él empezó a gemir.

Entonces me senté lentamente y le puse la mano en mis caderas para que pudiera empujar más a fondo. Sentí la palpitación de su verga y, mientras empezaba a correrme, abrí las piernas un poco, solo lo justo para llegar a mi clítoris con los dedos, deseando que me rociara y me inundara por dentro con un chorro de esperma. Su polla siguió arremetiendo, hinchándose, dilatándome el coño, hasta que finalmente se corrió. Justo entonces Raffaele dio un grito y me lanzó en la cara toda la carga de su polla, que me cayó goteando por la mandíbula para acumularse en mis clavículas. Yo recogí con la mano el semen de Serafim y me lo metí en la boca, dejando que me resbalase por la barbilla, como un brillo de plata sobre el ardor gélido de mi piel, y terminé de correrme, empapada, rendida, idolatrada.

Serafim hundió los dientes en mi hombro cuando caí suavemente sobre él. Alcé los brazos hacia Raffaele, que apoyó la cabeza en el hueco entre mis pechos. En ese momento oí la palpitación de nuestros tres corazones. Luego, con un sobresalto, atisbé un par de ojos por detrás de nosotros, y otro más allá, al final del muro. Sonó un jadeo amortiguado.

—Creo que tenemos compañía —dije muy despacio.

—No te preocupes, no nos molestarán —murmuró Raffaele—. Solo estaban mirando.

Mis dos chicos seguían vestidos. Permanecimos así, yo desnuda entre el peso de sus dos cuerpos, hasta que unos pasos arrastrados, casi inaudibles, me dijeron que nuestra silenciosa audiencia se había esfumado. El viento helado del mar empezó a dejarse sentir.

Era más o menos la una de la mañana cuando eché a andar hacia el hotel, envolviéndome bien en el abrigo. Mi vestido estaba hecho una pena, con la suave gamuza manchada y rayada. Pero no me importaba. Los feligreses de la misa del Gallo estaban saliendo de las iglesias, con sus elegantes chaquetas, llevando en brazos a los coches a sus hijos desfallecidos. Sonaban los compases de «Venid, adoremos». Lejos de la costa, los botes estaban buscando en las aguas oscuras. Antes me había comprado un cartón de cigarrillos. Envolví un paquete en una hoja del hotel donde había escrito «Feliz Navidad» y lo dejé frente a la puerta de Da Silva. Pensaba pasarme todo el día del nacimiento de Nuestro Señor durmiendo.

6

Día de San Esteban por la mañana. El polígono industrial era tan feo y anodino como todos los polígonos. Pasamos frente a una serie de almacenes anónimos y muelles de carga; unos trabajadores chinos fumaban un cigarrillo afuera. Dos hileras de cobertizos de jardinería prefabricados, similares a los chalets del campamento de refugiados, se alineaban junto a la carretera, con cuerdas para tender entre ellos. Atisbé un montón de literas a través de una puerta abierta. Muchos de esos cobertizos debían de estar atestados de máquinas de coser, de hombres y mujeres encorvados sobre las costuras de ropas tan caras y delicadas como las que yo llevaba. Los grandes diseñadores pagaban sueldos de explotación para conseguir la preciada etiqueta «Made in Italy». Un bloque bajo tenía unas enormes puertas de seguridad y dos guardias con perros alsacianos. Había un intenso olor a productos químicos en el ambiente. Al levantar la vista, reparé en dos siniestras chimeneas que dejaban escapar un humo blanco. Quizá estaban cocinando heroína ahí dentro. Me importaba una mierda.

Paramos un poco más adelante, ante un edificio más pequeño de ladrillo rojo donde había otro chino esperando fuera. Era un tipo de media edad, barrigón, vestido con un mono azul, igual que los trabajadores de la fábrica.

—Este es Li —dijo Da Silva—. Li, esta es la señorita Rashleigh.

—Judith, por favor.

—La dejo con él, pues —me dijo Da Silva. Volvió al coche, abrió la ventanilla y encendió un cigarrillo.

—¿No quiere ver el taller? —grité.

—Ya lo tengo muy visto —dijo, sonriendo.

Li me sostuvo la puerta con cortesía y me preguntó con un italiano perfectamente acentuado si quería beber algo. Decliné el ofrecimiento y lo seguí ansiosamente hacia el interior. El espacio era más largo de lo que parecía y estaba repleto de luz natural gracias a unas grandes claraboyas. Flotaba en el ambiente un delicioso olor a óleo y a barniz. Cruzamos un corredor compartimentado hasta llegar a una pesada puerta ribeteada de ladrillo. Li introdujo un código de seguridad y esperó hasta que la puerta se abrió con un clic.

—Esto es el depósito. ¿Qué desearía ver?

—Algo que esté listo para salir, si hace el favor.

Li reflexionó un momento; luego sonrió y cogió el asa de lo que parecía un frigorífico gigante. En su interior había un soporte giratorio, que puso en marcha con un mando. Vi cómo desfilaban los armazones de los lienzos, uno tras otro, hasta que detuvo el soporte y sacó un Kandinsky.

En realidad, no era un Kandinsky. Yo sabía, racionalmente, que no lo era. Y sin embargo, de un modo extraño y maravilloso, producía en mí el mismo efecto que los Kandinsky auténticos que había visto. Si hubiera sido auténtico, el cuadro habría pertenecido al primer período del pintor, en torno a 1911. Un paisaje con casas, un prado en primer plano y un río curvándose alrededor de una colina. La extremada simplicidad de los colores —verde, rojo, amarillo, azul— y la precisión infantil de los edificios contrastaba con las manchas que palpitaban en la tierra y el agua. En fin, el tipo de cuadro que aún hace decir a la gente: «¡Esto lo podría pintar mi hijo de tres años!», como si la cuestión fuera reproducir torpemente lo que captó el pintor. Hasta que vuelves a mirarlo y ves la vidriosa profundidad del agua entre las capas aparentemente planas de pintura, el baile de sombras mientras el sol invisible juega en los tejados; más aún, llegas a percibir cómo florecen los colores con tal fuerza que la humedad de los muros de yeso y el polvo de la hierba de la orilla te acaba nublando la vista; y entonces sientes, más que ves, ese paisaje, aun cuando lo que el artista ha pintado es la superficie de tu propio iris.

69

Se calcula que un diez por ciento de las obras colgadas en los grandes museos son falsificaciones. Mirando el cuadro de Li, resultaba fácil creerlo. Quizás ese lienzo no habría resistido un análisis tecnológico complejo, pero yo sospechaba que tal vez sí lo hubiera resistido. Y en tal caso, ¿dónde residía la realidad de un Kandinsky?

No me hacía falta decirle a Li que era un buen trabajo. Habría sido casi un insulto.

—Alguna otra obra, por favor.

Volvió a hacer girar el soporte con el mando y seleccionó un lienzo más grande, un clásico bodegón holandés del siglo XVII. Fondo de intenso color azul-café, un mantel sobre un prado, una bandeja de plata con granadas y uva negra, y la luz de las tres velas de un historiado candelabro bruñendo el mosto de las pieles de las frutas. En el borde de la bandeja, una diminuta pero vívida oruga verde sobresalía hacia el espectador con tal realismo que a primera vista parecía pegada al lienzo. Era un truco habitual insertar un minúsculo detalle juguetón de ese tipo, como en un alarde de virtuosismo.

—¿Tiene una lupa?

Li se sacó una del bolsillo del mono y colocó el cuadro sobre la mesa de trabajo. La deslicé con cuidado sobre la superficie. El «craquelado» es la red de diminutas grietas que aparece en la capa superior de un cuadro cuando los óleos y los barnices se secan. Este efecto puede falsificarse: con frecuencia se consigue calentando en un horno la obra terminada. Pero un craquelado pobremente ejecutado puede desenmascarar a un falsificador e identificarlo del mismo modo que unas huellas dactilares. Yo no era experta en bodegones de ese período, pero había visto en la Casa suficientes composiciones similares para estar segura de que este pasaría desapercibido.

—¿Y los pigmentos?

—Todos correctos. Los trituramos nosotros mismos.

Cruzó la estancia hasta una librería y cogió un gran volumen cuadrado con una polvorienta y vulgar cubierta roja: el *Dictionary of Historical Pigments*. Sacó otro y leyó cuidado-

samente el título en inglés: *Optical Microscopy of Historical*
*Pigments.**
—He oído hablar de ellos.
—Y aquí tiene nuestra lista de control.
Me señaló un rótulo escrito a mano con caracteres chinos
que estaba clavado en la pared.
—Lienzo, bastidor, tablero, capa, base, imprimación... —titubeó un momento hasta encontrar la palabra— aglutinante,
pátina. Cada pieza se revisa antes de salir de aquí. Pero eso es
solo un recordatorio, claro. No nos hace falta.
—Ya me lo imagino. Gracias. ¿Podría ver el taller?
—Claro.
Cuando la gente piensa en pintores hoy en día, suele imaginarse a un genio solitario que trabaja recluido en un desván. Pero eso es una invención relativamente reciente. Hasta
el siglo XIX al menos, los artistas dirigían sus estudios como
una cadena de producción, de tal manera que los lienzos pasaban de los nuevos aprendices, que emborronaban la base, a
los especialistas en paisaje o en tejidos, y finalmente llegaban
al propio pintor, que daba las últimas pinceladas a una cara o a
las sombras del ala de un querubín. Una mecánica no tan distinta a los procesos de una factoría industrial. Muchos cuadros
considerados de los Antiguos Maestros contienen muy poco
del antiguo maestro: una pintura de Rubens, digamos, puede
contener únicamente el retrato de una mano ejecutado por el
propio artista. El taller de Li parecía basado en el mismo método. Varios hombres, todos de mediana edad como él, trabajaban silenciosamente en unas largas mesas acompañados de
una suave música clásica de la radio. Uno estaba esparciendo
la base en óleos oscuros; otro aplicaba meticulosamente la primera capa de pintura blanca de lo que debía de ser un cuadro
impresionista con un pequeño utensilio de madera parecido
al palo de un polo. Ataviados con sus monos oscuros, todos
trabajaban sin prisas, intensamente concentrados, como mon-

71

* *Diccionario de pigmentos históricos y Microscopía óptica de pigmentos históricos.*

jes de un *scriptorium* medieval. Me acordé del falso Stubbs, el cuadro que mi antiguo jefe, Rupert, había tratado de vender a través de la Casa. ¿Lo habrían alterado aquí para que pareciese auténtico? Viendo trabajar a aquellos hombres, no era capaz de sentir la menor indignación por los clientes a los que estaban estafando. Lo que hacían requería una paciencia, una destreza, una precisión y un amor inmensos. Al fin y al cabo, solo estaban haciendo lo que generaciones de aprendices habían hecho en el pasado, y los resultados que ahora tenía ante mis ojos eran mucho mejores que las birrias que salían de la mayoría de escuelas de arte.

—¿Cuánto tiempo suelen tardar para una pieza? —pregunté. Me había puesto a susurrar sin darme cuenta.

—Tres meses como máximo, normalmente. Si se trata de algo más moderno... —Li sonrió maliciosamente.

—¿Un Pollock, por ejemplo?

—Ah, eso lo hacemos en una tarde.

—¿Trabajan sobre madera?

—Madera, papel, cualquier material. Una vez hicimos un trabajo sobre... un vestido de mujer.

El Caravaggio. Lo sabía todo sobre esa pieza.

—Voy a intentar traerle una madera. Necesitará óleos de finales del siglo XIX: nada anterior a 1860 ni posterior a 1905.

—¿Barniz?

—Quizá. Aplicado y luego retirado, yo diría.

—¿Un trabajo fácil, entonces?

—Me parece que cualquier trabajo será fácil para usted.

Mi primera pregunta había sido: ¿quién? ¿Qué pintor debía elegir? Un Antiguo Maestro —un Rembrandt o un Velázquez, digamos— sería obviamente lo más fiable para obtener un buen precio; sin embargo, aunque se utilizara pintura idéntica a la del período, aunque el lienzo, el tamaño, la densidad del pigmento y la pincelada fueran impecables, tal como en la lista de control de Li, siempre quedaba el problema histórico. Para fabricar una obra de arte, tiene que caber la posibilidad de que

hubiera existido realmente, debe haber un hueco en la cronología en el que poder insertar la falsificación. El Rembrandt
Research Project había invertido cuarenta años en el examen
microscópico de cada uno de los lienzos atribuidos al pintor,
erigiendo así una barrera de erudición en torno a su obra que
solo un idiota se atrevería a escalar. De vez en cuando, es cierto,
se descubre una obra perdida de un maestro (en París se había
vendido recientemente un Leonardo), pero esos descubrimien-
tos milagrosos aparecen en las noticias de todo el mundo, y
su propiedad legítima puede convertirse en objeto de disputa
entre diferentes gobiernos. Demasiado complicado, demasiada
publicidad, demasiado lento.

Lo cual dejaba la posibilidad de otras obras más modernas,
desde finales del siglo XIX hasta mediados del XX. Los impresionistas o los expresionistas abstractos son mucho más fáciles de
falsificar, en especial estos últimos, porque no es necesario saber pintar. Si Li debía hacer una pieza capaz de obtener más de
cien millones, ese era el período más prometedor. *Interchange*
de Willem de Kooning había obtenido trescientos millones; *Los
jugadores de cartas* de Cézanne, doscientos cincuenta y *17A* de
Pollock, doscientos, situándose los tres por delante del pobre
Rembrandt, cuyo doble retrato *Soolmans y Coppit* había sido
vendido por un miserable millón ochocientos. El mayor reto
era encontrar el hueco en el catálogo. A mí me constaba que
Modigliani, cuyas obras también se vendían por encima de los
cien millones, había sido falsificado a menudo por este motivo:
el pintor había pasado gran parte de su vida prácticamente en
la indigencia y a menudo intercambiaba cuadros por comida,
lo que volvía notablemente difícil rastrear su producción. Pero,
por este mismo motivo, Modigliani resultaría demasiado obvio, demasiado arriesgado.

Luego había pensado en Gauguin. Cuando trabajaba en la
Casa de Londres, me enviaban con frecuencia al archivo del
Courtauld Institute, en el Strand. En la colección había un
Gauguin que siempre me tomaba un tiempo para ver: *Never-
more*, pintado en Tahití en 1897. Al principio, el cuadro me
había parecido feo: un pesado desnudo de lado sobre un cubre-

73

cama de vistosos colores, con la cabeza de la modelo apoyada en un cojín amarillo ácido. La pose es desgarbada; la decoración estampada de la habitación, torpemente afeminada. Y sin embargo, me había sentido impulsada a volver a verlo, y me apresuraba desde Saint James's por Charing Cross, cargada con mis pesadas carpetas, para robar unos minutos frente al cuadro. Las notas de la galería decían que estaba viendo a una adolescente explotada, la *vahine* del pintor, su «esposa» tahitiana, y que la composición (con las dos figuras vigilantes a la derecha y el pájaro de pico despiadado, un cuervo, a la izquierda) era siniestra y perturbadora. Pero no era eso lo que yo veía. Para mí, la chica simplemente parecía enfurruñada y aburrida, llena de impaciencia ante la exigencia de su viejo amante de que posara para él. A mí me había gustado esa actitud desafiante, y me gustaba que el pintor la hubiera reflejado para reírse de sí mismo. También recordé, por otra parte, que *Nevermore* había sido pintado encima de otra composición: una granja tropical de poderosas palmeras, con un caballo y una gallina, según habían revelado los análisis con infrarrojos del museo. Por lo que yo sabía, la vida de Gauguin había sido agitada y peripatética: había pintado en París, Bretaña, Arlès, en Copenhague, la Martinica, Tahití y las islas Marquesas. Gauguin no solo trabajaba sobre lienzo, sino también en cerámica, maderas y fresco. Y eso me había dado otra idea.

No obstante, al salir de taller comprendí que mi labor iba a ser muchísimo más difícil que la de Li. Él podía fabricar los cuadros, pero no venderlos. Inventarse los antecedentes, las procedencias, también era un trabajo técnico, y Dios sabía que yo había falsificado unas cuantas versiones de mi propia vida. Una laboriosa historia detectivesca en sentido inverso. Pero si Raznatovic me quería a mí era porque yo tal vez sería capaz, debía ser capaz, de convencer al comprador. Li podía forjar algo que pareciera exactamente un Kandinsky, pero lo que lo convertía en un Kandinsky era la convicción de su propietario de que *era* un Kandinsky. En cualquier encuentro en el que esté involucrado el deseo, la persona cuya necesidad es mayor es la más sumisa. Eso era tan cierto en el comercio como en el sexo.

Yo iba a tener que suscitar esa complicidad: hacer creer a nuestro comprador, llenarlo de un deseo febril, lograr que quedara poseído por las urgencias de la posesión.

Había tres colillas junto a la ventanilla del coche de Da Silva. Apoyada contra la pared, encendí uno yo misma. Un pacto de fe sellado con dinero. Cien millones. Expulsé un cero de humo y observé cómo temblaba y se iba disipando. Ocho seguidos. Soy buena actriz, pero... ¿era tan buena? Aunque la alternativa no resultaba demasiado atractiva. Me sacudí para espabilarme, saqué el móvil y tecleé mi respuesta a Pavel Yermolov.

Felices Navidades. Todo bien. Aunque quizá necesite un par de favores. ¿Puedes llamarme?

Titubeé un momento y añadí un beso.
Luego llamé a Dave.
—¡Judith! ¡Qué alegría oírte, cariño! ¡Feliz Navidad!
—¡Feliz Navidad! No te estaré molestando, ¿no?
Él suspiró.
—Tengo aquí a mi suegra. Ella y la jefa se han ido a las rebajas de John Lewis.
—Ah... qué... bien. Bueno, ¡cuéntame de tu libro!
Yo me lo había terminado de leer en Nochebuena, en la cama, con una botella de Ciro y un sándwich club. Empezaba como una memoria, describiendo el período de Dave en el ejército, la pérdida de su pierna y el consuelo que había encontrado al empezar a estudiar arte. La segunda parte exponía su trabajo con soldados heridos, así como la investigación sobre arte y terapia para el síndrome de estrés postraumático, y terminaba con un apasionado llamamiento para que se continuara enseñando historia del arte en los colegios. Yo veía claramente que los lectores encontrarían conmovedoras muchas de las historias, y Dave además escribía bien, con sencillez, sin pretensiones, y transmitía su entusiasmo en cada página.

75

—Es bueno de verdad, Dave. Me sentí orgullosa al leerlo.

—Pues... ¿sabes qué?

Su esposa —me explicó— había sugerido una autopublicación online, y el libro había tenido tantas descargas y recibido tantos comentarios positivos que un agente literario había asumido su representación. Y ya había conseguido un anticipo de un editor y todo, según me dijo.

—Me han llamado de la BBC. Querían ideas para filmar un documental sobre el trabajo que he estado haciendo.

—No seas modesto. ¡Quieren filmar una película sobre ti!

—Sí, bueno... En todo caso, está de lujo, ¿no?

—Más aún. Me alegro muchísimo por ti. Tu mujer debe de estar entusiasmada. Y hay que felicitarla, también, por haberlo colgado en internet. Tú jamás lo hubieras hecho por ti mismo.

—Gracias, gracias. ¿Y tú? Va todo bien, ¿no?

Ya sabía a qué se refería y agradecí que no preguntara más.

—Sí, todo bien. Una cosa, sin embargo, quizá tú puedas ayudarme... ¿qué sabes de las últimas ventas de Gauguin?

—Bueno... hubo esa tan importante, con ese nombre extraño. Alcanzó más de doscientos millones.

—Sí, *Nafea Faa Ipoipo*. Esa ya la conocía. ¿Alguna otra, anterior?

Una búsqueda online decente solo sirve para una década más o menos; luego es fácil que se te escapen cosas de los viejos tiempos, antes de que todo estuviera online. Aquí, en Siderno, Dave venía a ser lo más parecido a un buen archivo.

—Era un cabrón repulsivo ese Gauguin. Aunque sabía pintar un poco, el tipo. Espera, déjame echar un vistazo...

Oí el bastón de David, alejándose del teléfono.

—Aquí está. Lo recorté del periódico. Bueno, había dos versiones del mismo cuadro. Fue en el 2000. *Vase des fleurs (lilas)*, se titulaban. La Casa tenía uno en el catálogo de primavera. Pero ambos procedían del mismo marchante, un granuja de Nueva York. Nuestro lote fue retirado y la Otra Casa vendió el que según ellos era el original.

—¿Dos versiones, dices? De acuerdo, muchas gracias. Investigaré un poco.

—Cuenta conmigo siempre que quieras, cielo. Y cuídate.

—Tú también.

Llamé a la puerta del taller y volvió a aparecer Li.

—Perdone, se me olvidaba un detalle. Azul de Prusia. Necesitará un montón de azul de Prusia.

Volví al coche. Da Silva estaba echando una cabezada. Le di un golpecito en el hombro.

—Despierte. Hemos de prepararnos. Un poco de sol invernal.

—¿Qué?

—Quizá tenga que llevarme a Tánger.

En el hotel President, envié a un Da Silva más bien refunfuñón a mirar vuelos mientras yo preparaba un bolso de viaje y deambulaba por mi terraza, fumando y esperando con impaciencia que me llamara Yermolov. Me llevé un susto cuando Da Silva asomó la cabeza por encima del parapeto adyacente.

—¿Para qué quiere viajar a Marruecos?

—¿Es que no quiere ir?

—¿Por qué habría de querer? *Perché è pieno di marocchini!*

—Vaya, ¿y de qué quiere que esté lleno, maldito racista? En todo caso, tenemos mucha prisa. —Hice una pistola con los dedos y apunté hacia él—. El tictac del reloj no se detiene. Raznatovic no esperará eternamente. Si me lleva a Tánger, tal vez podamos tener su pieza lista para la venta en seis meses.

—¿Seis meses? *Cazzo.*

—Lo cual me recuerda otra cosa. —Señalé por encima de la terraza los jardines del hotel, donde los dos viejos tomaban el aire con aspecto taciturno en sus sillas de ruedas—. Necesitaré una nueva casa. Esto es demasiado deprimente. Y le he hecho una lista de tareas. Cosas que necesitaré. ¿Usted habla francés?

—No —dijo Da Silva con cansancio. Yo estaba disfrutando de lo lindo el numerito del mafioso contrariado, debo confesarlo.

—Entonces no me servirá de nada allí. Puede quedarse en el hotel y seguir con los preparativos.

—Ni hablar. Y si se cree...

Sonó mi teléfono, interrumpiéndolo a media frase.

—Disculpe —susurré—. Tengo que atender esta llamada.

Da Silva cerró de un portazo la puerta de su terraza.

—Здравствуйте, Pavel, как дела?

—Tu acento no ha mejorado nada, Judith. Pero ¿estás bien?

—Yo me alegraba de oír su voz.

—Perfectamente. En Italia. ¿Qué tal tú? ¿Y cómo está... Elena? —Elena era la esposa de la que se había separado. Había sido ella quien me había arrastrado al asunto del Caravaggio.

—Bien. Mucho más tranquila. Ahora está de vacaciones con los chicos.

—Me alegro. ¿Tú estás en Francia?

—Sí. En mi habitación.

Hubo una pausa. Recordaba esa habitación. Pensando en lo que habíamos compartido —las noches de sexo, arte y vino, el chantaje, el asesinato de Balensky— sentí una extraña timidez.

—Decías en tu mensaje que necesitabas un favor. O un par de favores. ¿Podrías concretar? Aunque no sé muy bien por qué debería hacerte un favor.

—Sí, sí lo sabes. Lo que hubo entre nosotros fue muy especial, Pavel. Además, hay una cinta en Serbia donde apareces abriéndole la cabeza a Balensky con un cenicero.

—¡Dijiste que la habías destruido!

—Bromeaba. Quizá. En todo caso, el segundo favor depende del primero. Tú estuviste en la casa de Balenksy en Tánger, ¿no?

«El Hombre del Stan» poseía una casa en esa ciudad portuaria famosa por su libertinaje, y había ofrecido allí fiestas igualmente famosas por su libertinaje.

—Varias veces, sí.

—Y me comentaste algo de la decoración. Objetos polinesios, ¿no? Ya sé que Balensky tenía un pésimo gusto artístico, pero me dijiste que la casa en sí era sorprendentemente bonita.

—Había algunas cosas bonitas... ¿por qué lo quieres saber?

—Eso no importa. He estado buscando en internet, pero hay infinidad de villas en Tánger y nada que indique cuál perteneció a Balensky.

La existencia de la casa de Balensky en Tánger había sido de dominio público, al menos si te gustaba leer la revista *OK!* en tu tiempo libre, pero los datos concretos sobre ella habían quedado siempre en una discreta vaguedad.

—Le compró la casa a un francés, creo. Un arquitecto.

—¿Recuerdas su nombre?

—Me temo que no. Pero la casa tenía un nombre. Espera un minuto.

Hizo una pausa.

—апельсины. Eso es.

—¿Naranjas?

—Eso creo, sí. Algo que ver con naranjas.

—Дарлинг, где вы?

Una voz de mujer, interrumpiendo. «¿Dónde estás, cariño?» Ah, bueno.

—Hmm. De acuerdo. En fin, parece que te necesitan. Gracias. Es lo que quería saber.

—¿Y el segundo favor?

—Seguiremos en contacto. Gracias, Pavel; gracias de verdad. Saluda a los cuadros de mi parte.

Descubrí que no me apetecía demasiado pensar en la invitada de Yermolov, en su presencia en la habitación de Yermolov, ni tampoco en si habría visitado su galería privada; así pues, desconecté esa parte de mi cerebro y busqué en Google casas de Tánger con naranjas en el nombre. Unos cuantos clics me llevaron a «Les Orangers», anteriormente propiedad de un tal Xavier de St. Clemente. Un nombre inventado, seguro. Y también un arquitecto francés. St. Clemente había sido un conocido miembro de lo que la edición francesa de *Vogue* llamaba pintorescamente *«les happy few»*. Había muerto de sida en los años ochenta, y en las revistas encontré profusos reportajes que hablaban de su carrera e incluían fotos de la casa marroquí —el nombre completo, Château des Orangers— y de su propietario junto con viejas celebridades como invitados. La construcción de la casa, que, en efecto, contenía antiguos paneles y esculturas de la Polinesia francesa, estaba ilustrada en varias fotografías. En otras, Jackie Onassis miraba con ojos entornados y maliciosos desde la terraza. A continuación, hice una búsqueda cruzada en un artículo de dendrocronología —la datación de la madera— en la web de la galería Phillip Mould de Londres y encontré lo que necesitaba. Luego estuve buscando agentes inmobiliarios en Tánger hasta que encontré la casa en un catálogo: solo su nombre y una fotografía, con una nota que decía «precio a consultar». Dediqué unos momentos a abrir una cuenta de Gmail como «kateogable» y envié un mensaje solicitando información.

—¡Romero! —grité por encima de la terraza—. ¡Ya estamos en marcha! ¡Prepare el equipaje!

—¿Para cuándo?

—¡Para mañana!

—Cazzo.

—No sea tan gruñón. Le va a encantar. Los Kray solían ir de vacaciones a Tánger, ¿sabe? Le viene como anillo al dedo.

7

*D*a Silva había insistido en buscar un hotel moderno con aire acondicionado y televisión por satélite, pero yo de ningún modo pensaba ir a Marruecos y alojarme en el Best Western. Su humor no mejoró cuando supo que debíamos viajar vía Nápoles y Barcelona. Después de devolverme a regañadientes mi viejo pasaporte, se había pasado la mayor parte de las ocho horas de vuelos asegurando con tono refunfuñón que nos iban a acosar y a robar, y esas sospechas timoratas se volvieron más agotadoras cuando un antiquísimo taxi de color mostaza nos depositó en lo alto de la Kasbah, la ciudad vieja, donde nos esperaba un chico con una linterna para guiarnos al riad que yo había elegido. Dar Miranda resultó ser una casa alta de forma cúbica, con una enorme claraboya que arrojaba a través de su vidriera dibujos de colores acaramelados en un patio central sembrado de pétalos de rosa. Nos llevaron por una caótica serie de escaleras a una estrecha habitación blanca con dos camas individuales cubiertas con una colcha de rayas azules y blancas y con una vista del océano en pleno crepúsculo a través de la amplia rendija de los postigos. Arriba había una terraza-azotea de mesas bajas de azulejos, con algunas elegantes parejas francesas cenando platos de tayín de olor delicioso y ensaladas de zanahorias con canela. Una tortuga se arrastraba penosamente entre sus pies.

—Mire —dije, señalando la carta—, incluso sirven vino. Anímese, hombre... ¿o es que echa de menos a Franci? Por cierto, ¿ella dónde cree que está?

—De negocios. Ya se lo dije, ella no hace preguntas.

—Pero ¿no me diga que no le gusta estar aquí?

—Nosotros solemos ir de vacaciones a Cerdeña.

—¡Qué provinciano es, por Dios!

—¿Quiere dejar de tocarme los huevos? Y vamos a cenar de una vez, ¿vale? Sea cual sea la bazofia asquerosa que sirvan aquí. Estoy agotado.

La depresión de Da Silva no hacía más que aumentar mi placer. Mientras él hurgaba con suspicacia en su maravilloso plato de pollo con limones en conserva, yo daba sorbos de vino tinto y contemplaba el caótico amasijo de azoteas de Tánger. Pese a todos los sitios que había visitado, aún había una parte de mí que no acababa de creerse que pudiera estar en un lugar semejante, con un aspecto y un olor tan... exóticos. La llamada a la oración resonando a lo largo de la ciudad tenía el encanto de lo ancestral; e incluso el leve hedor a alcantarilla que subía de las callejas misteriosas resultaba estimulante.

Da Silva soltó ruidosamente el tenedor, malhumorado.

—*Fa schifo*, servir carne con fruta.

—¿Y qué me dice de la *mostarda*? ¿Es que no puede relajarse un poco?

—Quizá si me explica para qué hemos venido aquí.

No me había parecido seguro hablarlo durante el viaje, pero ahora comprobé que todas las conversaciones a nuestro alrededor eran en francés. Me eché hacia delante y le serví más vino. El camarero retiró los platos y nos sirvió unos pequeños rombos de pastel empapados en jarabe de flor de naranjo.

—Necesitamos madera, una madera especial. Y aquí hay una casa que creo que tiene alguna de la época adecuada. Si me las arreglo para conseguirla, Li podría empezar a trabajar.

—¿Por qué no podemos comprarla, sencillamente?

—Vaya pregunta. Dendrocronología.

Le expliqué con detalle el método de datación de paneles que consistía en analizar los anillos visibles de la madera cortada transversalmente. Midiendo la distancia entre los anillos y comparando la muestra con cronologías de fecha y localización conocidas, se puede determinar la antigüedad del anillo más joven, lo que indica la fecha más antigua posible del uso de la madera, y, por ende, de cualquier pintura que contenga.

—Resumiendo: que si la pieza que queremos crear procede supuestamente de 1900, la madera tiene que ser de la época.

—No será porque no haya madera vieja a montones en Italia.

—Sí, pero tiene que ser del tipo de madera correcto. Por eso hemos venido aquí. Es fácil encontrar roble o arce de la época, pero no maderas que procedan del lugar del mundo adecuado. Habrá oído hablar de Gauguin, ¿verdad?

—Por supuesto.

—Entonces ya sabe que trabajó en Polinesia, ¿no?, en Tahití. La madera tiene que proceder de allí.

Hice una pausa mientras el camarero depositaba sobre la mesa unos vasos de cristal decorado, con una infusión de menta recién hecha.

—Y resulta que en esa casa hay el tipo adecuado de madera —expliqué—. Se llama «miro». ¿Lo entiende ahora?

—¿Cree que aquí tendrán expreso?

—Por Dios. Usted no tenía por qué venir, ¿sabe? Yo puedo arreglármelas sola perfectamente.

—Le aseguré a Raznatovic que no me apartaría de su lado. Además —añadió—, tal vez necesite… protección.

—Como ambos sabemos muy bien, el mayor peligro que hay aquí es usted. A menos que me rapte un apasionado jeque nómada. Lo cual estaría bien, pero tenemos unos plazos que cumplir, ¿recuerda?

Da Silva me miró desconcertado.

—¿Le suena *El cielo protector*? ¿Paul Bowles?, ¿el escritor? Vivía aquí, en Tánger.

—Ya le dije que no tengo mucho tiempo para leer.

—No importa. Vamos a acostarnos. Tenemos que levantarnos temprano para ir a la iglesia.

Habían encendido el pesado candelabro de bronce situado entre nuestras camas y extendido sobre ellas dos albornoces almidonados. Me cambié en el pequeño baño y me puse un pijama Olivia von Halle de seda azul marino, con un monograma de un cigarrillo humeante en el bolsillo de la pechera. Al menos, intentaba dar el pego. Me metí en la cama y procuré no escuchar los ruidos de Da Silva al mear y lavarse los dientes. Cuando emergió con camiseta y calzoncillos y apagó las velas, su presencia adquirió un peso repentino en la suave penumbra. Me sorprendí recordando la escena de Albania, cuando él había apretado el gatillo ante el hombre arrodillado. Su actitud calmada. «Usted es igual que yo.» Mi mano descendió bajo la sábana hacia la seda entre mis piernas. Solo un segundo.

—¿Romero?

—¿Qué pasa ahora?

—Dígame, ¿cómo se las arregla?

—¿Para qué?

—Con su vida. Para ser dos cosas a la vez. No quiero decir en la práctica, sino… ¿cómo lo soporta?

—*È così*—respondió. «Es así.»

Oí el suave murmullo de las sábanas mientras se ponía de lado. Hubo un prolongado silencio. Creí que se había quedado dormido, pero entonces susurró:

—¿Y usted? ¿Cómo lo soporta?

Mirando el techo oscuro, repasé los nombres mentalmente.

—Ya sabe —susurré al cabo de un rato—. Es así.

Él no había aguardado a que contestara; la única respuesta que obtuve fue un ronquido.

Provista de un torreón blanco y de un tejado verde —el torreón rematado con una incongruente bandera de San Jorge—, la iglesia anglicana de St. Andrew parecía más bien un fuerte moro conquistado por los cruzados, y no un austero bastión del imperio. Según la web InterNations, el café

84

matinal posterior a la misa era el núcleo de la vida de los expatriados de la ciudad, lo que no dejaba de constituir una cierta desilusión para un lugar considerado en su día un centro cosmopolita del pecado. Da Silva y yo nos situamos en la parte trasera justo cuando el vicario estaba invitando a la congregación a entonar un verso vibrante del himno: «Lo! He Comes with Clouds Descending». La iglesia no había jugado un gran papel en mi infancia, y Da Silva, por su parte, era católico, pero ambos nos arrodillamos y musitamos torpemente los cánticos y las oraciones del oficio. El templo, con su bella columnata y su presbiterio de mármol labrado, tal vez había pertenecido a otro mundo, pero los feligreses parecían sacados de un drama de época de la Inglaterra de 1953. Trajes oscuros, cuellos rígidos y caras rubicundas entre los hombres; vestidos florales y sandalias recatadas sobre medias de color carne, entre las mujeres. Algunas incluso llevaban sombreros. La única indicación de que estrictamente hablando estábamos en África la proporcionaba una gruesa mujer de pelo corto gris que llevaba un *ikat kaftan* estampado de vistoso color fucsia, un enorme colgante de plata y unos pendientes que, supuse, ella debía de considerar «divertidos».

El vicario y su esposa fueron estrechando las manos de los miembros de la congregación a medida que desfilamos hacia el salón de la parroquia, un espacio con paredes de madera situado a un lado de la iglesia, donde ella se instaló tras una gran cafetera. Da Silva puso cara de asco cuando la mujer le ofreció una taza rebosante de Nescafé aguado, con una galleta Rich Tea en el platito. Yo me fui directa a la dama del colgante de plata, que hablaba ruidosamente de sus desagües con un tipo más bien intimidado vestido con un chaleco de tweed.

—Así que le dije a Hassan: «¡Esto es sencillamente inaudito! ¡La cuarta vez este año! Estaremos todos muertos de cólera antes del verano» —hablaba con acento engolado, pero a medida que se acaloraba sobre la chapucería de los fontaneros marroquíes se le deslizaba un ligero deje del sur de Londres.

Me pregunté si se habría retirado con los beneficios de un

85

burdel en Putney. Tweedy y yo aguardamos educadamente a que se produjera una pausa en su perorata; pero, como no se vislumbraba ningún signo de que fuera a producirse, acabé interrumpiéndola.

—¡Buenos días! Un oficio precioso, ¿verdad?

—¡Aaaah —sonrió la mujer, detectando una nueva presa—, una recién llegada! ¿Cómo se llama, querida?

—Katherine Gable. Acabo de llegar.

—¡Yo soy Poppet! —anunció la mujer, como si con eso quedara todo explicado.

—Poppet lleva viviendo aquí treinta años —apuntó Tweedy.

—Bueno, puedo explicarle todo lo que quiera sobre este lugar —gorjeó Poppet—. Y dígame, ¿qué la trae por aquí? ¿Algún pariente en el consulado?

—No exactamente. Mi colega y yo —señalé a Da Silva— hemos venido por trabajo. Somos consultores inmobiliarios.

—¿Ah, sí? —Poppet me observó con expresión astuta mientras Tweedy se escabullía aliviado. Yo había escogido una falda negra acampanada y un jersey de cuello redondo azul marino de cachemira, que esperaba que diera la impresión de que llevaba debajo una sarta de perlas—. ¿De Londres?

—Tenemos la sede en Montenegro, en realidad. Yo antes trabajaba en... —Le dije el nombre de la Casa. Sabía que Poppet se quedaría impresionada.

—Ah, ya veo. Entonces debe de conocer a Laura Belvoir, ¿no?

—¡Oh, sí! ¡Mi querida Laura! —farfullé. Mierda. Me había dejado pillar yo sola. ¿Por qué no había resistido ese pueril impulso de alardear citando nombres? Laura había sido en su momento mi superior en el departamento de Pintura Británica.

—Ella venía por aquí continuamente. Se quedaba en casa de los Whitaker, ¿sabe?

—Ah, claro, los Whitaker. ¡El mundo es un pañuelo!

Fueran quienes fuesen, los compadecía.

—¿Y está buscando algo por aquí?

—Sí. Una casa en particular. Les Orangers. He oído que está... ¿a la venta?

Obviamente, Poppet no se había sentido tan encantada desde la última visita de la princesa Margaret.

—Les Orangers. ¡Ay, santo cielo, qué historia tan espantosa! ¿Se ha enterado? —Se inclinó de tal modo que los pinchos de su colgante amenazaron con desgarrar mi jersey.

Supuse que se refería al escándalo que rodeaba la muerte de Balenksy en Suiza hacía unas semanas. Yermolov y yo nos habíamos encargado de que circulase por internet. Según la versión comúnmente aceptada, el millonario arruinado, vestido con unos panties de PVC, estaba dándose una última juerga con un chapero en una estación de esquí cuando las cosas se fueron de madre. La muerte del oligarca había generado unos titulares espectaculares en los días de calma prenavideña.

—No, la verdad. Solo hemos sabido que la propiedad está disponible. Aparece en el catálogo de Price and Henslop, pero hay pocos detalles y no hemos podido contactar con ellos.

—Ah, deben hablar con Jonny Strathdrummond. ¿Están en el hotel Minzah? ¿No? Bueno, tienen que venir a cenar más tarde. Yo celebro mis veladas los domingos; viene todo el mundo. Tome mi tarjeta. A eso de las siete. —De repente, se puso seria—. Tenemos gin, ¿sabe? ¿A que es maravilloso?

Por el tufillo que despedía, deduje que ya le había dado un tiento a la botella de Tanqueray, pero no pensaba quejarme.

—Es muy amable —gorjeé—, aunque debo actuar con discreción, ya me entiende. Nuestro cliente es una persona muy celosa de su privacidad.

—Naturalmente.

Le volví a dar las gracias y fui a buscar a Da Silva. Aún no habíamos salido por la puerta cuando oí que Puppet explicaba estrepitosamente a todo el mundo que alguien había venido a interesarse por Les Orangers.

Da Silva había abierto Google Maps en su móvil.

—La Kasbah está por aquí.

—Sí, ya lo veo.

Subimos por una empinada calleja hacia la plaza principal de Tánger, el Gran Zoco. Los taxis avanzaban lentamente a bocinazos entre cajones de gallinas vivas y mujeres bereberes con sombreros de paja de ala ancha que exponían sus bandejas de huevos y hierbas. Primero eché un vistazo en la agencia inmobiliaria Price and Henslop. Pese a las modernas y lujosas villas expuestas en los escaparates, la oficina tenía un aspecto mugriento. No había ningún anuncio de Les Orangers. Los cafés del amplio e irregular espacio del zoco estaban llenos de hombres que fumaban y bebían té y Coca-Cola. Las únicas clientas eran turistas. Nos sentamos frente al precioso cine art déco y Da Silva finalmente pudo pedir su expreso. Encendió dos cigarrillos con el Dupont, sin dejar de echar miradas alrededor por si había carteristas acechando.

—Y ahora, ¿qué? —preguntó, taciturno.

—Bueno, ¡estamos invitados esta noche! Ha valido la pena el sermón, ¿no?

—¿Cómo lo ha conseguido?

—Yo trabajaba en la Casa, en Londres. Es una contraseña mágica. La dirección del lugar que nos interesa no figura online. He pensado que valía la pena venir a echar un vistazo. Ahora vuelva al hotel; yo me voy a dar un paseo. Sin usted. Mi pasaporte está en el Miranda; no voy a ir muy lejos.

Cuando se hubo marchado, bajé por las calles hasta el puerto, deleitándome con la sensación de estar sola finalmente. Compré un vaso de pequeños caracoles grises bañados en un licor ámbar, de un enorme caldero de acero, y me los comí con un palillo. Luego volví sobre mis pasos hasta el mercado, examinando las mercancías extendidas sobre un paño en la acera. Teléfonos antiquísimos, zapatos usados desparejados, casetes de música. Parecía increíble que la mayoría de esos cachivaches pudieran interesar a alguien, pero había una multitud de hombres hurgando entre los montones con avidez. Un paño contenía solo tornillos y tuercas oxidados; otro, un surtido de herramientas muy gastadas. Este último prometía. Le pregunté al hombre en francés si tenía un serrucho. Él revolvió en el montón y sacó uno nuevo con mango de plástico.

—Solo un dírham. —O sea, unos peniques.

—*Shuk'haram.* Gracias. Pero quería algo más parecido a esto, por favor —dije, señalando un martillo con mango de madera—. Uno viejo.

El hombre se echó el gorro de lana hacia atrás sobre su cabeza calva y buscó entre los sucesivos estratos de hierro hasta sacar una sierra pequeña, con la hoja descolorida por los años pero los dientes todavía afilados.

—¡Perfecto!

—Cinco dírhams.

Él pareció casi decepcionado al ver que le daba de inmediato un billete, pero habría sido una indecencia regatear. Me guardé la sierra en el bolso con cuidado y me dirigí a la medina.

Quería llegar al Pequeño Zoco, una plaza de tamaño más reducido que había sido en tiempos el centro literario de Tánger. Abriéndome paso entre oscilantes percheros de chilabas, babuchas de cuero apiladas para los turistas y montones de jabón de aceite de argán, me perdí en cuestión de minutos. Pero buscar un mapa habría sido como hacer trampa.

—¿Quiere algo, *mademoiselle?* —me preguntó un joven negro, no marroquí, que iba vestido con tejanos, sudadera con capucha y unas Nike nuevecitas.

—*Non, merci.*

—¿Quiere ir a la Kasbah?, ¿quiere ir a su hotel? ¿Quiere… algo para fumar?

—¡Por supuesto que no! —repliqué con el tono de una gobernanta de E.M. Forster.

—¿Por qué está aquí sola, entonces?

—Por favor, estoy bien. Es muy amable. Tengo que irme. —Me metí a ciegas por la primera calleja, que resultó ser la entrada de una mezquita mugrienta y achaparrada.

—Señora. Está perdida.

Busqué en mi cartera unos billetes de dírham.

—Muy bien. Usted gana. Quiero ir al Pequeño Zoco.

—Es gratis, señora. Por aquí.

Lo seguí durante un lapso de tiempo vergonzosamente

89

breve hasta un especio triangular en pendiente, rodeado de cafés como la otra plaza. El tipo rechazó mi segundo intento de pagarle, pero no dio muestras de querer largarse de una puta vez cuando me instalé en una mesa esmaltada amarilla.

—¿Quiere que le compre una Coca, señora?

—No. Váyase, por favor.

—Vale.

Hizo ademán de marcharse, encogiéndose de hombros enfáticamente. ¿Acaso había creído que quería ligármelo? Claro que sí. Por Dios.

—¡Espere! Disculpe, ¿cuál es su nombre?

—Abouboukar, señora. Abouboukar, de Costa de Marfil.

—¿Quiere tomarse esa Coca?

—Claro, señora.

—¿Sabe conducir?

—¿Conducir? Por supuesto. Bueno, no tengo permiso, pero...

—Genial. Siéntese.

Mientras él se tomaba su Coca y yo una menta, tuvimos una agradable conversación, nos dimos los teléfonos y quedamos en hablar al día siguiente. Abouboukar se ofreció a acompañarme al Miranda gratis, pero yo no vi ningún motivo para que él y Da Silva se conocieran aún. Solo le pedí que me buscara un taxi para llegar al café Hafa, a la salida de la ciudad vieja, en los acantilados sobre el mar, y allí me comí unas sardinas a la brasa con pan plano yo sola, a mis anchas.

La tarjeta de Poppet nos condujo a una calle de apartamentos de los años cincuenta, situada entre la ciudad vieja y los edificios nuevos de tres o cuatro pisos, con balcones de estilo español cerrados con mamparas. Tomamos un jadeante ascensor hasta la última planta, donde nos abrió un sirviente con camisa y pantalones blancos, tocado con un fez. Mientras recogía nuestras chaquetas, una mujer bajita con velo apareció en el vestíbulo cargada con una bandeja de vasos vacíos. Se la tendió al hombre, pero él se negó a cogerla y ambos se enzarzaron en una acalorada discusión en árabe. Poppet surgió de una puerta lateral con un vestido negro y dorado y un turbante a juego, sujetó la bandeja, empezó a pegarle gritos a la mujer en francés chapurreado y le dio una patada en el trasero al sirviente cuando este se dio la vuelta para guardar las chaquetas.

—¡Llevan veinte años así! —graznó Poppet. El sirviente había vuelto a ocupar su puesto junto a la puerta, en apariencia impasible—. La cocinera no quiere servir las bebidas porque tienen alcohol. Y Hassan se niega a coger la bandeja porque dice que es un trabajo para mujeres. ¡Por Dios! Bueno, queridos, adelante, pasen. Katherine y...

—Giovanni —me apresuré a decir.

Da Silva lo asumió sin pestañear y se inclinó sobre la mano extendida de Poppet, a quien pareció complacerle el gesto. Él iba con una camisa azul claro bien planchada que realzaba su cabello oscuro, aunque se había negado a mi sugerencia de ponerse corbata. Las noches en Tánger eran bastante frescas, así que yo me había atenido a un atuendo elegante de domingo: mi viejo traje negro Chanel y una blusa de seda de color marfil. Poppet nos ofreció un enorme gin-tonic y nos llevó a la sala de estar, que venía a ser una combinación de cretonas y terciopelos eduardianos con mesas marroquíes y otomanas de madera trabajada. Las gruesas cortinas de terciopelo granate estaban corridas, a pesar de que afuera apenas empezaba a oscurecer, y el aire se hallaba impregnado de olor a tabaco y del aliento untuoso de un grupo de personas que llevaban bebiendo toda la tarde.

—Bueno, ¿dónde está Jonny? —preguntó Poppet solícitamente—. No ha llegado aún. No importa, pueden hablar con...

Una chica con un rizado casquete pelirrojo apareció desde detrás de un sofá.

—¡Yo soy Muffie! ¿Una salchicha? —dijo, ofreciéndonos un plato de chipolatas—. Son deliciosas, ¿verdad? Las traemos de Marks and Sparks cuando vamos a casa. —Por su manera de decirlo, cualquiera habría dicho que Londres estaba al otro lado de un gran océano y requería un viaje de tres meses con parada en Port Said—. Y este es Juancho.

Juancho parecía un jugador de polo en miniatura: un tipo flacucho y marchito, vestido con botas y pantalones de montar. Tenía la frente curtida por el sol y unos rizos grises que le caían sobre el cuello de la camisa.

—Están interesados en Les Orangers —susurró Poppet con tono conspirativo.

—¿Ah, sí? ¿Es solo eso lo que te trae a Tánger, querido muchacho? —Esa voz afeminada y resonante a la vez procedía al parecer de un brazo con camisa a rayas que se estaba enroscando en torno a los hombros de Da Silva.

—Déjalo en paz, Vivi —farfulló Juancho con la lengua trabada y un marcado acento sudamericano.

Aparte de nosotros dos, los invitados de Poppet parecían bastante colocados. El brazo descendió por el pecho de Da Silva y su propietario se volvió hacia nosotros: un inglés rubio y fornido con un foulard de cachemira.

—Vivian Forrest. Tú puedes llamarme Vivi, querido, pero tu amiga, no.

—¿Cómo está usted? —tartamudeó Da Silva.

—Así, así. Te hemos visto esta mañana en la iglesia, ¿verdad? Bueno, cuéntame —el brazo estaba arrastrando a Da Silva lejos de nosotros—, pareces en plena forma. Te gustan los ejercicios musculares, ¿no?

Se dirigieron a un rincón donde varios europeos con foulard habían acorralado a un par de chicos marroquíes.

—¡Queridos, mirad lo que os he traído! —exclamó Vivi, cuyo afeminamiento chocaba con su físico de jugador de rugby.

Pensando que Da Silva era más que capaz de arreglárselas con unas cuantas reinonas, me volví hacia Muffie. Juancho se había desplomado entre los cojines y buscaba a tientas un cigarrillo, aunque ya tenía un Sobranie de boquilla dorada en los labios.

—Dicen que Les Orangers está hechizada —me explicó Muffie con aire confidencial—. Jonny Strathdrummond asegura que no consigue a ningún marroquí para limpiarla.

—Esperaba verla por aquí. Pero... dígame, ¿qué la ha traído a Tánger, Muffie? —me apresuré a añadir. No me apetecía otra tanda de preguntas sobre qué amistades teníamos en común.

—Ah, yo me dedico a hacer joyas, bolsos y demás. Esa de ahí es una pieza mía.

Me señaló a una mujer, al otro lado de la habitación, que iba vestida con un traje pantalón oscuro y cuyo pintalabios borgoña le estaba manchando los dientes. En el suelo, junto a sus zapatos de cuero calado, había una bolsa de seda verde con dos pulseras marroquíes a modo de asas.

—Encantadora —acerté a decir, lo cual supongo que era cierto si estabas a favor de la terapia ocupacional—. Tiene que darme su tarjeta. Bueno, y cuénteme lo de los fantasmas...

—Sí. Jonny Strathdrummond dice que se oyen ruidos. Gruñidos y gemidos, como si hubiera un alma en pena.

—¿De veras? —Me daba la sensación de que sabía de qué podía tratarse—. ¿Así que es un lugar espeluznante?

—Uf, sí. Está en los acantilados, pasado Hafa. ¡A mí no verá por allí en una noche oscura!

Nos interrumpió Hassan, que empezó a tocar una campanilla al tiempo que la cocinera aparecía con una fuente enorme de algo similar a un pastel de carne.

—¡A comer! —gorjeó Muffie. Da Silva se acercó prácticamente corriendo a la mesa del buffet, escapando de las garras de Vivi. La comida era deliciosa, la verdad: guisantes con lechuga y crujientes patatas al romero, además del pastel de carne, aunque yo dudaba mucho de que aquello bastara para absorber todo la ginebra ingerida. Nos quedamos un buen rato, pero el famoso Jonny Strathdrummond no se presentó. Al final, Poppet se ofreció amablemente a llamarle.

—¡Migraña! —anunció—. Pero dice que puede reunirse con ustedes mañana a las seis y media en el Club Maroc.

—Es usted un sol, Poppet —dije, agradecida.

—Bueno, hemos de permanecer unidos, ¿no? Dígame, ¿usted y su compañero seguirán aquí para Año Nuevo?

—No lo creo, lamentablemente.

93

—¡Qué pena! Los músicos derviches son algo digno de verse. Van por toda la ciudad con sus preciosos tambores. Bueno, si necesitan cualquier cosa, llámeme. Y si cambian de idea para Año Nuevo, los Whitaker siempre organizan una fiesta maravillosa... ¡Y les encantaría ver a una amiga de Laura!

Mientras maniobraba para retirarnos hacia el vestíbulo, una mano me agarró desde detrás de un naranjo en miniatura metido en un soporte de bronce.

—¿No quiere otra copa?

—No, gracias. Me temo que ya nos vamos.

—Ah. Bueno, si no quiere otro gin-tonic, ¡váyase a la mierda!

Me asomé entre las frutas pequeñas y relucientes. Era la esposa del vicario.

Da Silva me miró con furia durante todo el trayecto de vuelta a la Kasbah.

—*Sono pazzi, gli inglesi.* ¿Son todos ustedes alcohólicos?

—La mayoría. El peso del imperio y demás.

—¿Y por qué ha contado todas esas chorradas... lo de la sede en Montenegro?

—Porque verá... —me interrumpí. No era fácil explicarle a un italiano la costumbre inglesa de andar citando nombres: esa forma de sacar a relucir conocidos como si fuesen naipes, para dejar claro dónde se ubica uno con exactitud en esa jerarquía social que todo el mundo finge que ya no existe—. Hay ciertos ingleses que todavía se creen parte de una clase especial. Les importa mucho la forma de hablar de la gente, dónde estudiaron y, por encima de todo, qué amistades tienen en común. Conocer gente es una contraseña, como le he dicho. Y los que no forman parte del club, intentan aparentarlo. Pero la cosa es aún más difícil porque el club tiene paredes invisibles. Como yo he mencionado Montenegro, como he dejado caer el nombre de la Casa, Poppet creerá que somos de ese tipo de gente. Como ella y sus invitados; o al menos, como fingen serlo. Así que cuando nosotros actuemos mañana, toda esta información los confundirá. Hará que se pasen semanas chismorreando y buscando explicaciones después de que nosotros nos hayamos escabullido de la ciudad. Además, ¿no le ha parecido una fiesta divertida?

—No entiendo una mierda de lo que está diciendo.

—No hace falta. Usted haga lo que yo le diga.

8

*D*esde la azotea del riad, había visto al otro lado del puerto una extensa medialuna de arena rodeada de grandes hoteles modernos. Entre los edificios y la bahía de Tánger había un largo paseo flanqueado de palmeras donde destellaban las luces del tráfico nocturno. Desde esa perspectiva, Tánger no dejaba de ser una ciudad como cualquier otra; pero allí arriba, en las sinuosas callejas de la Kasbah, era casi imposible creer en la existencia de esa Tánger moderna. A la noche siguiente, mientras subía a pie entre las paredes blancas y los portales de colores relucientes, había mujeres con chilaba y sandalias llenando bidones de plástico en grifos públicos, precariamente iluminadas por una caótica red eléctrica que serpenteaba entre las casas como una enredadera. Pasaban corriendo niños mugrientos y semidesnudos. Un hombre que empujaba una carretilla cargada con un sofá de felpa de colores estridentes soltó un gran escupitajo mientras se afanaba por un tramo de escalones poco empinados. Las sombras estaban pobladas de gatos vacilantes y famélicos. Cuanto más ascendía, mayor era el silencio; y los olores superpuestos en el aire —el olor a diesel, a cloaca, a limón, a jazmín y comino, a sudor— se fueron difuminando lentamente, hasta que al llegar a la plaza ya solo percibí la fragancia a ozono del Atlántico.

El Club Maroc resultaba de una elegancia incongruente frente a los muros medio desmoronados de la antigua ciudadela. Sus porches restaurados de estilo colonial estaban cerrados con persianas verdes. Un portero con chaquetilla blanca se hallaba apostado afuera; cuando yo me acerqué, se detuvo un rechoncho taxi Mercedes y él procedió a sujetarle la puerta a una pareja de turistas de media edad.

—*Bonsoir, madame.*

En el interior volvía a ser el siglo XXI, la versión estándar de Marruecos comercializada desde Moscú a Nueva York: paredes de color rojo oscuro, mesas bajas de latón, farolillos historiados, cojines bordados. Pregunté por el bar y seguí las indicaciones a través de un patio sembrado con los consabidos pétalos de rosa hasta lo alto de una terraza cubierta, que estaba amueblada con flemáticos sillones de cuero. Tomé asiento y enseguida apareció un camarero con un cuenco de latón y una jarra de asa larga, de donde vertió en mis manos agua de flor de naranja, ofreciéndome a continuación una toalla con monograma. Le pedí en francés un *kir framboise* y me arrellané para contemplar cómo oscurecía el cielo suavemente.

—¿Señorita Gable? ¿Katherine Gable?

La voz venía de detrás del alto respaldo del sillón. Era el tipo de voz que había perdido la costumbre de escuchar desde que había dejado mi puesto en la Casa de Londres: una voz como de otra época, varada entre el día D y la crisis de Suez, aunque su propietario no podía tener más de sesenta.

—¿Me permite? Muchas gracias. Jonathan Strathdrummond. ¿Una copa? Ah, excelente. Yo me tomaré un gin-tonic.

—Gracias por venir, señor Strathdrummond.

—Oh, por favor. Llámeme Jonny. Aquí no nos andamos con demasiadas formalidades, como verá. Ya debe de haberlo descubierto en casa de Poppet, ¿no?

Jonny lucía un almidonado traje de color claro, unos relucientes zapatos de cuero calado Church y algo parecido a una corbata de la Harrow School, aunque yo albergaba la sospecha de que no lo era. Si hubiera suavizado su acento y se hubiera quitado el anillo de sello quizá habría pasado como un alumno auténtico, aunque probablemente la razón de que viviera en Tánger era no tener que exponerse a las dudas.

—¿Ha encontrado el club sin problemas? —Dio un largo trago a su bebida.

—Sí, gracias. He dado un delicioso paseo.

—Una chica atrevida. Hay que mantenerse alerta en la vieja Kasbah.

Estuve tentada de decir que se me había olvidado el parasol y que si podía enviar a su porteador a buscarlo, pero no creí que fuese a encontrarlo gracioso.

—Como le expliqué en mi email —Jonny hizo una leve mueca, como si la mención a la tecnología desbaratara un poco el viejo sueño colonial—, me interesa la casa de Mikhail Balensky.

—En efecto. Un asunto de lo más peculiar, a fe mía.

Por Dios, ¿es que no iba dejar nunca de lado los modismos del glorioso imperio?

—Entiendo que está en venta.

—Así es, en efecto. Disculpe que no le respondiera, entre las vacaciones navideñas y demás. ¿Conoce bien Tánger?

Ya veía que la profesión de agente inmobiliario no había sido quizá la elección más idónea para Jonny, pero yo iba a tener que agilizar un poco las cosas. Abouboukar me había enviado un mensaje diciendo que ya estaba esperando en la propiedad con el camión, pero ni él ni los demás chicos podían quedarse allí toda la noche.

—¿Quiere ver el menú, madame? —preguntó el camarero.

Jonny me miró esperanzado. Ahora, más de cerca, observé los signos de desgaste en las mangas de su camisa, la grasa en la costura impecablemente planchada de sus pantalones. Por un instante, sentí compasión por él.

—Gracias, no creo que tengamos tiempo —dije, volviéndome hacia Jonny—. La cuestión es que mi cliente está ansioso por adquirir la casa, de modo que necesito verla cuanto antes.

—¿De veras? —Ahora que el melancólico deseo de un tayín de pollo estaba descartado, Jonny fue directo al grano. Sacó del bolsillo una agenda—. Bueno, ¿qué le parece pasado mañana? Tengo un par de cosas anotadas, pero yo diría que podré postergarlas...

—Quiero ver la casa esta noche, por favor. ¿Podría pedirnos un taxi?

—¿Ahora? Pero, eh, ya ha oscurecido...

—Eso no importa. —Me eché hacia delante y posé una mano confidencial en su brazo—. Verá, la cuestión es que mi cliente es un hombre muy ocupado. Tiene una cartera de inversiones considerable y tiende a... distraerse. Si ambos queremos nuestras... comisiones, Jonny, debemos actuar cuanto antes.

—Entendido. —Se puso de pie, haciendo señas al camarero—. Tendré que pasar por mi oficina para recoger las llaves.

—Claro. Y por supuesto, yo me hago cargo del taxi. Permítame invitarle también a la copa. Le agradezco muchísimo su comprensión.

Esa tarde me había comprado en la medina un bolso precioso de cuero blando. Mientras hurgaba dentro para sacar la billetera, capté el breve destello de las esposas y la sierra, que relucían bajo la luz atenuada de los diminutos faroles.

Da Silva estaba en el café situado frente a la oficina de Price and Henslop del Gran Zoco. Igual que yo, iba con ropas oscuras (yo, además, me había traído un pañuelo para cubrirme la cabeza cuando regresara a pie). Mientras Jonny abría la puerta de la agencia y yo me inclinaba sobre la ventanilla para pedirle al taxista que esperase, Da Silva pasó por detrás de mí y cogió mi bolso al vuelo, como si fuera un bastón de relevos. Luego desapareció en el interior de la oficina detrás de Jonny. Yo volví a ocupar el asiento trasero. Tras unos breves momentos, Da Silva se deslizó a mi lado.

—*Route de la plage Mercala, s'il vous plaît.* —Mientras el coche subía hacia Marshan Ridge, pasé al italiano.

—Qué rápido. No le habrá hecho mucho daño, ¿no?

—Le he pegado solo una vez y lo he esposado a la silla.

—¿Le ha puesto mordaza?

—He utilizado su propia corbata. Alguien se presentará por la mañana, no le pasará nada. Aquí están —añadió, sacudiendo un manojo de llaves.

Estábamos atravesando un barrio de elegantes villas de los años treinta, algunas profusamente iluminadas, otras románticamente abandonadas. Tras el bullicio de la medina, parecía una zona muy tranquila. Luego pasamos las terrazas de la Hafa, junto a la carretera de la costa, con las amplias playas a nuestros pies.

—Qué bonito —comentó Da Silva, como si reparase en ello por primera vez.

Las casas se iban espaciando. Pasamos frente a un establo de camellos y una parada de autobús; luego, a mano derecha, empezaba un largo muro de hormigón gris pulido. Yo ya había explorado el lugar cuando había salido a correr por la mañana: el muro se extendía a lo largo de quinientos metros, rodeando los jardines, y terminaba en una doble verja de acero.

—Es aquí. Han dicho que estaban esperando. Mire, ahí están.

Le dije al taxista que parara y nos bajamos. Me envolví la cabeza con el pañuelo para protegerme del polvo que levantaba la brisa del océano. Esperamos a que el taxi se hubiera ido; luego nos acercamos al lugar donde Abouboukar había aparcado la furgoneta, una desvencijada Ford Transit. Saludamos a sus dos amigos, ambos africanos como él. Yo le había ofrecido cuarenta mil dírhams —algo más de tres mil libras— por el trabajo, además de lo que quisieran llevarse de la casa. Era mucho más de lo que debía de ganar al año, pero no había motivo para escatimar el dinero de Raznatovic. El fajo de billetes, que había sacado de cuatro bancos distintos mientras iba de compras por la mañana, lo llevaba atado con una goma elástica en el bolso, junto con la sierra. Le había dicho a Abouboukar que trajera mantas, un escoplo, cuerda y linternas. Nuestra visita parecería un robo: ninguna de las personas que nos habían visto en la fiesta de Poppet conocía nuestros verdaderos nombres ni sabía dónde nos alojábamos y, para cuando encontraran al pobre Jonny, nosotros ya habríamos salido en el vuelo de las 6:00 a Nápoles. En cierto modo, habría sido más sencillo forzar la entrada, pero yo pensaba que era mejor hacerlo así por dos motivos. Primero, porque necesitábamos una salida despejada para sacar el panel de madera. Las fotos de internet mostraban que la fachada de Les Orangers contaba con un grueso muro encalado con estrechas ventanas irregulares semejantes a troneras y gastados roleos moriscos labrados en las cornisas; de ahí la necesidad de las llaves, que nos permitirían abrir las puertas principales. Y segundo, porque el alboroto que desataría la captura de Jonny serviría quizá para distraer la atención sobre lo que realmente nos habíamos llevado. La policía tal vez se acabara presentando con nuestras fotos en el Miranda, pero eso probablemente tardaría en suceder.

—*Alors*. Pueden llevarse todo lo que consigan cargar mientras nosotros recogemos lo que necesitamos. Luego este caballero volverá con ustedes dos en la furgoneta y Abouboukar y yo regresaremos a la ciudad por nuestra cuenta —repetí estas palabras en inglés y luego probé la primera llave del manojo en la puertecita del portero enclavada en la verja.

Por las fotos del jardín que había visto en la revista, reconocí el largo sendero flanqueado de palmeras, cuyas ramas oscilaban bajo las rachas de viento. Otra llave nos permitió acceder al patio donde empezaba propiamente la casa. Esta era bastante espectacular: originalmente una villa romana, había sido ampliada con una serie de anexos modernistas de mármol y cristal que descendían hacia el mar. Los mosaicos de guijarros del patio eran supuestamente auténticos. Enfoqué con mi linterna una figura de Júpiter sujetando una vara rematada con un águila; luego la apunté hacia la piscina, ahora casi vacía, aparte de un charco grasiento en el que flotaban los restos desgarrados de una gaviota. Un intenso aroma a naranjas lo impregnaba todo. Provenía del paseo flanqueado de espalderas que rodeaba el patio, donde había grandes montones de fruta descompuesta sin recoger. Entre aquel hedor tropical y la mirada sin ojos de los dioses que teníamos a nuestros pies, el lugar tenía un aire maligno, siniestro.

Da Silva y los chicos de Abouboukar me siguieron en silencio cuando me dirigí a la puerta principal: una doble puerta de madera miro, flanqueada por otros dos pares, que daba a un atrio de piedra con paredes de cristal.

—¡No enciendan ninguna luz! —ordené.

Los chicos se dispersaron en busca de botín, aunque yo du-

101

daba de que encontraran gran cosa, porque obviamente la casa había sido vaciada tras la muerte de Balensky. Los únicos restos de la decoración original eran varias esculturas asiáticas, quizá demasiado pesadas para trasladarlas. Una gran estatua javanesa de un dios en piedra esteatita me recordó uno de los cuadros de Gauguin, *Mahana No Atua*, lo cual parecía una buena señal. La linterna iluminó las paredes, pintadas de verde claro, y otras puertas labradas con preciosas taraceas marroquíes. Esas no. Una escalera de mármol descendía a una habitación de techo bajo con divanes de piedra empotrados en las paredes. Me vino a la cabeza una imagen de las orgías que Balenksy había montado allí: viejos lascivos acariciando a chicos jóvenes mientras contemplaban el espectáculo.

—Vamos por el otro lado.

Volvimos a recorrer el patio, donde una serie de habitaciones se abrían a un paseo de naranjos. En una de ellas había una botella de Chanel Bleu abandonada en el borde de un jacuzzi de los años setenta; el plástico mugriento estaba adornado con el pálido molusco de un condón usado. Los famosos fantasmas gimientes. Sonó un fragor de cristales al fondo de la casa. «Malditos aficionados.» En la habitación de la esquina había una amplia terraza que daba a los jardines de la izquierda, con unas columnas de madera montadas en el parapeto de cristal esmerilado y dos estrechas puertas rojizas entre ambas. Estas se hallaban fijadas con algo parecido a la culata de madreperla de un antiguo mosquete. Era una pena destrozarlas, pero le dije a Da Silva que pusiera manos a la obra. Él golpeó las bisagras con el mango de la sierra y las desarmó con unos golpes; luego colocamos derecha una de las puertas para que yo pudiera sujetarla bien mientras él serraba el marco. La madera miro es muy densa, y la vieja sierra era pequeña, pero el panel nos delataría si se hallaba la menor traza de metal moderno en las muescas de los bordes. Da Silva sudaba y despotricaba mientras yo trataba de mantener sujeta la puerta, y tuvo que parar al cabo de unos minutos para quitarse el suéter. La luz de la linterna iluminó los músculos de su espalda mientras seguía trabajando. Yo no dejaba de mirar ansiosamente el reloj cada pocos minutos, pero costó una buena media hora de forcejeo liberar el panel del todo. Medía 150 por 75 centímetros, y yo ya había comprado en la medina un horrible espejo con marco de plata de esas medidas exactas que me estaba esperando en nuestra habitación del Miranda. Finalmente, transportamos el panel entre los dos hasta llegar al patio.

—*Cazzo*, pesa de verdad.

—Los restos de la puerta hay que tirarlos por el acantilado. En la parte trasera.

El día anterior, en el café Hafa, había visto allá abajo montones de madera de deriva arrojados sobre la arena por el violento oleaje del Atlántico. En esta época del año, las playas estaban vacías, así que la puerta resultaría irreconocible cuando llegase el buen tiempo.

—¿Por qué? —preguntó Da Silva.

—No podemos dejarla aquí con un agujero en medio. Resultaría extraño.

—Bien pensado.

—Vale, pero dese prisa. Llame a los chicos para que se encarguen de arrastrarla y tirarla.

Da Silva corrió a buscar a Abouboukar.

Una vez que se deshicieron de la puerta —otros quince minutos—, los chicos envolvieron el panel en una manta y lo cargaron en la furgoneta. El botín que habían reunido —cubertería, deduje, por el ruido— lo metieron después. Da Silva subió a la parte trasera con los dos chicos y se alejaron lentamente.

Yo me senté en el borde de la piscina y encendí un cigarrillo. Según mi reloj, acababan de dar las nueve. Oímos la última llamada a la oración, entre el crepúsculo y la medianoche, ululando por toda la ciudad. Abouboukar se acuclilló a mi lado.

—¿Y ahora qué?

—Ahora esperamos un poco para darles tiempo a volver a la ciudad.

—¿Tiene mi dinero, señora?

Sonreía, y en sus dientes destelló un instante el resplandor naranja de mi cigarrillo. A mí, sin embargo, no me gustó su tono.

103

—Claro. Pero como digo, hemos de esperar un poco. Si viene alguien, estará demasiado ocupado con nosotros para preocuparse por la furgoneta.

—Lo quiero ahora, por favor.

—Como quiera. —Le pasé el fajo de billetes y lo miré
mientras se lo guardaba dentro de su sudadera negra.

—¿Esto es todo lo que tiene, señora?

Ahora ya no sonreía. Una parte de mi cerebro dejó escapar
un suspiro. ¿En serio? ¿Pensaba amenazarme? ¿Aquí solo, en
la oscuridad? «No tienes ni idea, amigo. Ni puta idea.»

—No es asunto suyo. De hecho, he cambiado de idea. Ya se
puede ir, Abouboukar. Gracias. Esperaré sola.

Él no se movió. Yo fumé un rato en silencio.

—¿Aún sigue aquí?

—Estoy esperando, señora.

—Ya le he pagado. Ahora puede irse a la mierda.

Abouboukar se abalanzó sobre mí ágilmente y me tumbó
boca arriba con todo su peso sobre el suelo irregular de guijarros. Yo aún tenía el resto del cigarrillo encendido y se lo hundí
en el cuello. Él pegó un grito, me apartó el brazo de un golpe y
me dio una bofetada en la cara con la mano abierta. Tras unos
segundos confusos, sentí una oleada de dolor.

—Es una jodida zorra. Se cree muy importante, y es una
jodida zorra.

Me escupió en la cara, allí donde me había golpeado. Noté
el olor a nicotina de su saliva, el hedor a carne cocida de su que-
madura. Y por debajo, el tufo a sudor y adrenalina de sus ropas.
Traté de escurrirme, pero tenía las piernas colgando sobre la
piscina vacía, me faltaba asidero, y él era corpulento, a pesar de
su delgadez, ochenta kilos de fibra desesperada.

—¿Sabe lo que pasa? —siseé venenosamente—. Que no
consigue darme miedo. Apesta demasiado a pobre.

—¡Zorra! —Volvió a golpearme, esta vez un gancho en un
lado de la cara. Me clavó el hueso de la cadera mientras se buscaba a tientas la bragueta.

—¿En serio? —farfullé—. ¿Piensa violarme? ¿Y si resulta-
ra que me gusta? ¿Cree que se le levantaría?

Me puso el codo izquierdo en la cara mientras se la sacaba y me arrancó los pantalones con la mano derecha. Oí cómo se desgarraban y le mordí en el brazo, pero era un poco inútil a través de la gruesa sudadera. Ahora yo tenía la boca llena de sangre. Intenté girar la cabeza para escupirla, pero no podía moverme, y la sangre me estaba ahogando, no podía respirar, no podía respirar, joder. Sentía incredulidad ante lo que estaba sucediendo, y también una vaga irritación por mi propia estupidez, pero sobre todo me faltaba el aire, me faltaba el aire... Y entonces noté bruscamente que todo su peso se alzaba, y me retorcí por el suelo tosiendo y escupiendo sangre. Con el ojo bueno, entreví a Da Silva a la luz de las estrellas. Tenía agarrado a Abouboukar desde detrás con una llave de cabeza; y mientras yo seguía mirando, le retorció el brazo derecho en la espalda. Al oír el chasquido creí que se había caído algo, pero luego comprendí que era el hueso. La boca de Abouboukar se abrió en un atroz grito silencioso: silencioso porque Da Silva le había machacado la sien derecha con el mango de la sierra. Ya debía de estar muerto antes de caer al suelo.

—¿Me ayuda a levantarme?

Da Silva me puso de pie con tanta delicadeza como si yo fuera de porcelana.

—Así que ha vuelto.

—Los otros esperan en la carretera. Quieren su dinero.

—Que se lo lleven. En su bolsillo. ¿Qué hacemos con esto?

Da Silva estaba cacheando el cadáver, pasándome los billetes y revisándole los bolsillos.

—Ni cartera ni identificación. Seguramente no tenía papeles.

Un refugiado, quizá. Pobre gilipollas.

—Pero ha tenido suerte de que solo le haya pegado...

—Da Silva estaba abriendo un navaja plegable de hoja ancha—. Bien, un robo, los ladrones discuten y se pelean —dio un paso atrás— y lo apuñalan aquí, diría yo.

Hundió la navaja en el costado izquierdo de Abouboukar, justo debajo del corazón, y la retorció; le dio la vuelta al cuerpo de una patada y lo sujetó con el pie mientras se agachaba para sacar la navaja: así el primer chorro de sangre quedaría bajo el cadáver.

—Cae sobre el lado derecho, golpe en la cabeza. Lo arrojan a la piscina, fractura de brazo post mortem. Se acabó.

—Cualquiera diría que es usted policía.

—Hemos de dejar que sangre un poco. ¿Podrá sujetarlo por los pies?

—¿Cómo tengo la cara?

—Bastante mal. Pero puede taparse con el pañuelo. Si pagamos a los tipos de la furgoneta, pasará un tiempo hasta que vengan a buscar a este.

Inspiré hondo varias veces. Me dolía la tráquea, pero no más que el pómulo y el maxilar.

—Estoy lista.

—Bien. Vamos a levantarlo. Hacia aquí. Y ahora lo balanceamos. Uno, dos, tres.

Abouboukar cayó con un golpe sordo junto a la gaviota.

—Hemos de limpiar la navaja.

Da Silva se sacó del bolsillo trasero un paquete de toallitas húmedas antisépticas. Contuve las ganas de reír. La navaja limpia siguió el mismo camino que su propietario.

—¿Cómo está para andar?

—Un poco mareada.

—Venga.

Me pasó el brazo por la axila para sujetarme. Como no era muy alto, nuestras bocas quedaron casi al mismo nivel cuando me envolvió la cara magullada con el pañuelo. Apoyé la cabeza sobre su corazón mientras salíamos de la casa de Balenksy. Latía acompasadamente, igual que el mío.

—¿Lista? Sujétese el pañuelo y manténgase aparte. Yo les daré el dinero y cogeré el panel. No deje que la vean de cerca. ¿De acuerdo?

Bajamos a paso ligero por la calle hacia la furgoneta, donde la primera pieza de mi Gauguin nos estaba esperando.

Antes que nada, una vez en el riad, hice que Da Silva pegara el panel detrás del pesado espejo. En el aeropuerto parecería solo un souvenir, una falsa antigüedad para turistas. Preferí no mirarme mientras tanto; no tenía muchas ganas de ver el destrozo que Abouboukar me había dejado. Me duché y me envolví en un albornoz, aún sin mirarme al espejo. Da Silva cogió la jarra de agua de rosas del tocador, me limpió las heridas con cuidado y aplicó primero una toalla caliente y luego otra toallita antiséptica.

—Esto requiere un punto.

—¿Quedará cicatriz?

—Quizá.

«Fantástico.»

—Mierda —masculló—. No podemos ir a un médico.

—¿Tiene hilo dental? Hay uno de esos diminutos kits de costura en el baño.

«Sí. Justo al lado de la manopla para limpiar los zapatos y del gorro de la ducha. De maravilla.»

—Dejará una cicatriz seguro si no se lo coso ahora. —Yo no supe descifrar si era ternura o rabia lo que había en su voz.

—¿Hay minibar? Necesito un buen trago.

Me encontró un botellín de brandy; luego puso la aguja en la llama de la vela y terminó la faena en un minuto. Cuatro pinchazos rápidos. No grité, aunque tomé una nota mental para no volver a comprar hilo dental mentolado.

—Judith… ¿ese tipo no…?

—No, no. Ha llegado usted a tiempo. ¿Cómo ha sido?

—Llámelo instinto profesional.

Por un momento me sentí agradecida, pero luego me acordé de Raznatovic, y de otro muerto más chorreando sangre. No, no había sido un acto caballeroso. Da Silva no me iba a dejar morir, al menos hasta que yo hubiese pagado su deuda.

El despertador estaba puesto a las 4:00. Antes de dormirnos, Da Silva extendió el brazo entre las camas, me cogió la mano y me deslizó el pulgar por la palma.

—En Roma…

—¿Qué?

107

—¿Cómo se las arregló? Fitzpatrick era un tipo corpulento. Me incorporé sobre un codo.

—¿Un hombre contra una mujer, quiere decir? Bueno, tu fuerza depende solo del arma que utilices. Y la sorpresa es la mejor de todas. ¿Vale?

—Solo sentía curiosidad.

En realidad, la sorpresa es la segunda mejor arma que una mujer puede usar. Pero eso no iba a decírselo a Da Silva.

SEGUNDA PARTE

Base de color

$\mathcal{M}$i cara no llamó la atención en el aeropuerto de Tánger, pero el agente de pasaportes de Nápoles se quedó horrorizado cuando obedecí su orden de quitarme el pañuelo. Por un momento creí que iba a detener a Da Silva por trata de blancas, pero la aparición de la placa de la Guardia di Finanza y una explicación entre colegas me franquearon el paso. Yo pensaba que en cuanto consiguiera mi crema Eight Hour no tendría tan mala pinta. Tal vez cobraría incluso un cierto aire pirata. Un toque distinguido. En todo caso, tenía otras cosas en qué pensar. Ahora que habíamos conseguido el panel, Li estaba casi en condiciones de empezar a trabajar.

En una carta escrita durante su primera visita a Tahití, Gauguin había descrito «una bonita pieza de pintura»: una cabeza cercenada cuya forma había dibujado a partir del grano y los anillos de una tabla de pino. «Cuando el mármol o la madera te dibujan una cabeza, es muy tentador robarla», había observado. Si yo lograba establecer las procedencias adecuadas, mi plan era que el cuadro de Li pareciera tomar su forma del panel. En 1899, justo antes de dejar Tahití para trasladarse a las islas Marquesas, Gauguin había pintado la que se consideraba su última pieza tahitiana, *Y el oro de sus cuerpos*. En 1902, después de su traslado, produjo *Muchacha con abanico*, una joven sentada, con el torso desnudo (la modelo era la esposa de su cocinero), sujetando un abanico de plumas blanco con la insignia de la bandera francesa en el mango. Pues bien, yo pensaba presentar nuestra pieza como una última obra «perdida» de Tahití, con una fecha supuesta en torno a 1900, incluyendo referencias cruzadas al doble retrato de 1899, para producir una versión temprana del cuadro del abanico de 1902.

Le expliqué la idea a Da Silva cuando ya estábamos en el coche, en nuestra última etapa de vuelta a Siderno.

—Así que tendremos que ir a Essen.

—Por Dios, ¿es que no para nunca? ¿Dónde demonios está Essen?

—En Alemania. La versión conocida del cuadro del abanico está allí en un museo. El Folkwang. ¿Li tiene pasaporte?

Da Silva se golpeó la cabeza en el volante, un gesto que solo un italiano sería capaz de hacer, puesto que íbamos a 140 por hora por la *autostrada*.

—No, obviamente. Pero puedo conseguirle uno de esos temporales. Duran un año.

—Excelente. Porque tiene que venir con nosotros para ver el cuadro.

—¿Y qué problema hay, no sé, con esas flores?, ¿las del chiflado que se cortó la oreja? ¿Por qué no le hace pintar a Li un cuadro como ese?

—¿De van Gogh, quiere decir?

—Eso. Cuestan una fortuna, ¿no?

—Le compadezco, Romero. Usted siga conduciendo.

Estábamos bordeando las faldas del Aspromonte, la famosa «montaña de la mafia», casi en la punta de la bota de Italia. Yo había oído hablar de las reuniones que los capos de la 'Ndragheta mantenían allí y de la ingeniosa forma de tortura que reservaban a los hombres cuya lealtad al clan se hallaba en entredicho. El menú tradicional de la cena era cordero. No asistir significaba una muerte segura, pues demostraba instantáneamente que uno no era digno de confianza; pero asistir implicaba la posibilidad de ser atado al espetón del cordero asado.

—¿Ha asistido alguna vez a un *schiticchio*? ¿A un banquete?

—Eso es siciliano. Nosotros no lo llamamos así.

—¿O sea que reconoce que hay un «nosotros»?

—Creía haberle dicho que cerrara el pico. Joder, ¿qué habré hecho yo para merecer esto?

Contemplé el paisaje. Campos grises invernales, tierra manchada y corrompida por pesticidas ilegales. Edificios a medio terminar cuya razón de ser no podía intuirse al mirar sus combados esqueletos de hormigón. Centros comerciales y salones de juegos desaliñados, iglesias medievales dejadas de la mano de Dios, vallas publicitarias hechas jirones a cada cincuenta metros... Todo envuelto en una monótona suciedad solo coloreada de vez en cuando por vertederos de basura que parecían florecer en la cuneta como orquídeas exóticas. Italia.

Yo estaba pensando en la sugerencia de Da Silva. Ellos habían sido amigos, Gauguin y Van Gogh. Todo el mundo conoce *Los girasoles* de Van Gogh. Se reproduce en calendarios y cuadernos de notas, en imanes de frigorífico: un cuadro agradable y alegre de un ramo de flores bonitas y reconocibles. Y sin embargo, en cierto modo ese lienzo es tan sangrante como todo lo que pintó Artemisia Gentileschi. Van Gogh pretendía que *Los girasoles* formara parte de un retablo que estaba planeando para la Casa Amarilla de Arlés, el hogar que compartió durante nueve semanas con Gauguin en el invierno de 1888. En Londres, Jack el Destripador estaba ganándose la inmortalidad a cuchilladas, y su fama solo se veía igualada en la prensa francesa por un personaje autóctono similar: un asesino llamado Prado que había matado brutalmente a una prostituta y que iba a ser juzgado en París en noviembre de aquel año. Como todo el mundo, entre la pintura, la bebida y las visitas «higiénicas» al burdel de las inmediaciones, Van Gogh y Gauguin se sentían cautivados y horrorizados por el crimen de Prado. Tras nueve días de juicio, el asesino fue condenado a la guillotina. En ese momento, Van Gogh estaba trabajando en *La mecedora*, para la cual utilizó a su modelo habitual, Augustine, la esposa del jefe de correos de la estación de Arlés. Tenía previsto hacer hasta nueve versiones del cuadro, de esa madre serena envuelta en el silencio de la noche, y colgarlas entre *Los girasoles*, cuyos pétalos radiantes

113

vendrían a ser como «candelabros», como las velas votivas montadas junto a las diminutas estatuas de la Madonna que había visto en las esquinas de esa ciudad meridional siempre envuelta en la niebla.

Los periódicos decían que Prado se estaba volviendo loco en la celda de la cárcel, mientras que Gauguin temía que su amigo estuviera perdiendo también la razón: unas veces borracho, otras pintando frenéticamente. Los colores de *La mecedora*, que Van Gogh creía que constituían la mejor combinación que había concebido nunca, son siniestros si se comparan con la claridad de *Los girasoles*. Al principio parecen estables, un suelo rojo rodeando el cuerpo impasiblemente sentado de Augustine; pero a medida que el ojo asciende hacia el estridente papel floreado, se arremolinan y se funden entre sí: el naranja se hincha sobre los tonos de color carne; el malaquita feroz de los ojos de la modelo parece destellar espantosamente desde los voraces pistilos de las flores. El cuadro tiembla y se estremece, convirtiendo la serenidad en un delirio. Gauguin no pudo soportar todo aquello, los sudores, los cánticos, las declamaciones salvajes. Le dijo a Van Gogh que se marchaba de Arlés. Este le tendió en silencio un recorte de periódico, el relato de otro asesinato, anónimo, en la capital: «y el asesino se dio a la fuga», decía.

Se acercaban las Navidades. Gauguin abandonó la casa, pero Van Gogh lo siguió a la pequeña plaza donde las adelfas estaban en flor con una navaja abierta en la mano. O eso fue lo que dijo Gauguin quince años después. Él salió corriendo, dejó allí a Van Gogh, alquiló una habitación en un hotel y, cuando volvió al día siguiente a la Casa Amarilla, encontró los suelos llenos de ropa ensangrentada. Van Gogh se había seccionado la oreja izquierda, la había envuelto cuidadosamente en otro trozo de periódico y la había entregado en el burdel, a modo de regalo para una puta llamada Rachel.

Gauguin se fue la noche de Navidad. Nunca más volvió a ver a su amigo. Dos días después, aguardaba entre la multitud en la rue de la Roquette para ver cómo guillotinaban a Prado. Aseguraba haber estado tan cerca del condenado

114

como para oírle preguntar: «¿Qué es eso?». «La cesta para tu cabeza», le contestó el carcelero. Excepcionalmente, cuando la afilada hoja cayó y el gentío rugió aliviado, Madame Guillotine falló. Lo que seccionó no fue el cuello, sino la cara de Prado, de modo que dos agentes salpicados de sangre tuvieron que volver a colocarlo a la fuerza en posición. Un mes más tarde, Gauguin hizo un jarrón vidriado de color rojo sangre, con la forma de un autorretrato de su propia cabeza decapitada y con las dos orejas seccionadas. En primavera, salió hacia Tahití.

Llevábamos dos horas circulando por la *autostrada* en silencio. Yo me ablandé un poco, dejando de lado la serie de imágenes, los colores, la sangre.

—Oiga, usted no tiene por qué venir a Alemania. Solo pasaremos una noche fuera. Así podría volver a casa y ver a su familia...

—Tengo que permanecer a su lado —respondió él con hastío.

—Hay cosas en las que podría ir trabajando aquí, ya se lo dije. Tengo una lista.

—No.

—Como quiera, Pero después... hmm, tal vez tengamos que ir a Palermo.

—*Madre di Dio.*

Así pues, tres días más tarde, aterrizamos en Düsseldorf. A pesar de la brusca caída de temperatura, Li parecía bastante entusiasmado por el hecho de salir de Italia. Yo no sabía en qué condiciones trabajaba, pero me pregunté si el empecinamiento de Da Silva en acompañarnos no tendría que ver más bien con la posibilidad de que el falsificador desertara. Lo cual no quiere decir que Da Silva no hubiera permanecido fielmente, o mejor dicho, implacablemente, a mi lado. Pero aun suponiendo que yo hubiera tenido alguna posibilidad en

115

la vida nocturna de Siderno con un ojo a la virulé, la verdad es que no había habido ni un solo momento para otra visita al tugurio del *castello* durante el breve período de nuestro regreso a Italia. Para empezar, Da Silva y yo nos habíamos establecido en un nuevo hogar: una granja reconvertida, no lejos de donde Da Silva me había mantenido encerrada en el cobertizo. Se alquilaba durante la temporada turística al tipo de gente que imaginaba que una ducha en un molino de aceite y un trayecto de cinco kilómetros para comprar el pan constituían la «auténtica» Italia. Ningún calabrés habría pagado para pasar allí las vacaciones, pero, en fin, yo le había pedido a Da Silva que encontrase un lugar apartado con un lugar de trabajo donde poder desplegar mis planes lejos de las miradas inquisitivas del personal del hotel.

Un hombrecillo con un grueso abrigo y una gorra plana se había presentado en el hotel President para ayudarnos a trasladar nuestras cosas. Solo cuando se agachó para levantar mi maleta y colocarla en el maletero del coche, capté el tufo que desprendía y comprendí que era Aliento-de-Pescado. Después de todas las especulaciones que había hecho durante mis días en el cobertizo, resultaba extraño comprobar que mi misterioso captor era un personaje tan vulgar como cualquiera de esos hombres de mediana edad que se pasan el día tomando tazas de expreso en una ciudad italiana. Da Silva no pareció sentir la necesidad de volver a presentarnos, y la breve conversación que mantuvieron durante el trayecto se desarrolló en el mismo dialecto impenetrable que yo había oído aquella primera noche, cuando llegamos a la playa. Aliento-de-Pescado descargó unas cajas de provisiones del supermercado y se alejó de la granja con el coche. Más tarde, mientras estábamos pasando nuestra primera velada doméstica (ravioli de alcachofa, cortesía del Signor Rana, que Da Silva se empeñó en hervir él mismo, pues se negaba a poner la pasta en manos de un extranjero), le pregunté cómo se las había arreglado para sacarse de la chistera a Aliento-de-Pescado para el papel de cancerbero.

—¿Acaso importa?

—Siento curiosidad.

—No me diga.

—Quiero decir, ¿ese tipo es uno de... sus hombres?

—Yo no tengo «hombres». Soy inspector de la *Guardia* en Roma. No trabajo aquí.

—Pero ¿y lo de los muelles?, ¿todo ese material que mueve?

—No es que yo lo transporte personalmente. Yo no tengo nada que ver, en realidad. Salvatore es un amigo, un amigo de la familia, y simplemente me echó una mano.

—¿En mitad de la noche?, ¿recogiendo a una presa, manteniéndola encerrada, alimentándola durante días sin hacer preguntas? Vaya un amigo.

—Pregúnteselo usted misma. Está ahí fuera.

Abrí el postigo verde de la ventana de la cocina y me asomé a lo que había sido la antigua era de la granja. En efecto, ahí estaba el viejo Salvatore, sentado en una silla de plástico con una escopeta abierta en las rodillas.

—¿En serio? ¿Así que esto es un arresto domiciliario?

—Usted dijo que quería un lugar tranquilo para trabajar. Pues ya lo tiene. —Se masajeó las sienes con los pulgares—. Déjelo, ¿vale? No necesita saber nada más que lo relacionado con su trabajo. Dedíquese a lo suyo, por el amor de Dios.

Se levantó de la mesa, fue a la sala de estar y encendió la tele.

—Es usted un gilipollas, ¿lo sabía? —grité.

—A la mierda.

Como si hubiéramos estado felizmente casados.

Retiré los platos. Hacía un frío gélido en la cocina. Cogí otro suéter de la habitación que había escogido al fondo de la casa y me puse a trabajar.

Primero, necesitaba que Gentileschi volviera a funcionar, lo cual implicaba resucitar a Elisabeth Teerlinc. Envié unos cuantos emails explicando que, aunque el local de Venecia permanecía temporalmente cerrado, yo seguía comprando para clientes privados y que pronto estaría disponible una remesa de piezas nuevas en la web. Había pensado que nunca más necesitaría volver a ser Elisabeth, pero obviamente no podía introducir un cuadro en una subasta de la Casa como Judith Rashleigh. Esto último aún no me había decidido a comentárselo a Da Silva. Desde que había escuchado el ultimátum de Raznatovic, yo ya había sabido sin más dónde quería vender la pieza. En parte, era una decisión práctica, pues solo había en el mundo dos casas de subastas que dispusieran del tipo de cliente capaz de invertir una suma como la que el serbio exigía. Sin embargo, yo no me molestaba siquiera en fingir que ese era el verdadero motivo. Desde la distancia, había seguido la carrera profesional de Rupert, mi antiguo jefe. La Casa había atravesado un pequeño terremoto corporativo, a juzgar por su página web. Mi antigua enemiga, Laura Belvoir, se había retirado, mientras que su ahijada, Angelica, que había ocupado mi puesto cuando me despidieron, no aparecía por ninguna parte. Probablemente estaría diseñando joyas, como todas las grandes herederas que había conocido en mi vida. Rupert había sido ascendido —probablemente por pura desesperación— de jefe de Pintura Británica a jefe coordinador de Pintura Europea. Había una fotografía suya, con su corpachón embutido en un traje de Savile Row y una sonrisa untuosa y forzada. No creía que su nuevo cargo hubiera alterado demasiado su rutina diaria de maltratar a los becarios y salir a almorzar, pero sería Rupert quien decidiría si «mi» Gauguin era adecuado para la venta. Ahora, una vez restablecida la actividad profesional de Gentileschi, ya podíamos empezar a movernos.

La siguiente cuestión era de dónde había salido de repente el «Gauguin». La procedencia siempre era algo complicado. Idealmente, para que una obra maestra fuese «encontrada» tenía que haber un rastro documental que los compradores pudieran seguir y que mostrara claramente que el cuadro tenía una cronología coherente; pero además yo debería inventar una historia en la cual ninguno de los sucesivos «propietarios» hubiera sospechado lo que tenía entre manos.

Cogí un bloc de notas y empecé a arrancar hojas, dándole a cada una un título y extendiéndolas frente a mí. Cuando el pintor regresó de su primera expedición a Tahití, en 1893, se exhibieron más de cuarenta de sus obras en la galería de Paul Durand-Ruel de París; y cuando se marchó definitivamente en el año 1895, siguió enviando cuadros a Francia. La versión auténtica de *Muchacha con abanico* fue pintada en 1902, pero ni siquiera el propio Gauguin —un dato muy útil para mí— se refirió nunca directamente al cuadro en sus abundantes escritos sobre su propia obra. Existía una fotografía, tomada en la casa de Gauguin en Hiva Oa y recuperada después de su muerte, que mostraba a su modelo en una pose similar. Suponiendo que hubiera dos versiones, era factible que «mi» cuadro hubiera viajado con él desde Tahití hasta las islas Marquesas y que luego hubiera sido enviado a Marsella. A diferencia del auténtico original, sin embargo, mi versión no habría viajado nunca hacia el norte. Me imaginé a un joven oficial, agotado y excitado tras la travesía de sesenta días, llegando al puerto con un cuadro que le había regalado un viejo borracho medio loco que andaba con un roñoso sombrero de cowboy y que afirmaba ser un artista. A esas alturas de la carrera de Gauguin, el alcohol y la sífilis, así como la imagen que él mismo se había labrado cuidadosa y falazmente como una especie de forajido, hacían verosímil que hubiera regalado un cuadro, o lo hubiera perdido a las cartas, o vendido por una simple canción.

119

Mi oficial llega, pues, a Marsella y descubre, como todos los marineros al llegar a casa, que anda corto de dinero, así que empeña el cuadro. Li fabricaría un adecuado recibo de época de la casa de empeños, que aparecería enganchado en el dorso del panel. La casa de empeños, lamentablemente, habría sido destruida más tarde, cuando los nazis dinamitaron la parte vieja de la ciudad, al norte del puerto, en 1943. Sin embargo, el astuto prestamista se había llevado la pintura consigo cuando huyó de Marsella junto con otros 20.000 refugiados. Tendría que buscarle un nombre. Sería más realista escoger uno judío, porque muchos de los marselleses perseguidos eran judíos, pero pensé que ese detalle podía causar complicaciones. No convenía que el cuadro fuera catalogado como uno de los objetos de arte saqueados que la división nazi especializada en «expolio cultural», la Einsatzstab Reichsleiter Rosenberg, había tenido en su poder, porque eso causaría disputas legales sobre su propiedad. No, mejor que fuera solo francés.

Mi hipótesis sugeriría, pues, que el prestamista vendió el cuadro, de nuevo sin tener idea de su valor, a un partisano italiano que volvía a casa al final de la guerra a través de los Alpes. Después de que los nazis abandonaran Italia, muchos soldados del ejército italiano fueron trasladados a campos de prisioneros en Alemania, así que al llegar la paz tuvieron que regresar como buenamente pudieron a través de una Europa sumida en el caos. Tomé una nota mental para comprobar los nombres de los rangos de los miembros del ejército con el fin de describir a mi partisano imaginario en la etiqueta. Otro recibo que añadir al panel, otro nombre que inventar.

Y después, el cuadro desaparecería durante treinta años para resurgir en un lote a la venta de objetos misceláneos abandonados en la consigna de equipajes de la terminal ferroviaria de Roma. Ese tipo de subastas se producían regularmente. Tras la venta, el Gauguin viajaría hacia el sur hasta Palermo, donde permanecería colgado durante una década en la cocina de un modesto apartamento. El dueño de ese apartamento habría contratado una hipoteca que luego no habría podido asumir, dejando su hogar y su contenido en manos del banco. En el inventario, el dueño declararía que había comprado el cuadro en la subasta de la estación. Yo «examinaría» entonces los registros de esa subasta e insertaría un documento en la lista de precios original, donde la displicente descripción «Retrato de una mujer» podría hallarse después entre los objetos auténticos subastados. Insertar datos de cuadros falsificados en subastas reales era el truco empleado por un falsificador llamado John Drewe que consiguió vender con éxito falsos Giacometti, muchos de ellos todavía colgados en museos, aunque ahora con su autenticidad cuestionada.

Y el banco en cuestión sería la Società Mutuale di Palermo. Tal como había descubierto cuando rastreaba el falso Caravaggio, esa institución siciliana poseía una gran colección de piezas de arte: algunas auténticas, otras no tanto. Los cuadros se conservaban en la central de Palermo, pero el banco tenía pequeñas sucursales en Roma, Nápoles y Milán. Tanto Moncada como Kazbich habían pasado cuadros a través de la Società Mutuale, lo cual significaba que el banco se utilizaba, al menos en parte, como tapadera para el tráfico de arte por armas que se había llevado a cabo durante veinte años. Oficialmente, yo me presentaría como una marchante desinteresada que había «descubierto» el Gauguin mientras trataba de adquirir obras de los fondos de la Società Mutuale. Compraría un par en nombre de la galería Gentileschi, las pondría en la página web y, entretanto, el banco me encargaría que investigara la procedencia del Gauguin y negociase una posible subasta. Yo «investigaría» entonces los antecedentes que ya había preparado. El banco sería mi cliente, y los beneficios irían directamente a sus arcas; después, le tocaría a Da Silva ocuparse de que el dinero llegaba a su destino, y la cantidad sobrante la cobraría Gentileschi como tarifa profesional.

Si yo «descubría» el cuadro de inmediato en nombre de Gentileschi, el tiempo que le llevara a Li fabricarlo cubriría el período de mi supuesta investigación sobre su procedencia.

Presumiblemente, la Società Mutuale sería capaz de proporcionar los documentos de la hipoteca, del incumplimiento de los pagos y del embargo del cuadro, todos con las fechas adecuadas. Yo debería forjar una tercera identidad, esta vez la del último dueño que había comprado el cuadro en la subasta de la estación en los años setenta y que luego había tenido que cederlo al banco en los ochenta, todo ello oportunamente anterior a la aparición de las bases de datos informáticas. El desdichado moroso habría fallecido poco después, decidí, sin dejar ningún descendiente vivo. Contemplé las hojas extendidas ante mí, ahora repletas de garabatos y subrayados, y añadí una nota para recordar que necesitaríamos papel de época correspondiente a los años cuarenta, setenta y ochenta. Y también un par de guías telefónicas antiguas. Da Silva

121

debería encargarse de organizar una reunión en Palermo. Se podía hacer. Sí, se podía hacer.

Ya era casi medianoche, pero Salvatore seguía en su sitio, erguido en la silla, contemplando las luces de Siderno, a solo veinte minutos carretera abajo. Dentro, Da Silva continuaba mirando enfurruñado las noticias de la televisión: un reportaje sobre las nuevas rutas de los inmigrantes procedentes de Rumania hacia Europa occidental. Yo iba a ofrecerle una copa de vino, pero vi en la cocina que ya había una botella de tinto casi vacía. Me serví lo que quedaba y me senté junto a él, con la mirada fija en la pantalla.

—Romero.

—¿Qué quiere ahora?

—Cuando me llevó al puerto aquel día, me dijo que la mayoría de refugiados acababan en el campamento. ¿A qué se refería al decir «la mayoría»?

—Quería decir que se producen accidentes.

El reportaje se interrumpió por una pausa publicitaria: la típica vedette con minibikini. Esta lavaba en éxtasis un coche, mayormente con los pechos.

—Siga.

—A veces tienen que hacer espacio para el material. Así que los barcos deben deshacerse primero de su carga.

—¿Quiere decir de la gente? ¿La arrojan simplemente al mar? ¿De forma deliberada?

Sus ojos seguían fijos en el resplandor de la pantalla. Asintió y cogió el mando. Empezó a zapear por los canales hasta tropezar con una escena de Clint Eastwood enfrentándose a un salón lleno de forajidos.

—¿Quiere mirar esto?

—No, gracias.

Me bebí los restos del vino de un trago y me fui a acostar. No cerré la puerta de la habitación con cerrojo, por si Da Silva oía el chasquido por encima del último tiroteo de Clint. No quería que pensara que estaba bloqueándole la entrada, porque ello implicaría que estaba pensando en él en mi habitación. Cosa que por supuesto no estaba haciendo. Noté que el aire era gélido cuando abrí la ventana para cerrar el postigo. Salvatore estaba de pie, mirando los fuegos artificiales que crepitaban sobre el mar. Volví a bajar.

—¿Sabe qué día es hoy?

—Claro.

—Pues feliz Año Nuevo.

10

*E*l museo Folkwang de Essen fue descrito una vez como el
«museo más bello del mundo», pero eso debió ser seguramente antes de la construcción de sus tres extensiones modernas. Ni siquiera la nieve que, para gran deleite de Li, nos
había recibido en el aeropuerto, lograba petrificar las cajas
de hormigón verdoso colocadas desangeladamente junto a
la autopista. Habíamos tomado tres habitaciones en el Dus-
seldorf Airport Sheraton, en cuyo atrio Da Silva y yo nos
detuvimos a comer *currywurst*. Li estaba arriba cambiándo-
se —poniéndose la chaqueta más abrigada que Da Silva se
había empeñado en comprarle— y recogiendo su equipo. No
podíamos permitirnos utilizar nada demasiado profesional
para no llamar la atención, pero yo le había aconsejado a Li
que comprara una lupa LED para su smartphone para sacar la
mejor imagen posible de las pinceladas. Normalmente, Gauguin pintaba primero sus composiciones con azul de Prusia y
luego las cubría con una base de color antes de añadir otras
capas de pigmento con pinceladas regulares en vertical o en
diagonal. Li ya se había agenciado pinceles de la época con
pelo de marta, pero yo quería que practicara la aplicación del
color hasta que los ágiles gestos de Gauguin se hubieran incorporado a su propia memoria muscular.

Ya estaba oscureciendo cuanto cruzamos los corredores de
paredes transparentes del museo. Había muy pocos visitantes;
Essen no era precisamente un destino de vacaciones navideñas.
Li puso la mano en el cristal con asombro, como absorbiendo
el frío de la nieve a través del panel. Recorrimos la colección,
deteniéndonos ante las obras de Renoir y Macke, antes de acer-

carnos a *Muchacha con abanico*. Por un momento, ninguno de los tres nos movimos; incluso Da Silva estaba hipnotizado por la quieta intensidad de los colores. La modelo se halla sentada en una silla tallada y decorada, con los pliegues de su sencillo pareo blanco enmarcando el abanico de pluma de avestruz erecto en su mano. Ella parece maciza, carnosa, y el peso de su cuerpo se advierte en la sombra bajo sus dedos; y sin embargo, cualquiera diría que está flotando en una nube iluminada por el sol, tan delicadamente juegan a su alrededor los inagotables matices del suelo. Una mancha azul, arriba a la izquierda, apenas la sugerencia de una flor recortándose contra un atisbo de cielo, guía al ojo alrededor de su cuerpo, cercándolo en ese trayecto con el magnetismo envolvente de la mirada del pintor. Siendo del todo una muchacha, igualmente podría ser —en este interminable momento capturado— una diosa serenamente suspendida entre dos mundos. Las plumas veteadas del abanico aparecen planas ante el espectador, lo que reduce la perspectiva entre la piel viva y el objeto inerte; y no obstante, parece como si sus puntas hubieran dejado de temblar hace un momento, acaso movidas por el cálido palpitar del corazón de la muchacha. Resultaba cautivadora.

125

Rompiendo el hechizo, animé a los chicos a ponernos juntos y a rodearnos con los brazos para sacarnos un selfie, tal como la mayoría de los demás visitantes, porque… ¿no están para eso los museos? Nos hicimos un selfie para demostrar que hemos estado en presencia de algo asombroso, de algo extraordinario, cuando lo que estamos haciendo en realidad es ponernos nosotros delante de la obra de arte, de ese objeto maravilloso al que le estamos dando literalmente la espalda. No importa si desairamos a un Michelangelo: el verdadero asunto es nuestra propia banalidad, cómo degradamos la pieza y la convertimos en un marco para nuestros egos, aun cuando la necesidad de sacar la foto subvierta nuestras intenciones. La sola idea me daba ganas de vomitar, incluso mientras hacíamos muecas ante la cámara. Recuperada la normalidad, envié a Da Silva a la cafetería y saqué un pesado *catalogue raisonné*, el compendio de todas las obras conocidas del artista, mientras Li fotografiaba el cuadro desde todos los ángulos. Yo confiaba en que pasáramos por estudiantes, o por admiradores especialmente entusiastas, si alguien llegaba a vernos.

—Mire este —le sugerí cuando encontré la ilustración que buscaba: *Y el oro de sus cuerpos*, del musée d'Orsay de París.

Dos muchachas, una desnuda, la otra con un trapo blanco en la cintura, ambas mirando al espectador desde lo que parecía la linde de un bosque, con una llamarada de flores anaranjadas centrando sus cabezas en un halo informe. La pose de la modelo desnuda recordaba la de la muchacha del cuadro que teníamos frente a nosotros, inclinándose ligeramente hacia delante sobre el hombro izquierdo, con la mano plana sobre la silla y la curva del bíceps adelantando un poco el pecho descubierto. Observé cómo la mano de Li reseguía la silueta en el libro mientras contemplaba el cuadro, donde se repetía la misma composición.

—Pondremos el abanico aquí, en la mano derecha —susurré en italiano. Él asintió, cautivado, saltando con sus ojos de una a otra imagen.

—¡Quiero decir, es realmente asqueroso! —exclamó una voz firme y resonante, interrumpiendo nuestra contemplación.

Una diminuta mujer avanzaba por la galería, enfundada en un enorme abrigo negro que la cubría tan por completo que parecía como si se moviera con ruedas. Llevaba unas gruesas gafas de sol, que le tapaban la mayor parte de la cara, bajo el severo flequillo de un corte *garçon* de intenso color rojo. «Mierda.» Me apresuré a enterrar mi cara en el catálogo. Mackenzie Pratt era una arpía del mundo de arte reconocible a simple vista: una heredera de Virginia que se consideraba a sí misma una nueva Peggy Guggenheim. La había entrevisto en persona en las bienales de Venecia y Kiev, pero su foto aparecía en los reportajes de todos los grandes eventos, desde la Gala del Metropolitan hasta la Frieze Art Fair. Poseía una importante colección del siglo XIX que empleaba, a base de préstamos a los museos, en participar en todos los comités y todas las recepciones internacionales. Ahora estaba pontificando ante un joven de aspecto agobiado que andaba tras ella con un sujetapapeles.

—Quiero decir, yo no voy a colgar mi Monet junto a él. ¡Era un auténtico degenerado! —prosiguió, plantándose entre Li y Gauguin—. ¡Lo que les hacía a esas chicas era pura explotación! Eran adolescentes. No. Va a tener que trasladarlo.

—Quizá sea un poco... difícil —aventuró el joven.

—No me importa. Me parece una ignominia que se exponga aquí y voy a mantenerme firme.

Me volví hacia el otro lado, pero ella se movió al mismo tiempo, plantando el afilado tacón de su bota en mi zapatilla.

—Ay, disculpe —murmuró desdeñosamente, como si su torpeza fuera culpa mía. Luego bajó la vista al catálogo que yo tenía en la mano—. ¿Le gusta Gauguin? —inquirió.

Yo le dirigí una mirada imperturbable.

—Sí.

Era imposible adivinar lo que ocultaban sus gafas, pero intuí que me estaba mirando con furia. Bajo una frente tensa de bótox, su rostro se hallaba surcado por finas arrugas, como un pedazo de film de plástico estrujado. El reluciente pintalabios rojo se había corrido hacia las comisuras de su boca, dándole el aspecto de un joven vampiro.

—Bueno, cariño, debería pensárselo mejor. No era más que un pedófilo. —Su acompañante me lanzó una expresión de disculpa cuando ella se alejó airada.

—¿Qué estaba diciendo? —preguntó Li.

—Nada. Es demasiado aburrido explicarlo. Cierran en pocos minutos, mire a ver si puede acercarse bien ahora.

Gauguin pintó muchísimos otros temas, aparte de jóvenes desnudas de piel morena, pero son las bellezas polinesias lo que todo el mundo reconoce como característico suyo. No las ricas tensiones de *Autorretrato con halo y serpiente*; no la inquietante escena rural de *Cristo amarillo*. La compleja y esquiva iconografía, la férvida intensidad del color no son dignas de consideración cuando puedes chasquear la lengua con desaprobación y perorar sobre las pobres nativas explotadas por un viejo pervertido blanco, como si sus pinturas pudieran explicarse con vulgaridades psicológicas. Nadie se pregunta nunca si nuestra lasciva obsesión por la vida sexual de Gauguin dice más de nosotros de lo que jamás podría decir de él.

Sonó un timbre y una voz por megafonía nos informó, primero en alemán, luego en inglés, de que el museo iba a cerrar en cinco minutos.

—Deprisa —le susurré a Li—, saque unas fotos del perímetro, de las partes donde el marco se encuentra con el lienzo.

El acabado de los bordes de una pintura constituye con frecuencia un punto débil para identificar falsificaciones. Li se arrodilló lo más cerca que pudo del cuadro, aunque situándose con mucho cuidado. Las obras maestras suelen tener alarma para impedir que los curiosos se acerquen demasiado. Sonó el eco de unos tacones procedente del vestíbulo. Me coloqué delante de Li y abrí de nuevo el catálogo, procurando taparlo lo mejor posible. Mackenzie Pratt reapareció, atisbando la galería desde el corredor. Se alzó las gafas de sol y me miró una vez más. Sus iris, ahora visibles, resultaban casi incoloros bajo las gruesas capas de rímel: como flores venenosas en miniatura.

—Vaya, qué estudiosos estamos —comentó.

Yo le dirigí una inclinación y me concentré de nuevo en el catálogo. No volví a levantar la vista, pero mientras Li sacaba fotos noté que aquellos ojos suspicaces y malévolos nos absorbían ávidamente a través del amplio espacio de la galería.

Li pensaba volver al museo por la mañana, pero ya estaba deseando hacer unos intentos con la composición. Trabajando a partir de las fotos y de las ilustraciones del catálogo, esbozó rápidamente a lápiz una versión tras otra en un cuaderno A2, desplazando cada vez ligeramente el ángulo de la pose. Su trazo era limpio y decidido, hasta tal punto que tras unos cuantos intentos yo casi creí estar mirando un Gauguin. Era un artista asombroso.

—Li —le pregunté cuando hicimos una pausa para tomarnos un té Lipton medio tibio—, ¿por qué no trabaja por su cuenta? Es usted un pintor extraordinario. Estas cosas... no son lo único que podría hacer.

Él se encogió de hombros, guardándose el lápiz detrás de la oreja.

—Lo pagan bien. ¿Y qué otra cosa podría hacer? Yo sé pintar, claro. Puedo pintar prácticamente cualquier cosa. Pero la pintura ya no le interesa a nadie.

—Pero…

—Ya estoy acostumbrado. No me agobio —añadió.

«Tiene toda la razón —pensé—. La que debería agobiarse soy yo.»

Pedimos que nos subieran la cena a la habitación de Da Silva, donde yo expuse todas mis ideas sobre las procedencias, explicando lo que necesitaría para cada etapa de la historia que había tramado. Li comentó que necesitaría cera para mezclar con la pintura, mostrándonos los primeros planos tomados en el museo, donde se observaban las finas capas acumuladas para intensificar el brillo del color. Da Silva, sin embargo, apenas echó un vistazo a las fotos de *Muchacha con abanico*. Estaba distraído, no paraba de mirar el móvil y de juguetear con su Dupont de oro. Li vació su plato pulcramente, dobló la servilleta y se excusó para volver al trabajo. Todos sus movimientos eran serenos y precisos, tan limpios como los de su mano al moverse por el papel.

—¿Quiere un cigarrillo? —le dije a Da Silva.

—Hace demasiado frío ahí fuera.

—¿Una copa?

—Claro.

Fui al minibar, le preparé un gin-tonic y me serví un brandy.

—¿Qué sucede? ¿Nervioso?

—Debería volver a Roma.

—Creía que estaba de permiso.

—Hasta julio, sí. Pero no es eso.

—¿Su esposa?

—Sí.

Yo estaba casi decidida a preguntarle si le apetecía un polvo.

No parecía que hubiera nada mejor que hacer en una noche gélida en Essen. Además, ¿no es eso lo que hace la gente en los viajes de negocios: saquear el minibar y tratar de ahuyentar la soledad en una anónima habitación de hotel? Me di cuenta de que estaba reconociendo que él me gustaba después de todo, pero eso apenas era una novedad. Me había gustado desde la primera vez que lo había visto aquel verano en el lago Como. Aún recordaba cómo le abultaban los músculos del pecho bajo la camisa. Eso, por supuesto, mientras sopesaba distintas formas de matarlo. Había en él una frialdad especial, una indiferencia ante todo lo que no fuera inmediato. Sabía descifrar deprisa las situaciones, también a la gente: el hombre del rifle, el chico de Tánger. Y yo había visto sus ojos cuando había disparado al hombre de Albania. No podía parar de recordarlo.

—Romero…

—¿Qué quiere ahora?

—Cuando usted tiene que… ya me entiende. ¿Cómo se siente?

—Eso ya me lo preguntó.

—No hablo de chorradas sentimentales. Quiero decir físicamente. ¿Cómo le sienta? ¿A su cuerpo?

Él reflexionó.

—Los ojos. Noto diferentes los ojos. Y oigo mejor que nunca. Como si hubieran subido el volumen. Nunca he pensado mucho en ello, la verdad.

Yo deseaba decir: «Usted es igual que yo. Sentí su corazón cuando acababa de matar al chico marroquí». Pero tal vez no éramos tan especiales. Tal vez lo único que teníamos en común era que nosotros hacíamos aquello que los demás solo se atrevían a pensar.

—¿Y usted? —preguntó. No respondí de entrada. Me acerqué a la ventana y contemplé los bancos de nieve sucia que se amontonaban cuatro plantas más abajo.

La biblioteca Picton cerraba a las ocho, así que debía ser hacia las nueve cuando llegué a la parada de autobús más cercana a nuestro piso. Yo solía ir a la biblioteca casi todos los días después del colegio, no solo porque había calefacción y reinaba el silencio, sino también por las magníficas columnas de la fachada curvada, por las esferas de luz dorado-verdosa situadas a lo largo de las hileras de relucientes escritorios victorianos, por los pasos sigilosos de los bibliotecarios que empujaban los carritos de libros entre las estanterías. En cuanto entraba allí, era una persona diferente, seria, importante.

Debía de tener dieciséis entonces, faltaba un año para que me marchara para siempre. Bajé del autobús y eché a andar. El supermercado Tesco ya estaba cerrado; los grupos de vagabundos se preparaban para pasar la noche sobre sus catres de cartón. Normalmente, cruzaba la calle para evitarlos: a veces aparecía una mano entre los bultos mugrientos, o una figura encorvada, farfullando que le diera unas monedas. Entre el supermercado y el primer bloque, había un angosto pasaje que rodeaba la parte trasera del aparcamiento y pasaba junto a los cubos de basura hasta llegar al pub. Esa noche, oí un débil gemido de mujer y luego un golpe sordo casi inaudible, como si algo hubiera caído contra uno de los cubos. Al principio pensé que era solo algún borracho, pero luego reconocí el lloriqueo característico de mi madre.

—¡Devuélvemelo! No seas cabrón. Devuélvemelo.

Estaba atrapada entre dos de los grandes contenedores de metal. Tres tipos con sudadera le cerraban el paso. Eran solo unos chicos enclenques y andrajosos, no debían pasar de los doce o trece años. Se estaban metiendo con ella. Uno de los chicos tenía su bolso y la esquivó entre burlas cuando mi madre se lanzó a cogerlo, de manera que ella acabó tropezando y desplomándose patéticamente sobre la tierra húmeda.

—¿Qué nos va a dar, señora?

No pretendían atracarla, solo tomarle el pelo, pero una vez que estuvo en el suelo, se asustaron y se pusieron más agresivos. El mayor de todos le dio una patada en la cara. Ella se fue hacia atrás, golpeándose con el canto del contendedor, y se hizo un ovillo con las manos en la cara.

—¡Toma! ¡Aquí tienes tus cosas! —Vaciaron el bolso en el suelo; oí que caían unas monedas y el golpe de su paraguas rosa.

—¡Largaos, idiotas de mierda! —grité.

Ellos salieron disparados en el acto, tres pares de zapatillas resonando por el callejón, pero yo era rápida, mucho más rápida que ellos. Tenía los ojos fijos en el paraguas de nailon rosa, lo recogí al pasar sin reducir la marcha y agarré del cuello al último antes de que llegara al espacio abierto del aparcamiento. Le barrí las piernas de una patada y los otros dos se giraron al oír cómo se desplomaba.

—Eh, es Rashers.

Se acercaron: las cabezas rapadas y costrosas cubiertas con las capuchas de las sudaderas, sus últimos dientes de leche reluciendo a la luz de la farola.

—Largaos de una puta vez, pringados de mierda.

—Y si no, ¿qué?

—¿Qué tal esto?

Yo tenía al chico caído de lado en el suelo, con las zapatillas arañando el asfalto pegajoso. Usando el paraguas como una porra, empecé a machacarle la cara con tal fuerza que noté que el bastón se partía dentro de la tela enrollada. Le golpeé hasta que la capucha gris de la sudadera quedó de color oscuro, luego lo puse boca arriba y, con el grueso tacón de mis zapatos escolares, le pisé las pelotas una vez y otra y otra vez, hasta que se quedó doblado, gimoteando.

—Zorra de mierda. Estás loca de remate.

Pero estaban retrocediendo. Blandí el paraguas hacia ellos. Se había soltado una varilla y parecía muy afilada.

—¿Queréis un poco? ¿Queréis probar el jarabe de vuestro amigo? Ya no sois tan chulos ahora, ¿no? Iros a la mierda.

Echaron a correr. Me había bastado con un minuto. Le di una última patada al chico del suelo y fui a buscar a mi madre. Ella aún estaba a gatas, buscando sus cosas con ojos llorosos.

—Levanta.

Tenía sangre en la barbilla y un corte debajo del ojo. El chico le había saltado un diente.

132

—Mírate. Mírate cómo estás, joder. —*Tenía mierda de perro en el pelo.*

—Lo... lo siento, cariño. —*Farfullaba. Era un puto desastre.*

—Levanta, mamá.

Le tendí una mano para ponerla de pie, pero ella se fue hacia atrás y volvió a tropezar. Sus ojos parecían enormes bajo el rótulo de neón de Tesco. Blancos y enormes, y repentinamente sobrios, impregnados de miedo.

—Nada. No se siente nada —dije al fin.

Nos volvimos a quedar callados.

—Tenía usted razón sobre mi esposa. —Lo dijo con el mismo tono que había empleado en la oscuridad del riad: un tono muy alejado del deje exasperado y despectivo que usaba conmigo.

—¿En qué sentido?

—Que fue... un arreglo. Estuvimos juntos durante años antes de casarnos: casi desde que éramos adolescentes. Yo vivía en el apartamento de su familia mientras estaba en la universidad. Habitaciones separadas, desde luego. —Apuró su bebida.

—¿Así que usted no...?

—No hasta la noche de bodas.

—Por Dios. ¿Y desde entonces...?

—A nosotros no nos gusta... la informalidad. Incluso ahora, un divorcio es imposible. Así que no hago tonterías.

Me quedé pensando. ¿De veras quería decir que no se había acostado con nadie más?

—¿Quiere otra copa? —preguntó.

—Mejor que no. Li y yo tenemos mucho que hacer.

Cuando yo estaba casi en la puerta, añadió algo más.

—Cleret me habló de usted.

—¿Cómo?

—Me dijo dónde la conoció. Esos locales que usted frecuenta.

—No fue muy caballeroso de su parte. ¿Y?

Romero Da Silva se había sonrojado.

133

—Yo solo pensé...

—¿Qué? ¿Qué pensó?

Así que Da Silva conocía mi afición a la noche. ¿Le excitaba? ¿O le repugnaba?

El silencio se extendió como los rombos de la espantosa moqueta del Sheraton.

—Nada. Perdone.

—Buenas noches, entonces.

—Buenas noches, Judith.

En el pasillo, me detuve un momento a escuchar. Oí el chasquido de goma a presión de la puerta del minibar y un sonido de líquido al chocar con el fondo de un vaso. «Como si hubieran subido el volumen.» Sí, hasta tal punto que yo oía también cómo Da Silva aguzaba el oído, tratando de captar mi respiración entrecortada mientras me apoyaba en la pared.

11

—Salsa de tomate.

—¿Cómo?

—Li necesita salsa de tomate. ¿Puede preparar un poco?

—¿No la podemos comprar?

—Necesitamos tomates italianos.

Da Silva y yo estábamos fumando en la cubierta del ferry entre Reggio Calabria y Messina. Éramos los únicos pasajeros que estaban fuera: los demás —más bien pocos, porque era el día de Reyes— estaban abajo, muchos vomitando con desenvoltura en bolsas de papel. El agua de los estrechos estaba tan picada que habían cancelado la primera salida. Hacía un frío gélido además, y caía aguanieve, pero al menos ahí arriba no teníamos que respirar el hedor de la *zampone* de Año Nuevo regurgitada. Da Silva iba de uniforme, con el añadido de un bastón para su pierna «herida». Yo no entendía por qué se molestaba en mantener las apariencias, aunque, por otro lado, la lógica de su actitud general en buena parte se me escapaba.

—Puede comprarlos en Palermo.

—¿Cuánto falta para llegar?

—Unas tres horas, bordeando la costa en coche. Han enviado a alguien a buscarnos.

—¿Lleva su pistola?

Él volvió la cabeza para mirarme, protegiéndose los ojos del viento acerado.

—Siempre. ¿Por qué?

—Es que pensaba… bueno, que está aventurándose en territorio enemigo.

—Muy graciosa.

Solo bromeaba a medias. Todos los libros que había estudiado sobre el crimen organizado en Italia dividían los clanes en tres grupos principales: la Cosa Nostra siciliana, la Camorra napolitana y la 'Ndrangheta calabresa. En un momento u otro de los últimos treinta años, cada uno había entrado en guerra con otro. Yo había leído sobre funcionarios públicos asesinados, juicios en masa y tiroteos con Kalashnikov, pero ese era más bien el tipo de detalles que servían para vender libros. Da Silva era funcionario público, y representaba un tipo de simbiosis diferente. En último término, daba la impresión de que el Estado no tenía verdadero interés en aplastar a la mafia, porque la mafia ya formaba parte del Estado. Los políticos temían tanto a los *pentiti* —a los informadores arrepentidos— como los propios capos. Si le abres el vientre a un tiburón, se comerá sus propias tripas pero seguirá nadando.

—¿Estuvo aquí hace unos años?, ¿en el caso griego?

Las brigadas antimafia estaban compuestas por divisiones policiales de toda Italia, incluidas varias unidades de la Guardia di Finanza de Roma. Da Silva había participado en una operación relacionada con falsas antigüedades griegas usadas para blanquear capitales. El caso nunca se había resuelto, en buena parte porque el café donde la mayoría del equipo estaba desayunando había volado una mañana por los aires.

—Sí, estaba aquí.

—¿Pero no en el café aquella mañana? Vaya suerte.

—Estaba fumándome un cigarrillo fuera cuando ocurrió.

—Y yo que creía que fumar perjudica la salud.

Da Silva agarró con tanta fuerza la barandilla que los nudillos se le quedaron lívidos.

—Perdone. No pretendía ser frívola. Eran compañeros suyos, ¿no? Quiero decir, los hombres asesinados.

Por un instante creí que iba a darme una bofetada, pero él se alejó ofendido —lo más dignamente posible, porque el ferry no dejaba de cabecear— hasta el otro lado de la cubierta, donde permaneció durante los últimos veinte minutos de la travesía.

ϒ

Los suburbios de Palermo parecían incluso más miserables de lo que me había imaginado bajo aquel diluvio de barro, una lluvia coloreada que nos había acompañado desde Messina. Todo lo que no era la autopista parecía desfigurado: sórdidos bloques u oscuras edificaciones en ruinas. Se suponía que la ciudad vieja era muy bonita, pero no se veía por ninguna parte. ¿Por qué la fealdad en Italia parece tan perversa? No es que Palermo fuera mucho peor que, digamos, Birmingham, pero no tenía ningún derecho a parecerse a Birmingham. Quizá la disonancia proceda del contraste con los abundantes y despreocupados encantos de Italia, de la sensación de que hay tanta belleza sobrante que puede ser expoliada y malgastada.

Yo llevaba una serie de fotografías que Li y yo habíamos confeccionado en su portátil: una combinación de *Muchacha con abanico* con *Y el oro de sus cuerpos* que daba una idea de cómo quedaría nuestro Gauguin. Al día siguiente, visitaría sola el archivo del banco, donde en teoría vería por primera vez el cuadro entre los demás lotes que Gentileschi pretendía adquirir. En el maletero había un panel de contrachapado, de la misma media que la madera miro que nos habíamos llevado de Tánger, que sería transportado esa misma noche al archivo. Al terminar mi visita, me lo llevaría de allí firmando un recibo, después de lo cual una serie de emails entre el banco y yo reflejaría mis progresos en la «investigación». Que era donde entraba en juego la salsa de tomate.

Había encontrado a una restauradora en Reggio a la que podría llevarle el cuadro de Li para que retirase el barniz, un proceso del que informaría debidamente al banco. La relativa proximidad entre ambas ciudades, Reggio y Palermo, añadiría otro elemento de verosimilitud a las procedencias. Gentileschi tenía oficialmente su sede en Venecia, y habría parecido natural que yo me llevase el cuadro allí; pero si realmente se trataba de un Gauguin, el banco tal vez se habría mostrado reacio a permitir que viajara a tanta distancia. La seguridad, la póliza de seguros, los posibles desperfectos en el trayecto. ¿Tal vez un guardia del banco podía presenciar el proceso de limpieza del lienzo? Eso constituiría un buen toque. Dado que el cuadro supuestamente había permanecido treinta años en una cocina, unos restos de salsa de tomate sobre el barniz supondrían otro pequeño detalle preñado de sentido.

Nuestra reunión con el representante del banco en el Grand Hotel et des Palmes estaba prevista para las siete de la tarde en una suite de dos habitaciones que yo había reservado a nombre de Gentileschi. Da Silva había organizado el encuentro con la misma misteriosa eficiencia con la que se había deshecho mágicamente de los restos de Alvin Spencer. Unos días antes me había mostrado en su teléfono móvil una noticia: un par de líneas de la edición internacional del *New York Times*. La policía italiana había identificado los restos de un cadáver hallado en un aparcamiento subterráneo de Trieste como pertenecientes a Alvin Spencer, un americano de veintitrés años cuya desaparición había denunciado su familia el verano anterior. Su muerte no se consideraba sospechosa, pues Spencer había adquirido al parecer una fuerte adicción a las drogas durante su período en Europa, y los análisis postmórtem apuntaban a una sobredosis. El cuerpo había sido entregado a la familia para su entierro. Todo limpio y ordenado.

Yo aún no sabía cómo funcionaba la doble vida de Da Silva; quién era su superior, quién le daba instrucciones. Raznatovic era una especie de colega, no un jefe. Dado que la notoriedad, en el crimen organizado es inversamente proporcional al poder detentado, no me imaginaba a Da Silva cuadrándose ante un payaso con anillo de diamantes en una habitación llena de alfombras blancas de piel, aunque tampoco lo veía recibiendo órdenes de un viejo y apestoso campesino, que era lo que resultaban ser los capos sicilianos en las raras ocasiones en que alguno era detenido. Probablemente un dentista o un abogado de mediana edad en una insulsa oficina con aire acondicionado de Roma. Probablemente nunca lo sabría.

El *dottore* Di Matteo llegó a las siete en punto, lo cual era más de lo que podía decirse del té que yo había pedido. Charlamos torpemente de naderías mientras Da Silva abroncaba desde su habitación al personal del hotel, y todavía un poco más mientras un joven camarero entraba con un enorme carrito de plata. Nos ofrecieron tres tazas desportilladas, una jarra de agua tibia y una caja de plástico con bolsitas transparentes de té. Nada de leche. Solo cuando el chirriante carrito se hubo alejado por el pasillo pudimos empezar a hablar de negocios. Di Matteo era un hombre delgado con un traje marrón, que me ofreció ceremoniosamente una tarjeta con su título oficial: «Director de Bienes Materiales». Me pareció muy adecuado.

Sin una palabra, Di Matteo me deslizó un folio por encima de nuestra deprimente mesa de té. Leí una serie de instrucciones que constituían los «preliminares básicos» de nuestra conversación. El cuadro sería siempre «el objeto». Yo no debía pronunciar el nombre del pintor. Tenía que referirme en todo momento a la historia de la hipoteca como si se tratase de un hecho real. No debía dirigirme al *dottore* por su nombre. En un gesto de cortesía, las instrucciones estaban también en inglés. Yo las acepté todas (no dejaría de ser un ensayo para la historia que iba a tener que contar en la Casa) hasta llegar al último punto de la lista, que estipulaba que Gentileschi recibiría por su intermediación una tarifa del diez por ciento de cualquier precio alcanzado por el objeto por encima de la cifra de salida marcada en el catálogo de la institución que lo vendiera. Eso no era lo que yo había acordado con Raznatovic. El banco era una tapadera, nada más. Habría resultado demasiado inverosímil que yo fuese la propietaria del cuadro; además, si alcanzaba el precio que yo esperaba, esa cifra atraería demasiado la atención sobre mí. Negué con la cabeza. Si alguien estaba grabando la conversación, debía de estar pasando una noche de lo más aburrida. Saqué mi Montblanc y escribí: «Cien por cien de la cantidad que supere el precio de salida para Gentileschi, según lo acordado». Di Matteo negó con la cabeza. Joder, ¿íbamos a llevar toda la negociación con pantomimas?

—¿Más té? —dije, rompiendo el silencio.

Le indiqué a Da Silva con un gesto que me siguiera a mi habitación. Hablé, o más bien siseé, en inglés.

—No pienso aceptar esta basura. ¿Lo ha tramado usted con él? ¿El diez por ciento? Ya pueden irse los dos a la mierda. ¿O está planeando repartirse el dinero con su amigo serbio?

—Cálmese. Solo son… formas de hacer las cosas. Eh… convenciones.

—Ya. ¿Como follarse a la chica? ¿Esa convención? Ya me oyó en Albania. Partimos a medias todo lo que supere el precio de salida. Así que el banco me paga primero a mí. Menos gastos, sin trampa ni cartón. Si quiere, puede disolverme en ácido y arrojarme a un vertedero, pero no me voy a mover de aquí.

—Judith, usted ya sabe… lo que dijo nuestro amigo serbio.

—Sí. Que lo matará si no paga.

—A usted también.

—Pues llame al *Corriere* y dígales que preparen la portada.

—Esto no tiene nada que ver conmigo, ni con el… caballero al que vimos en Durrës. Tiene que ver con ellos. Con lo que esperan de nosotros.

Yo alcé las manos.

—Nosotros. Ellos. No sé quién coño es cada uno de ustedes, en realidad. La cagada es suya, así que arréglela usted. O convierta a Franci en viuda. Como quiera.

Él se acercó a la ventana, forcejeó con las persianas y dejó que entrara una ráfaga del aire de enero mientras encendía un cigarrillo. Quizá creía que la Befana iba a entrar montada en su escoba para darle la respuesta. La Befana es una especie de bruja que lleva regalos a los niños el día de Reyes. Los traviesos reciben un pedazo de carbón, aunque el carbón en realidad está hecho de delicioso azúcar teñido de negro. A mí me encantaba la Befana. Y entonces comprendí una cosa: Da Silva no era consciente de lo que podía llegar a valer un Gauguin.

—¡Será idiota! No tiene ni idea, ¿verdad? Espere, llévele esto al viejo.

Cogí una hoja del bloc que había junto al teléfono y escribí: «Cualquier cantidad que supere los ciento cincuenta millones de libras esterlinas será pagada exclusivamente a Gentileschi. El diez por ciento de cualquier remanente por encima del precio declarado de salida, pero inferior a los ciento cincuenta millones de libras esterlinas, corresponderá a Gentileschi como tarifa por su intermediación».

Él abrió mucho los ojos al ver las cifras, pero llevó el papel a la otra habitación sin hacer comentarios. Después de lo cual, el *dottore* se volvió mucho más cordial.

—¿Quiere pedir algo de comida? —preguntó Da Silva una hora después, cuando, tras muchas *grazies*, Di Matteo se hubo marchado con el falso panel.

—Al paso que van, dudo que siga viva cuando la suban.

Como mi cita al día siguiente era al mediodía y Palermo funciona hasta muy tarde, se me ocurrió otra idea.

—¿Sabe lo que me apetece? *Penne alla Norma*. Y un montón de vino tinto.

—Hecho. Hay un sitio cerca del Arsenale. Podemos ir andando si no hace demasiado frío.

Bordeamos el Borgo Vecchio y nos dirigimos al paseo marítimo, inclinándonos bajo el viento. Una Befana de nariz ganchuda se hallaba iluminada con lucecitas navideñas por encima de la calle, con un rótulo de la cadena de supermercados Esselunga adosado a la escoba. Da Silva señaló hacia arriba a la izquierda con su absurdo bastón.

—Allí está la Ucciardone.

Era la antigua prisión, construida cuando los Borbones gobernaban Sicilia, que estaba reservada en parte, como todo el mundo sabía, para «hombres de honor». De allí suelen sacar sus ideas las películas de gánsteres: remesas de *champagne* entregadas a los pabellones privilegiados, jefes mafiosos dando audiencia en celdas lujosamente amuebladas… No sería de extrañar que hubiera una tienda de regalos donde vendieran salsa de tomate casera, con ajo cortadito en láminas.

—¿Ha estado dentro?

—Con frecuencia. Sección siete.

Esa era la parte reservada a los jefes.

—¿Asuntos policiales?

—A veces.

—¿Yo también era un asunto policial?

—Ya no. —Había en su voz un deje pesaroso.

—¿Lo habría llegado a hacer, allí en la playa? Quiero decir, antes de que apareciera el hombre de Raznatovic.

Apretujados para protegernos de la lluvia bajo el resplandor de las luces de colores, sentí que aquella era una conversación íntima, una conversación que ambos habíamos venido manteniendo, o tratando de mantener desde hacía tiempo, sin encontrar nunca las palabras adecuadas.

—No. Quizá no. No iba a servirme de nada muerta.

—Gracias. —Nada que no supiera ya.

—Perdone. No pretendía decir…

Se giró para mirarme, ambos con la cara mojada. Los pocos centímetros de aire entre nuestras bocas adquirieron una intensidad angustiosa. Podría haberme inclinado hacia delante, pero… ¿en qué estaba pensando? Yo ya había hecho planes para esa noche. Y entonces pasaron unos niños corriendo, con gruesos abrigos sobre disfraces negros de bruja y sombreros torcidos en punta. Da Silva le dio las buenas noches al paciente padre, acurrucado bajo un paraguas, y seguimos andando.

142

Después de la cena, me di un baño caliente y me tomé un par de copas más de vino tinto. A través de dos puertas cerradas, me llegaba apenas el ruido de la ducha de Da Silva. Me lo imaginé desnudo: el agua chorreando por sus muslos, el vello de sus axilas mientras se enjabonaba. Me puse el dedo medio derecho entre los labios del coño y me lo llevé, reluciente, a la boca. Las once en punto. Sonó un golpecito discreto desde el pasillo. Abrí la puerta y me volví a llevar el dedo a los labios. «Chist.» El camarero rubio que nos había traído el carrito del té, con la chaqueta blanca del uniforme doblada sobre el brazo. Parecía un poquito nervioso.

—¿Judith? —dijo Da Silva a través de la puerta cerrada de la sala—. ¿Va todo bien?

Íbamos a tener que ser muy silenciosos.

—Perfecto. No es nada. Solo el servicio de habitaciones.

12

La mañana en Palermo tenía todos los colores del Barroco, rosas y dorados, marfiles, violetas azulados. Hasta el grafiti rojo de los ultras del equipo local, que chorreaba en las paredes de los palacios junto al mercado, parecía impregnado de la delicadeza de un amanecer de Carracci. La piazza San Domenico ya estaba en pleno ajetreo a las siete de la mañana. Yo me había levantado a las seis para salir a correr y averigüé dónde quedaba el mercado guiándome por los ruidos. Compré tres kilos de tomates frescos, un tarro de pasta de tomate y una botella con un corcho atado con cordel llena de frutos, la mayoría bayas, en aceite. Quizá Salvatore tendría una buena receta. Los puestos de pescado me recordaron el Rialto de Venecia: hermosas caballas, cubos de cangrejos castañeantes, montones de extraños moluscos en espiral y cajones de criaturas de los fondos marinos con aspecto de alien cuyo nombre ignoraba. Me llevé también dos *cappuccini* en vasos de plástico y un par de gruesos brioches rellenos de crema de vainilla.

—¡Desayuno!

Da Silva seguía bajo las mantas. Sacó una mano para mirar la hora en su móvil y soltó un gruñido.

—¿Por qué me ha despertado?

—¡Porque va a hacer un día precioso! Mire lo que he traído. Mejor no acercarse al buffet de abajo. Hace sol afuera. ¿Puedo pasar? —Descorrí las pesadas cortinas de velvetón. Da Silva se encogió bajo la colcha como un vampiro sorprendido.

—¿Qué demonios le ha entrado?

Pensé que más valía no responder a esa pregunta.

143

—¿Le apetece dar un paseo antes de que me vaya al banco? —dije, limpiándome la barbilla de crema.

—Tengo gestiones que hacer.

—Pero seguro que pueden esperar, ¿no? Por favor.

Nunca habría pensado que me sorprendería a mí misma rogándole a Da Silva que me acompañara, pero el hecho de estar fuera de la granja me daba una sensación de atolondramiento, como si estuviéramos haciendo novillos.

—Bueno, está bien —dijo, lanzándome la que yo habría dicho que era la primera sonrisa genuina que había visto en su rostro: un amplio despliegue de dientes blancos que me impactó justo en el mismo sitio que el camarero de la noche anterior.

—Voy a darme una ducha.

Da Silva llamó a la puerta de mi baño cuando me estaba despojando con elegancia de mi sujetador de deporte.

—Perdone, tengo que mandar un email, pero mi portátil no se enciende. Voy un momento abajo. Disculpe.

—El mío está ahí, espere un segundo. —Me puse un albornoz, crucé de puntillas la habitación y tecleé mi contraseña.

—¿Está segura?

—Claro. No hay ningún secreto que encontrar, créame. Adelante. Estaré con usted en un minuto.

El archivo de la Società Mutuale se hallaba no en las magníficas dependencias del banco de la época española, sino en el sótano de un bloque de seis pisos de los años setenta que quedaba a un par de calles. Tras un luminoso y ventoso paseo por la Conca d'Oro, Da Silva me acompañó hasta la esquina donde el *dottore* Di Matteo me estaba esperando. Después de hacerme firmar, bajamos tres pisos en ascensor y mostramos nuestras identificaciones a un guardia que forcejeó con la rueda con combinación de una puerta de acero reforzado para franquearnos el paso. Los cuadros —quizá un centenar, en total— estaban envueltos en gruesas fundas de algodón y ordenados en expositores primero por períodos y luego por orden alfabético. Había también una nutrida sección de «anónimos» en donde yo le había indicado a Di Matteo que dejara el panel la noche anterior. La Società poseía un impresionante surtido de obras renacentistas, así como de obras del siglo xx. Yo estaba buscando cinco cuadros que poner a la venta en la página web de Gentileschi con el fin de convencer a la Casa de que mi galería seguía siendo una empresa viable: nada demasiado ostentoso tampoco, en torno a los cien mil. Recorriendo los expositores, escogí un Lina Bryans bastante insólito, un retrato de mujer con un alegre sombrero cloche rojo, dos garabatos de William Kentridge y un Lucio Fontana de gris sobre blanco —una composición de gruesas franjas de aceite y puntos pinchados—, en homenaje a los viejos tiempos. Fontana había sido el primer pintor que Gentileschi había adquirido. Di Matteo comprobó los precios en una lista roñosa, y yo le pregunté si podía hacerme recibos por todos ellos, aunque esas pinturas no iban a ir a ninguna parte. Solo tenía que parecer que yo era la propietaria. Pero entonces me llamó la atención un pequeño lienzo.

—¿Puedo ver ese, por favor?

Era un Kees van Dongen, una voluptuosa escena de un cabaret parisino. Una mujer flaca con un vestido de noche de color absenta, con una hinchada boca roja y unos enormes ojos tuberculosos enmarcados por el estridente chapado dorado de un angosto proscenio. Lo estuve mirando largo rato.

—Bueno, *dottore*. ¿Estamos listos para encontrar el Gauguin?

Él me lanzó una mirada fulminante.

—Disculpe. Bueno, voy a examinar ese interesante panel de ahí. —Fui pasando una selección de feos acrílicos abstractos de los años cincuenta hasta llegar al falso panel y lo extraje del expositor—. Necesitaré su autorización para investigarlo, tal como dijimos.

Él me tendió un papel sellado con el escudo floreado del banco.

—¿Y qué me dice de ese otro, si quisiera comprarlo?

—¿Quiere un recibo, como antes?

—No, me refiero a comprarlo de verdad. ¿Cuánto?

—Déjeme ver. Un millón.

Era absurdamente barato. Los Van Dongen estaban ven-

145

diéndose en Londres por entre cinco y siete millones. Y me lo podía permitir, aunque eso supondría como un tercio de todo el dinero que aún me quedaba. Una tontería, a decir verdad. Pero lo quería. Había algo especial en el rostro de aquella mujer, algo descarado y suplicante a la vez, con esos ojos tan vívidos entre las capas de polvos blancos. La extravagancia de Chagall y la claridad brutal de Lautrec.

—Hecho. ¿Hacemos arriba una transferencia?

Di Matteo parecía confuso.

—Pero yo no sabía, o sea...

Tenía los labios sellados por sus propias normas, por la obligación de no hacer ninguna referencia verbal a la operación que estaba teniendo lugar.

—Ese cuadro es para mí. Le daré la dirección a donde quiero que me lo envíen. —Aún tenía una caja de almacenamiento en el depósito de Vincennes—. Y luego necesitaré fotocopias del documento de la hipoteca y de la orden de embargo. ¿Vamos?

13

*L*i empezó *Muchacha con abanico II* al día siguiente de nuestro regreso de Palermo. Da Silva se largó a Roma poco después. Estuvo tres semanas fuera. Me llamaba cada tarde, pero yo sabía que también llamaba a Aliento-de-Pescado para preguntarle por mí. Aparte de algunas breves salidas de compras, Salvatore se había mudado en la práctica a la granja, montando campamento sin aparente incomodidad en un colchón hinchable en el garaje. Los cobertizos eran tal vez su hábitat preferido. No sabía dónde se lavaba, o si se lavaba siquiera. Por las mañanas, yo salía a correr y trabajaba en las procedencias; por las tardes, Aliento-de-Pescado me llevaba en coche al estudio. Nos tratábamos con educación el uno al otro, aunque básicamente con saludos e inclinaciones. Yo me preguntaba si dormía: por muy tarde que me quedara leyendo o pensando o bebiendo vino, él siempre estaba en el patio con la escopeta; y seguía en su puesto por muy temprano que me levantase. Al menos, no trataba de seguirme cuando salía a correr.

No me sentía sola ni aburrida. Solo hay un tipo de diversión en grupo que me interesa, y no tenía muchas posibilidades de practicarla con Aliento-de-Pescado rondando cerca. Mientras Li trabajaba minuciosamente en el panel, yo estaba absorta en la historia de los antecedentes, y los personajes que había soñado se estaban volviendo tan vívidos que casi creía en ellos. Iba a tener que creérmelos cuando me presentara en la Casa.

Y entonces abrí una mañana los postigos y descubrí que el campo había explotado. La primavera italiana había llegado de la noche a la mañana, como si alguien hubiera arrojado confeti sobre el paisaje. Me puse un suéter y salí afuera en bragas. Aliento-de-Pescado observó en silencio cómo saltaba la valla de la parte trasera y caminaba por el prado que subía hasta el límite del bosque. La hierba estaba llena de silenes rojas y borrajas azules; los setos vivos se veían iluminados de amarillo y naranja; notaba el aroma de los almendros y melocotoneros en flor procedente del valle que llevaba a la ciudad. Aliento-de-Pescado se acercó a la valla para mirar cómo daba cabriolas por la hierba húmeda.

—*Ti piace?*

—*Bellissimo!* —dije, sonriendo. Era la conversación más larga que habíamos mantenido. Obviamente él pensaba que era una loca; o quizá simplemente que era inglesa. La planta de nazareno en torno a la puerta de la granja había germinado. Más tarde, cogí un ramito y lo puse en agua junto a mi colchón.

Me sorprendí hablándole a Da Silva de las flores cuando me llamó aquel día.

—Es preciosa la primavera allá abajo, ¿verdad? —dijo, coincidiendo conmigo. Noté una sonrisa en su voz—. ¿Cómo es que conoce todos esos nombres de plantas?

—Ah, cosas del arte.

Me había pasado una semana especialmente deprimente en la Casa preparando diapositivas para una venta de acuarelas victorianas. Y descubrí que era una destreza importante poder distinguir entre la flor del espino y la de la mora. Pero por más que me gustasen las flores, William *Nido de Pájaro* Hunt jamás iba a entrar en mi lista de pintores preferidos.

—Escuche, ¿cuándo es lo más pronto que puede volver? Necesito que avise al banco de que ya estamos listos para quitar el barniz, y usted debería estar presente.

—¿Por qué le ha puesto barniz si pensaba quitárselo?

—*Madre di Dio.* ¿Por qué no deja de hacerme preguntas?

—El viernes. Volveré a casa el viernes.

Cuando colgamos, me quedé mirando el prado con lo que supongo que debía de ser una sonrisa idiota en la cara. Y entonces sentí el impulso abrumador de buscar una peluquería en Siderno. «A casa», había dicho «a casa».

Υ

Mariangela Lucchini, la restauradora de Reggio, se había quedado encantada con mi llamada. Gran parte de su trabajo lo había llevado a cabo por cuenta del ministerio de Cultura, restaurando obras para las innumerables iglesias del sur, y me había dicho que le gustaría mucho limpiar una obra excitante.

—Lo único que quieren es el barniz. Y todas las cosas de importancia las mandan al norte. Como las naranjas.

La Società Mutuale iba a enviar a un guardia para que presenciara la restauración; Li, Da Silva y yo nos reunimos con él en el puerto antes de dirigirnos en coche al estudio de Mariangela, que se hallaba en el sótano de su bloque de apartamentos. Li estaba agitado, ansioso por ver qué efectos tendría en su obra la eliminación del barniz, especialmente porque él no podría estar presente cuando comenzara el proceso. Yo procuré tranquilizarlo prometiéndole que le mandaría cada cinco minutos una foto al bar donde estaría esperando. Mariangela era una mujer de unos cuarenta años, con un peto de lona y un tupido moño de pelo teñido con henna. Se oía llorar a un bebé cuando nos hizo pasar.

—Lo siento mucho, la canguro se ha puesto enferma. ¿Podría sujetármelo un segundo? —Me puso al bebé en los brazos. Los aullidos aumentaron mientras yo lo paseaba nerviosamente.

—Traiga —se ofreció Da Silva—, démelo a mí. *Ciao, piccolino, ciao.*

Tenía práctica, y ternura. Me vino una imagen repentina de él con sus propios hijos. Giulia y Giovanni. Nunca había pensado mucho en ellos. El bebé dejó de llorar y alzó una mano hacia la cara de Da Silva: los deditos diminutos desplegándose como las hojas de una anémona.

—Se quedará dormido en un minuto —dijo Mariangela—. Está acostumbrado a verme trabajar.

En un rincón del sótano, que era de techo bajo y carecía de ventanas, había una cuna con un móvil de conejitos amarillos

149

por encima. El resto del espacio estaba ocupado por una larga mesa de trabajo con tablero de formica y un gran caballete situado entre una serie de luces distintas, como en las mesas de exposición de la Casa. Da Silva dejó al bebé en la cuna y se ofreció a ir a traer café.

—Bueno —dijo Mariangela, poniéndose las gafas—, vamos a echarle un vistazo al cuadro.

Ayudé al guardia, que había dicho que se llamaba Giuliano, a desenvolver *Muchacha con abanico II*. Mariangela lo contempló largamente con admiración.

—Bueno —fue lo único que dijo—. Bueno.

Sabía lo que se hacía. Le pregunté si le importaba que filmara las primeras pasadas sobre el barniz y ella negó con la cabeza, poniéndose unos guantes de látex, ya absorta en su labor.

—Bien. Voy a quitar el barniz con un tres por ciento diluido de Relgarez 1094. Shell D38. Es un disolvente mineral no aromático —explicó mirando a Giuliano. Él asintió gravemente como si entendiera algo. El bebé se rio en la cuna.

—Cójalo en brazos si se pone otra vez a llorar. Ahora voy a usar un cepillo de pelo de tejón —lo sostuvo ante la cámara— para retirar el fluido después de haberlo aplicado con una esponja. Así.

Empezó a frotar un pequeño trecho de la esquina inferior izquierda del panel. Yo casi percibí la tensión de Li a través del teléfono cuando le envié la primera foto. A medida que Mariangela pasaba el cepillo, el color aplicado sobre el azul de Prusia, un intenso magenta marrón, parecía adquirir profundidad.

—Bien. Bien. Como ven, el barniz había blanqueado el color. Ahora vemos el nivel de saturación mucho mejor.

—¿Qué pasa con el residuo de barniz que quede en la superficie? —pregunté.

—El disolvente se encargará de eliminarlo. Cualquier producto más fuerte ablandaría la base.

Me moví en torno a ella mientras trabajaba, fotografiando el proceso desde todos los ángulos. Al cabo de una hora, el bebé

estaba dormido y nosotros habíamos limpiado aproximadamente diez centímetros cuadrados del panel. Giuliano pasaba
el rato jugando al Candy Crush.

—¿Qué es esto? —exclamó Mariangela de repente.

—Creo que podría ser *sugo* —dije—. El cuadro estuvo colgado durante mucho tiempo en una casa particular. Yo no me
atreví a limpiarlo por mi cuenta.

Mariangela sacó de un cajón un pequeño estuche parecido a un kit de uñas y extrajo una diminuta espátula de hoja
limada.

—Esto debería servir. ¿Lo quiere en un portaobjetos?

—Sí, por favor.

Sacar la salsa de tomate costó otros treinta minutos.
Mariangela fue raspando delicadamente el residuo sobre
un portaobjetos de cristal. Otra pequeña pieza del rompecabezas.

151

—Todavía no entiendo por qué teníamos que molestarnos
en hacer todo esto —renegó Da Silva cuando finalmente dejamos a Giuliano en el ferry.

—¿De veras quiere que se lo explique?

—Claro.

—La cuestión es que Gauguin detestaba el barniz, porque
representaba todo lo que quería combatir con su arte: un re-
vestimiento suntuoso, liso y satinado entre el pintor y el espectador. Así que él acortaba su pintura.

—¿Cómo dice?

—Perdón. La escurría con papel secante y luego la diluía
con trementina. Él quería que sus obras se parecieran a las de
los primitivos italianos: cuadros que tenían quinientos años de
antigüedad. Con una superficie calcárea, apelmazada. Tal vez
no suene como algo muy revolucionario, pero cuando Gauguin
decidió no barnizar sus obras estaba rechazando toda una tra-
dición, reemplazando el barniz pulido por una superficie cruda.
Quería que los espectadores volvieran a mirar las pinturas, que
fueran más allá de esa capa de perezosa sofisticación. No le im-

portaba que encontrasen feas sus obras, o disparatadas. Quería que *vieran* de verdad. ¿Entiende?

Me interrumpí, consciente de que llevaba demasiado tiempo hablando y de que sonaba como una empollona.

—No exactamente. ¿Quién se supone que barnizó el cuadro, entonces?

—Podría haber sido cualquiera de sus supuestos propietarios. A la gente le gustan los cuadros relucientes. Son más elegantes. La cuestión es que quitar el barniz para ver si se realzan los pigmentos hace que parezca más auténtico. Un auténtico Gauguin no requeriría un barniz para suavizar la luz. Así que tenía que comprobarlo.

—Estas cosas le interesan de verdad, ¿no? —Da Silva no parecía aburrido.

—Sí, en efecto. O sea, tienen que interesarme, ¿no? Perdone que me haya enrollado tanto.

—No se disculpe.

152

Esa noche, empecé a preparar el expediente que iba a mandar a la Casa. Un resumen de cómo había tropezado con el cuadro y reconocido la técnica de Gauguin, mi investigación de los antecedentes, los meses de trabajo. Ya tenía los recibos, el registro de subastas de la estación ferroviaria de Roma, el esquema de la historia que había elaborado. Fotos de cada fase, muestras de la pintura, el portaobjetos, los papeles de la Società Mutuale. Debía reconocer que todo parecía bastante convincente. Pero los documentos, las procedencias y el cuadro mismo resultarían tan convincentes como lo fuera yo misma. Desde luego, no era la primera vez que tenía que mentir porque me iba la vida en ello. En cierto modo, toda mi vida, la vida que me había construido, había dependido siempre de mi capacidad para mentir, para transformarme en lo que no era, para observar, imitar y fingir hasta que la máscara que las circunstancias me habían hecho adoptar se me había adherido tan perfectamente que se había convertido en mi rostro. Con frecuencia lo había disfrutado, e incluso me había sentido orgullosa de ello.

La mayor parte del tiempo, aun así, ni siquiera me daba cuenta. Fuera cual fuese mi identidad, todo se reducía a interpretar más o menos bien mi papel. Esta vez, sin embargo, si la máscara se movía solo un milímetro, se acabaría el juego. Y lo malo era que ya no parecía un juego.

14

Rupert me mandó un email el 19 de marzo. Eran la once de la mañana, las diez en Londres. Obviamente, las cosas habían cambiado en la Casa si Rupert estaba a esa hora en la oficina. Asomada a la ventana de mi habitación para disponer de buena cobertura, llamé a recepción y pedí que me pasaran con él.

—Pintura Europea.

Repetí mi petición.

—Me temo que Rupert está en una reunión —respondió la chica automáticamente.

—Dígale, por favor, que le llama Elisabeth Teerlinc.

—Me temo que no puedo molestarle.

—Usted dígaselo.

Era una excitación algo tonta, pero me resultó excitante oír cómo Rupert se abalanzaba sobre el teléfono. Bueno, con la pesadez de un mamut. Tras unas exclamaciones encantadas por ambas partes, acordamos que le llevaría el cuadro en cuanto organizara el traslado para que permaneciera bajo la custodia de la Casa mientras llevaban a cabo su evaluación.

Bajé corriendo por la escalera para contárselo a Da Silva.

—¡Ha picado!

—¿Cómo?

—Quiere ver el cuadro. Será mejor que avise a Raznatovic. Llámele, mándele una paloma mensajera o contacte con él con el siniestro sistema que suelan utilizar, y dígale que ya puede guardarse sus instrumentos de tortura. Necesitaremos un par de billetes para Londres. En business.

—¿Necesitaremos?

—Yo y el cuadro, idiota.

Una leve oleada de decepción cruzó ese rostro insulsamente apuesto, seguida de una mueca de rencor infantil.

—Debe de sentirse muy excitada con la perspectiva de volver a interpretar el papel de marchante. Necesitará el pasaporte, ¿no? El de Elisabeth Teerlinc.

—Por supuesto.

Salió de la habitación y volvió al cabo de un momento con su preciado sobre marrón. Me lo pasó enfurruñado.

¿Estaba celoso porque no iba a acompañarme?

—Gracias —respondí animadamente, haciendo caso omiso de su reacción—. Bueno... tengo que enviar un informe del estado de cuadro antes de llevármelo; y usted tendrá que avisar a la compañía aérea. Asientos de mampara y permiso para desplazarme con él en la carretilla elevadora. ¿Los chicos de Li ya nos han preparado un marco de tránsito?

—¿Cómo dice?

—Un marco de tránsito. Mantiene el cuadro en el ángulo adecuado mientras está en el aire. Tendremos que envolverlo, meterlo en un bastidor y embalarlo, así que también deberá arreglar eso con las autoridades de seguridad del aeropuerto. Todo debe parecer súper oficial. Cuanto más nos esforcemos en tratarlo como una pieza de valor incalculable, más posibilidades hay de que la Casa haga lo mismo. Me quedo con el pasaporte, pues. ¿Me lleva al taller?

—¿Yo qué soy?, ¿su maldito chofer?

—Más o menos.

Aliento-de-Pescado estaba acechando en el patio, como de costumbre. Le enseñó a Da Silva una bolsa de papel.

—*San Giuseppe. Ho portato le zeppole.*

Da Silva tradujo; yo apenas le entendía una palabra a aquel hombre.

—Hoy es san José. Ha traído dulces.

—¡Tenemos que celebrarlo!

—¿San José?

—¡No, idiota! Lo del cuadro. Compremos *champagne* para después y preparemos una cena. Deberíamos invitar a Li.

—¿A Li? *Il cinese?*

—Ese racismo espontáneo no es nada atractivo, ¿sabe? Sí, me refiero al tipo chino que quizá acaba de salvarle la vida. Yo pensaba que podríamos hacerle un regalo.

Una hora más tarde, Li y yo estábamos ante *Muchacha con abanico II*. Cerré los ojos y volví a abrirlos, tratando de persuadirme de que veía el panel por primera vez. Li había reproducido la pose de la versión que habíamos visto en Essen, pero alterando la línea de la cabeza para evocar el aspecto ladeado y la mirada más cómplice de *Y el oro de sus cuerpos*. Nuestra modelo estaba desnuda hasta la cintura, pero el pareo que la envolvía era de un radiante escarlata, y fluía hacia un suelo más sombrío, de tono gris-morado, que se fundía con el magenta y los verdes oscuros del borde del panel. Su piel y su pelo eran más oscuros que los del cuadro de Essen, y en lugar del emblema de la *tricolore*, el abanico blanco circular tenía estampada una sinuosa serpiente de plata. A lo largo de su carrera, Gauguin había reelaborado historias de la Biblia; incluso sus mujeres tahitianas podían verse como una serie de Evas o de Madonnas exóticas. En lugar de la silla de madera trabajada, nosotros le habíamos puesto a la muchacha un taburete rematado con un mosaico geométrico blanco y negro, y por encima de la cabeza, donde la mancha azul del cuadro de Essen sugería un fragmento de cielo, flotaba un asfódelo de color nube, con los pétalos levemente teñidos de rosa. Otro símbolo, las flores de los prados del Hades. Me sentía bastante orgullosa de esa alusión. El realismo nunca le interesó a Gauguin: los congéneres de Mackenzie Pratt, que se creían muy inteligentes por señalar las «inexactitudes» de sus representaciones de la Polinesia, no captaban en absoluto su propósito. Todos los objetos pintados por Gauguin están deformados y reformados por la mirada del sujeto, de ahí que la incongruencia de la flor fuera completamente correcta en un hombre que desdeñaba el deber de reproducir la naturaleza en la medida en que aherrojaba su visión. Al menos, eso era lo que yo esperaba que la Casa explicara en su catálogo.

Contemplamos los colores largo rato, dejando que nuestros ojos se fundieran con el panel.

—¿Está satisfecho? —le pregunté a Li finalmente.

—Creo que esta chica es la cosa más hermosa que he hecho en mi vida.

No hacía falta decir nada más, yo pensaba lo mismo.

Moët era lo mejor que ofrecía el supermercado de Siderno, pero a Aliento-de-Pescado le gustó. Formábamos una extraña compañía en la cena de esa noche, pero con la ayuda de las tres botellas de lo que Aliento-de-Pescado llamaba *monsciando*, resultó bastante animada. Él incluso dejó la escopeta fuera. Li apareció con traje oscuro, camisa blanca y una corbata de nudo impecable, y con un ramo de narcisos de color crema que me ofreció a mí. Yo le entregué un billete de ida y vuelta a Ámsterdam que había comprado aquella tarde en la agencia de viajes. Ya era hora de que viera el Rijksmuseum. Da Silva había arqueado una ceja ante la idea, pero yo le dije que estaba segura de que volvería.

—¡Incluso podríamos montar un negocio si esto funciona! No me importaría trasladar la galería aquí. Li es asombroso.

Da Silva me lanzó una mirada impasible.

—Después, quiero decir. Cuando usted vuelva a Roma.

—Claro. Sí. Buena idea.

Estuvo muy educado con Li durante la cena. Comimos pasta de garbanzos y *zeppole*, unas rosquillas fritas con azúcar espolvoreado, para celebrar el día de San José, aunque a mí nunca me había parecido un santo que tuviera mucho que celebrar. Aliento-de-Pescado no dijo gran cosa, salvo repetir el nombre que le había dado al *champagne* cada vez que daba un sorbo, pero eso solo ya contribuía a animar la charla. Sobre todo hablamos de comida, el comodín italiano para cualquier conversación, pero también descubrí algunas cosas más sobre Li. Llevaba treinta años en Italia y, aparte de nuestro viaje a Essen, nunca había salido del país, aunque sí lo había recorrido de punta a punta y había visto todas las obras de arte que ha-

157

bía podido. Más tarde, cuando él ya se había ido y Aliento-de-Pescado había vuelto a ocupar su sitio habitual en el patio, Da Silva abrió una botella de Barolo y estuvimos fumando sentados ante la mesa de la cocina.

—Gracias por la celebración. No soporto el Moët.

—Esnob.

—No soy una esnob. Me gusta que cada cosa sea buena en su género.

—Sí. Ya vi su piso en Venecia. Era... elegante.

Yo habría podido decir que me conmovía que se hubiera tomado la molestia de fijarse en la decoración mientras colocaba en el sillón el esqueleto de Alvin Spencer, pero esos chistes empezaban a resultar un poco viejos, así que me limité a darle las gracias.

—¿Le gusta tener dinero? —me preguntó.

—Sí. Implica que puedo hacer lo que quiero. La mayor parte del tiempo, en todo caso.

—Me gustaría saber la sensación que produce.

—¿El qué?, ¿el dinero? Yo habría creído que usted iba a largarse en cualquier momento a su lujosa mansión de Venezuela. Usted y Franci.

—No me refería a eso. Quería decir... hacer lo que quieres.

—¿Usted qué habría querido hacer, si no hubiera entrado en la Guardia?

Él dio una profunda calada al cigarrillo.

—¿Ahí abajo, en Siderno? Mi padre estaba siempre tomando copas en el bar con los policías. Así se mantenían las cosas tranquilas. O sea que era natural que yo entrara en el cuerpo. O eso, o tenía que ser ingeniero civil, según ellos.

—Ag. Ya estamos otra vez con «ellos»... Y si «ellos» no hubieran existido, ¿qué?

—Nunca se me ocurrió pensarlo. No es así como funcionan las cosas.

Circulando detrás de la furgoneta de la Casa en un coche que Rupert había enviado al City Airport, Londres me pareció inmenso y extraño cuando llegamos desde la llanura de los muelles y vi el horizonte plagado de grúas y de edificios cada vez más altos, de nuevos polígonos infectos y enormes montones de contenedores. Solo cuando dejamos atrás Smithfield y avanzamos por el centro empezó a resultarme familiar, aunque más dinámico y reluciente de lo que yo lo recordaba. Obviamente, había pasado escondida demasiado tiempo en el quinto pino. Mientras subíamos por Shaftesbury Avenue me sorprendí examinándome una y otra vez en el espejo retrovisor. Cuando me había encontrado a Rupert en la Biennale, justo después de abrir Gentileschi en Venecia, él no me había reconocido, pero estábamos entre una multitud y apenas nos cruzamos. ¿Verme ahora de cerca despertaría sus recuerdos? La noche en que Rupert me despidió de la Casa, yo había manifestado con bastante franqueza mi opinión sobre él. Si alguien me hubiera llamado «puto gilipollas mimado y sin talento», estaba convencida de que me acordaría de esa persona. Claro que yo no era una gilipollas mimada y sin talento.

Pero si Rupert no había reconocido a Judith Rashleigh en Venecia era simplemente porque él no esperaba encontrarse a Judith Rashleigh allí. La memoria puede ser una cuestión de contexto, de asociación: puedes pensar, por ejemplo, que recuerdas los rasgos del tipo que te prepara el café con leche cada mañana, pero sin el uniforme de camarero y la vistosa placa de identificación, es muy posible que te lo cruces por la calle sin reparar en él. También había considerado la posibilidad de que los mozos me reconocieran, pero ahí confiaba en las estrictas jerarquías de la Casa. Los clientes iban y venían continuamente, y si un mozo percibía cierto parecido entre uno de ellos y una antigua empleada, desde luego no era de su incumbencia mencionarlo. Con lo cual solo quedaban las chicas del mostrador de recepción —«las Spice», como las llamaban a veces— pero ellas habían sido para mí prácticamente intercambiables cuando trabajaba en la Casa: europrincesas de cabellera lustrosa que repartían catálogos entre las temporadas de esquí. Además, esas chicas siempre habían estado demasiado concentradas en la búsqueda de un marido para prestar la me-

159

nor atención a una becaria desaliñada. En aquel entonces, yo ni siquiera constituía una rival.

Me ajusté las solapas de la chaqueta. Siderno no ofrecía gran cosa en lo tocante a marcas de lujo, pero sí disponía inevitablemente de una tienda outlet, y yo había escogido un holgado traje Céline azul marino que había combinado con una camiseta gris claro y unos sencillos zapatos de cuero. Discreta, pero segura. Ya me había aprendido de memoria la historia de mi descubrimiento, pero me la volví a repetir cuando la furgoneta se detuvo en el patio trasero de la Casa. Y allí estaba Rupert, tan enorme como siempre y aún más repulsivo. «Vale, Judith. Empieza el espectáculo.»

Me dio un carnoso apretón de manos mientras mirábamos cómo los mozos hacían descender la rampa de la furgoneta y cargaban el cuadro en un carrito con el mismo cuidado que si estuvieran bajando la camilla de una ambulancia. Él fingió recordar nuestro último encuentro en Venecia, pero era evidente que no veía ninguna relación entre Elisabeth Teerlinc y Judith Rashleigh (o «Hmm...» como solía dirigirse a mí). Caminamos ceremoniosamente tras el carrito hasta el sótano. Siguiendo la ruta en tiempos tan familiar por el complejo laberinto de pasillos que llevaba al almacén, pasamos al lado de un precioso y arrogante retrato de Bronzino y luego junto a un palanquín de época con un muñeco de peluche de los Minion dentro. Una broma de alguno de los mozos. Sonriendo para mí misma, recordé lo afortunada que me había sentido en su día por poder bajar aquí y moverme entre tantos objetos bellos. Ya tenían preparada una mesa de trabajo, y Rupert se inclinó con avidez mientras retiraban lentamente el embalaje.

—¡Debo confesar que ardo en deseos de ver a esa muchacha! —exclamó. Los dos mozos se apartaron respetuosamente. Yo no había visto nunca a ninguno de los dos.

—Soy Elisabeth —dije con firmeza, tendiéndoles la mano.

—Perdone —dijo Rupert—. Este es Jim y este es, hmm...

—Malcolm, señor —dijo el mayor de los dos.

Ostentosamente, Rupert ajustó la luz ultravioleta y examinó el panel, primero con una gran lupa antigua y luego con una lente. Iba soltando leves jadeos de admiración. Ya se los había oído otras veces, pero esta vez procuré no estremecerme.

—Muy bonito. Muy bonito de verdad.

—Estoy de acuerdo.

Me volví hacia los mozos.

—¿A usted qué le parece, Jim?

Rupert sonrió con esa expresión paciente que adopta un adulto cuando un padre cariñoso le pide opinión a su hijo.

—A mí me parece muy correcto, señorita.

La tensión de mis nervios se aflojó un grado. Los mozos eran siempre los que tenían mejor ojo en la Casa.

—Bueno, si no hay objeción por su parte, señorita Teerlinc, haré que los chicos empiecen de inmediato.

—Por supuesto.

—Me temo que debe firmar algunos papeles. Haré que los baje alguien del departamento. Y después seguro que querrá una tacita de té, ¿no?

Esa afectada despreocupación era buena señal; muy buena señal. Si Rupert no hubiera actuado como si yo solo acabara de traer un pastel de frutas para la venta benéfica parroquial, habría querido decir que no estaba convencido. Envió un mensaje con el móvil y, con sorprendente celeridad, apareció una chica: una joven con un traje negro barato que debía de trabajar duramente sin convencer a nadie de su valía y que tenía una llamativa mata de rizos rubios de aire prerrafaelita. Habría resultado muy mona si no se hubiera puesto tantos polvos en su preciosa tez blanca. El resplandor de los ultravioleta de la mesa de trabajo mostraba, sin embargo, lo que de no ser por eso habría ocultado el maquillaje: que había estado llorando hacía poco. Aunque, desde luego, Rupert no debía de notar nada.

—¿Así que esta es la pieza? —preguntó con un marcado acento de Yorkshire.

Se volvió hacia mí y me estrechó la mano con firmeza.

—Soy Pandora Smith, la becaria de Rupert. Encantada, señorita Teerlinc.

¿Un acento de Yorkshire? ¿«Encantada»? ¿Nada de «Cómo está usted»? ¿Qué demonios había pasado en la Casa?

161

—He traído los permisos, Rupes. Si quiere echarles un vistazo, señorita Teerlinc, y luego firmar aquí y... aquí, por favor.

¿«Rupes»? Yo estaba tan patidifusa que poco me faltó para estampar mi auténtico nombre en los documentos que ponían el Gauguin en manos de la Casa y autorizaban la investigación de su autenticidad. Pandora aguardó respetuosamente mientras firmaba con la pluma estilográfica; luego se acercó para examinar el cuadro.

—Tardío —dijo tras una pausa larga, pero natural—. La saturación del yeso en la base es muy elevada. La técnica de magro a graso.

—¿Lo cual recuerda...? —preguntó Rupert afablemente.

—A los Primitivos italianos. El cambio en la aplicación marca la transición del naturalismo al simbolismo, entre 1886 y 1889.

—Bravo. ¿A que es maravillosa? Un auténtico puntal del departamento.

—Sin duda —musité. Pero ¿qué demonios pasaba allí? ¿Rupert alentando a una becaria? ¿Pidiéndole que desplegara sus conocimientos?

Pandora hizo una especie de reverencia y desapareció por los pasillos del almacén.

—Matrícula de Honor en Edimburgo —comentó Rupert—. Una chica súper. Bueno, hablemos de ese té. Estoy seguro de que debe de estar desfallecida tras un viaje tan complicado.

Lo que quedaba de mi altiva actitud se derrumbó por completo cuando llegamos al vestíbulo de Prince Street. La gran escalinata labrada seguía en su sitio, pero la Casa que yo conocía se había desvanecido por completo. Las «Spice» de recepción eran tan llamativas como siempre, pero ahora parecían estar trabajando de verdad, y no concertando citas de manicura u oteando el paso de algún millonario. Y lo que antes había sido una sombría sala de espera amueblada con pesados sofás victorianos se había transformado en un café, que, de hecho, estaba abierto al público y servía unos batidos verdes en vasos de Murano coloreados a personas que parecían bastante normales. Incluso había mesas afuera. Rupert llamó a un joven camarero barbudo con pantalones ceñidos y tirantes visibles bajo un gracioso frac de la Casa y le pidió una tetera de Earl Grey y un plato de galletas de canela, que venían con el logo de la empresa en azúcar glaseado.

—Buenísimas —dijo, masticando y esparciendo migas. Al menos había cosas que nunca cambiaban—. Las horneamos aquí, ¿sabe? Todo casero. Orgánico.

—Deliciosas; las recuerdo de la última vez que vine —mentí—. Me pasé por la subasta de Antiguos Maestros el verano pasado.

—Ah, debería haberme llamado.

—Fue una visita relámpago. Ya sabe cómo son los viajes.

—Desde luego. Yo mismo fui el mes pasado a Maastricht y a Miami en una sola semana —me informó Rupert, orgulloso—. Bueno, señorita Teerlinc, debo decirle que estamos encantados, verdaderamente encantados, de que haya decidido acudir a nosotros. Y si resulta que es un Gauguin lo que tenemos entre manos… ¡bueno!

163

Por un instante, atisbé al antiguo Rupert mirando codiciosamente por detrás de aquellos ojos rodeados de gruesos pliegues. Unos ojos que no tenían la menor idea de lo que yo tenía planeado para ellos.

—Llámeme Elisabeth. Me encantaría ver el departamento, si es posible, antes de hacer la presentación.

—Claro, claro. He pensado que podríamos empezar a las cinco. —Rupert cogió galantemente mi maletín y me guio hacia las escaleras—. ¿Cuánto tiempo se va a quedar en Londres?

—Ah, solo hasta esta noche. He de volver a la galería. Pero, por supuesto, en un mes poco más o menos deberemos reunirnos de nuevo, ¿no?

—Y celebrarlo con algo más fuerte, esperemos.

—¡Estoy segura de que mi cliente estará encantado de proporcionar el *champagne*! —dije con entusiasmo.

El café ya me había preparado para lo que podía esperarme cuando llegamos al departamento de Pintura Europea de la primera planta. Y en efecto, el ambiente polvoriento y letárgico que yo recordaba de Pintura Británica había sido barrido por completo. La mayoría de los expertos trabajaban con Macs relucientes y auriculares, deslizándose de vez en cuando hacia atrás con sus sillas para consultar un precio o un detalle.

—Escritorios compartidos —me explicó Rupert—. Los introdujimos el año pasado. Hace que las cosas sean más dinámicas.

—¿Ese es el catálogo para la subasta de julio? —pregunté, señalando la maqueta de obras impresionistas que se veía en una de las pantallas.

—Así es. Una subasta de grandes proporciones: nuestra primera colaboración con Arte Americano del siglo xx. Estamos muy entusiasmados con el De Kooning.

—¿Cuál?

—Bueeeno. De hecho, vamos a contar con *Intersection*.

Solté un silbido.

—Impresionante. —De Kooning ostentaba en la actualidad el récord de artista más caro del mundo, con un precio de trescientos millones de libras en una venta reciente.

—Estamos descubriendo que nuestros clientes prefieren pujar con un abanico geográfico, y también temporal, más amplio. Por eso hemos empezado a organizar ventas mixtas.

—Cuánta razón lleva, Rupert —dije, con un guiño—. Esas categorías antiguas ya no resultan nada actuales.

Eso sin mencionar que si incluías a los artistas más de moda en una sola venta, era más probable que los compradores compitieran entre sí por las obras e hicieran subir los precios.

—¿Le gustaría ver mi oficina, Elisabeth? —El sistema de escritorios compartidos, obviamente, no incluía el lugar del jefe.

Sonó un golpe en la puerta de cuero acolchado.

—Y ese debe de ser Charlie. Charles Eagles, nuestro subastador jefe. —Rupert tenía aún su sonrisa corporativa firmemente pegada a la cara, pero yo percibí el desprecio en su tono.

—¡Así que es usted la chica que ha encontrado el Gauguin!

La voz grave y arrastrada pertenecía a un hombre más o menos de mi edad, con un pelo de color café que le rozaba el cuello de su camisa a medida Turnbull and Asser. Alto y delgado, sin corbata, con un buen bronceado de tenis, tenía unos ojos de tono azul Ártico que me recorrieron con toda la calidez de una serpiente de cascabel a la que le están presentando un conejo.

—Elisabeth Teerlinc. Creo que ya nos hemos visto antes —dije mientras le tendía la mano. Él la cogió y se inclinó para rozarme apenas las mejillas con las suyas. No nos habíamos visto nunca, en realidad, pero a Eagles le daba lo mismo. La Casa lo había pescado en Nueva York tras varias temporadas obteniendo precios récord para lo que nosotros siempre habíamos llamado la Otra Casa. En un perfil de Vogue habían hablado de su «mezcla única del chic de zona alta y la frescura de los barrios enrollados». Había hecho de modelo para Mr. Porter y salido con actrices lo bastante famosas como para aparecer en la revista *Heat*. Tenía dos millones de seguidores en Instagram. Casi me sorprendí compadeciendo a Rupert. Obviamente, Eagles era un gilipollas integral, pero aun así me lo habría tirado.

—Bueno, ahora que ha llegado Charlie —dijo Rupert, mirando con toda intención su reloj—, ¿podemos empezar?

—Disculpa el retraso, Rupes —dijo Charles con desenvuelta insolencia—. Un almuerzo en Isabel. Ya sabes cómo es.

Me miró poniendo los ojos en blanco mientras Rupert se dirigía hacia la puerta con andares de pato y daba unas palmadas.

—¡Atención todos! ¿Podemos reunirnos en mi oficina? Esta es Elisabeth Teerlinc, de Gentileschi. Tengo grandes esperanzas, es decir… ¡tenemos grandes esperanzas de que lo que nos ha traído sea un Gauguin!

Abrí mi portátil mientras los miembros del departamento se situaban en la oficina y advertí que Pandora no estaba entre ellos. Aguardé hasta que se hizo un silencio y luego todavía un poquito más, dejando crecer la expectación. Charles estaba apoyado en la pared leyendo un mensaje en su móvil.

—¿Ya estamos listos? Gracias. Bueno, soy una galerista independiente y tengo una sala en Venecia. El año pasado estuve examinando las obras del archivo de la Banca di Società Mutuale en Palermo, y una de las piezas que me llevé para someter

165

a estudio fue esta. —Pinché la primera imagen de mi presentación, una sencilla fotografía que Li y yo habíamos sacado del cuadro sobre un fondo blanco. Todos se inclinaron para mirar, incluso Charles—. Inmediatamente noté…

No describí una escena de emocionante descubrimiento, la euforia experimentada al reconocer una obra maestra en potencia. Esas cosas eran para aficionados, o para comunicados de prensa. Nosotros éramos profesionales interesados en los intrincados detalles de nuestra mercancía, nada más. Clara, práctica, impasible, ésa era la impresión que debía causar.

Así pues, expuse los antecedentes, la investigación, las procedencias. Describí el trabajo que había realizado Mariangela, añadiendo que había utilizado la misma técnica de desbarnización que la empleada por el museo Getty de Nueva York en el *Arii Matamoe* de Gauguin. Todos se rieron educadamente por las manchas de salsa de tomate y asintieron con aire sabiondo ante la confirmación dendrocronológica. Expuse los análisis de los pigmentos y las correlaciones con la evolución de Gauguin. Suelta, precisa, segura: tal como había soñado llegar a ser en su día, en este mismo lugar, y ante personas como estas, atentas y respetuosas. Y mientras observaba sus caras, capté en cada una de ellas el instante de epifanía, el estremecimiento de la posibilidad, la crucial transformación de la esperanza en fe, la aparición de ese deseo que es lo más importante para un amante del arte: la necesidad de creer. La última pantalla de la presentación era una cita del propio Gauguin:

«Mi centro artístico está en mi cerebro y en ningún otro sitio, y si soy fuerte es porque los demás no me desvían nunca de mi rumbo y porque solo hago lo que llevo dentro».

—Naturalmente —añadí en conclusión, dirigiéndole a Rupert la mirada más humilde de Madonna de la que fui capaz—, los verdaderos conocimientos los tienen ustedes, y esos conocimientos determinarán si mis… suposiciones son correctas. Espero, por el bien de todos, que demuestren ser reales. Gracias.

Mantuve los ojos pudorosamente fijos en mis zapatos mientras me aplaudían. Durante unos segundos mágicos, casi me lo creí yo misma. Sonaron con fuerza los violines y, afuera, brilló un arcoíris sobre St. James Square. Aquí estaba, victoriosa, resarcida. «Solo que, como la mayor parte de las cosas de tu vida, no es más que una sarta de mentiras.»

Me excusé para ir al baño, recordando preguntar dónde quedaba. Yo casi me esperaba un muro de agua y un lavabo de género neutro al estilo japonés, pero no: había un baño de mujeres y todavía estaba amueblado con la misma vieja y tranquilizadora hilera de cubículos. Detrás de una puerta cerrada, oí llorar a alguien. Lágrimas ahogadas, silenciadas entre resoplidos, que volvían a desatarse en breves accesos. Lágrimas de rabia. Tenía que ser Pandora. Yo había pasado el tiempo suficiente reprimiendo mi rabia en esos cubículos como para reconocer cómo sonaba una mujer a la que Rupert había jodido.

Me entretuve en el lavamanos hasta que abrió la puerta.

—¿Problemas con los hombres? —pregunté, con los ojos fijos en mi reflejo. Ella se sobresaltó.

—Ay, señorita Teerlinc. Lamento tanto haberme perdido… no tenía ni idea. ¡Ay, mierda!

Se le volvieron a saltar las lágrimas y miró para otro lado, frotándose los ojos con furia.

—¿Le apetece una taza de té? Tengo unos minutos. Podríamos ir al Crown Passage, frente a la parte trasera.

Ella me miró, con los ojos manchados y enrojecidos.

—Gracias. Sí, me gustaría.

Mojé una toalla de papel con agua fría.

—Primero póngase esto en los ojos. Voy un momento a despedirme y nos vemos allí.

Rupert me dio un cálido apretón con ambas manos en la escalinata de la Casa. Más que cálido, sudoroso.

—Ha sido una presentación impresionante. Vamos a revisarlo todo, por supuesto, y luego ya será cuestión de que nuestros «cerebritos« se pongan a trabajar.

En el grasiento tugurio de Crown Passage el aire estaba viciado de roña y de ese sol coagulado de Londres. Nos sirvieron dos tés en tazas de gruesa cerámica blanca y bollos Chelsea.

167

Pandora picoteó la corteza de una de las pasas de la corteza y enseguida apartó el plato.

—Bien hecho. Deben de llevar en el mostrador desde que Rupert era becario.

—Rupert…

—¿El problema no es con un novio, pues?, ¿o con una novia?

—No. Es una cosa que ha pasado esta mañana.

—No quiero entrometerme. Simplemente me ha parecido que estaba muy disgustada.

Dejé que la pregunta implícita quedara flotando de un modo amistoso y comprensivo. Ella se apartó el pelo revuelto de la cara con aire desafiante y dio un sorbo de té.

—Estoy bien, gracias. Perdone, ni siquiera la conozco. Debe de pensar que soy una idiota.

—Sé guardar un secreto.

—Señorita Teerlinc.

—Elisabeth.

—Elisabeth. Usted tiene su propia galería, ¿no?

—Sí. Gentileschi.

—Es lo me que gustaría a mí, ¿sabe? Algún día, claro. Cuando haya pasado un poco más de tiempo en la Casa. Pero esta mañana…

Yo notaba que ella quería confiarme su secreto, pero que la frenaba su voluntad de parecer profesional. El traje negro tenía en el cuello un desgarrón mal remendado, lo cual me hizo sufrir por ella.

—¿Qué edad tiene, Pandora?

—Veinticinco.

Solamente le llevaba cuatro años, pero me sentía viejísima a su lado.

—Cuando yo tenía su edad —¡Por Dios, también sonaba viejísima!—, tuve un problemilla con un cliente. ¿Ha sido algo así?

—Sí. Rupert me pidió que fuese para, eh, una consulta.

Yo sabía perfectamente a dónde había ido Pandora. A una casa de estuco blanco en St. John's Wood, tras cuyas pesadas

cortinas aguardaba una valiosa colección de arte y un propietario que confiaba en que Rupert le mandara una chica guapa
para examinarla: el coronel Morris, el mismo que había intentado violarme a mí y quién sabía a cuantas más. Asentí, esperando que ella cediera a la presión del silencio.

—Pues ese tipo… se ha lanzado sobre mí. A lo bestia. No
un simple toqueteo.

—¿Se lo ha contado a Rupert?

—¡Claro! He venido directamente y le he pedido que llamase a la policía.

Pandora pertenecía a un mundo distinto del mío, pensé. Un
mundo donde la seguridad era un derecho, no una negociación.
O eso era al menos lo que ella creía.

—¿Y qué ha dicho Rupert?

—Que debía considerar seriamente mi futuro antes de presentar una denuncia contra el coro… contra el cliente.

—Ah.

—Perdone. No debería estar contándole todo esto: es completamente inapropiado. Olvide lo que he dicho, por favor.

—Él tiene razón.

—¿Qué?

—Pandora. Usted parece muy inteligente. Dotada, ambi-
ciosa. Me he dado cuenta por sus comentarios en el almacén.
Ese hombre, ¿ha llegado a…?

—No. La mujer de la limpieza ha aparecido más temprano
y he logrado escabullirme.

—O sea que está bien. Alterada, pero bien. Tiene que aguantar. Es lo bastante fuerte, estoy segura. Y un día usted tendrá
su propia galería y ese hijo de puta… esos dos hijos de puta
serán solo una mota en su memoria, un punto insignificante.
No vaya a enviarlo todo a la mierda solo por una idea de la jus-
ticia y la rectitud que le han inculcado. No hay ningún espacio
seguro en la Casa. Siento muchísimo lo que ha ocurrido, pero
tiene que ser práctica, querida. Desde luego, podría iniciar una
campaña en Internet y lograr que su *hashtag* se hiciera viral…

—¿De veras?

—¿Por qué no? Pero después, cuando un millón de personas haya escrito en su página «¡Te apoyamos!», usted descubrirá que igualmente está despedida.

—Ah.

—Depende de lo que desee. ¿Quiere conseguir un poco de atención, unos días de afirmación personal, o labrarse una carrera? ¿Cuál es la mejor forma de ganar? ¿Perder su empleo, arrastrarse por los tribunales con su caso, que también acabará perdiendo, o aguantar y alcanzar el éxito que merece?

—No lo había pensado así. Solo estoy furiosa.

—Bien. Eso es bueno. La rabia la puede llevar lejos.

¿Acaso yo no lo sabía por propia experiencia?

Pandora se irguió un poco en su silla.

—Entonces... ¿lo dejo correr?

—Yo no he dicho eso. Lo que quiero decir es que se acabe el té, vaya a lavarse la cara y procure mantenerse alejada de St. John's Wood. Es una máxima útil en general.

—St. John's... ¿cómo lo sabe?

En ese momento, la tetera del local soltó un silbido, como un pedo de dragón, y ambas nos sobresaltamos. Quizá yo di un respingo más pronunciado que Pandora. Yo nunca había dicho nada sobre lo ocurrido en casa del coronel Morris, aunque había sido Rupert quien me envió allí. Pandora sí había ido a quejarse; si ahora se le escapaba ante Rupert que la nueva clienta... «No, actúa con sutileza, como si dominaras el terreno.»

Arqueé una ceja.

—El mundo del arte es muy pequeño. Digamos que los chismorreos acaban circulando. Todo irá bien, ya verá. Y si la venta del Gauguin sale adelante, la recomendaré.

—¿De veras? —Sus ojos volvían a brillar, y no de lágrimas.

—Desde luego. Bueno —recogí mis cosas—, tengo que tomar un avión. Buena suerte.

Volví la cabeza para mirarla mientras salía al callejón victoriano. Estaba erguida en su silla, con aire resuelto. Pero eso no significaba que no siguiera siendo vulnerable, ni que una parte de mí no siguiera estando furiosa.

*D*espués de aquello, ya no quedaba otra cosa que volver a la granja y esperar. La Casa daría prioridad a una obra potencialmente tan importante, pero aun así tardaría al menos cuatro semanas en concluir la evaluación. A medida que el fraude se vuelve más sofisticado, las grandes casas de subastas usan tecnologías más complejas para mantenerse al mismo nivel. Li me había proporcionado unos conocimientos bastante exhaustivos sobre las últimas técnicas de laboratorio. La espectroscopia de emisión atómica, que empleaba láseres para descomponer el pigmento, y la espectroscopia fotoelectrónica de rayos X, que detectaba y databa el estado de oxidación de los componentes metálicos usados en la pintura, eran capaces de fechar los materiales con extraordinaria precisión. Pero nosotros no habíamos usado nada que no fuera del período correcto: ningún compuesto que Gauguin no pudiera haber obtenido. En este sentido, estaba segura de que *Muchacha con abanico II* pasaría el examen de los «cerebritos» de Rupert.

Lo que más me preocupaba era hasta qué punto era buena la técnica de Li. Del acabado nos habíamos ocupado con el tratamiento del barniz, y la elección del color encajaba a la perfección con las demás obras tahitianas de Gauguin, pero el mayor peligro radicaba en la pincelada. En épocas anteriores, los pintores se habían esforzado en reproducir los métodos de los grandes maestros, pero en tiempos de Gauguin el modo singular de aplicar la pintura se había convertido en un signo de originalidad. La pincelada había pasado a ser como la caligrafía, algo totalmente individual, y un experto con buen ojo era capaz de detectar la desviación más ínfima del sistema reconocido de un pintor. Conseguir que un Gauguin pareciera un Gauguin venía a ser lo más fácil; lo decisivo era con qué grado de precisión había sido ejecutado el cuadro. En términos prácticos, yo no tenía nada que temer del rigor de las inspecciones de la Casa. Si descubrían que *Muchacha con abanico II* era una falsificación, o lo catalogaban como una copia de un cuadro perdido, no sería ninguna deshonra. Yo habría acudido a ellos con una teoría y ellos habrían demostrado que mi teoría era errónea. Sucedía con frecuencia. Que Raznatovic fuera a matarme si el cuadro no pasaba sus controles, no era problema de la Casa. Era problema mío. Y cuando ya llevaba unas semanas en Italia tras mi regreso, vi confirmado que mi otro problema era que Raznatovic iba a matarme de todas formas.

Mi intento de jugar duro con el banco en Palermo no había sido más que una finta. Solo una idiota rematada habría esperado ver un solo penique del dinero de la venta, fuera cual fuese el acuerdo previo. Yo era vulnerable, anónima, prescindible y, además, sabía demasiado, ya no solo sobre cómo se había confeccionado el cuadro, sino sobre el negocio con los barcos de refugiados de los muelles de Siderno, sobre Da Silva, sobre Raznatovic y sobre prácticamente todo. Ellos se encargarían de mí, sin duda. Yo preveía que sería lo que los sicilianos llaman una *lupara bianca*, o sea, un asesinato limpio, un cadáver que simplemente se hace desaparecer. Sin cuerpo no hay crimen. Tampoco es que hubiera nadie que fuera a preguntarse qué me había pasado, con la excepción tal vez de Dave. La cuestión era… ¿cuándo? Si la casa aceptaba el Gauguin, estaría a salvo hasta la subasta, calculé; mi intervención sería necesaria para que todo fluyera correctamente. Lo cual significaba que tendría que volver a Londres. Quizás intentarían atraerme de vuelta a Italia, con la promesa de efectuar la entrega del dinero, y luego me arrojarían en algún vertedero del Aspromonte. Esa trampa podía evitarse fácilmente, pero la táctica intimidatoria de Raznatovic con las fotos de mi madre me había mostrado, por otro lado, que él tenía gente en Inglaterra.

Después de lo que había pagado por el Van Dongen, debían de quedar algo menos de dos millones en mi cuenta Gentileschi de Klein Fenyves en Panamá. Mucho dinero para los baremos de la mayoría de gente, desde luego; solo que usar cualquiera de mis tarjetas bancarias dejaría un rastro que una persona como Da Silva podría seguir sin problemas. Tendría que abrir otra cuenta, transferir los fondos y agenciarme otro juego de documentos falsos si quería recuperar el valor del cuadro en el futuro. El piso de Venecia pertenecía legalmente a Elisabeth Teerlinc, de modo que traspasar la propiedad requeriría más cambios de identidad mientras Raznatovic estuviera buscándome. ¿Y luego? ¿Seguir en el mundo del arte? ¿Largarme a la Polinesia? ¿Fugarme con Li? Ninguna de esas perspectivas parecía tremendamente atractiva.

A mi regreso, tras dejar la pieza en Londres, Da Silva volvió de nuevo a Roma llevándose el sobre con mis pasaportes. Sin nada que hacer, los días se arrastraban lentamente. No habría resultado tan difícil escapar. Como hacía más calor, salía al jardín a tomar el sol con un libro y me dedicaba a analizar todas las formas posibles de huida. Cualquiera diría que volvía a estar de nuevo en el cobertizo. No tenía documentos, pero sí dinero, al menos lo suficiente para ganar tiempo y conseguirlos. Sopesé una y otra vez los riesgos, pero era más una forma de distraerme de aquel letargo temporal que un verdadero intento de forjar un plan serio. No me sentía del todo motivada a huir por dos razones. Primero, porque quería ganar. Y segundo, aunque eso me costó un tiempo reconocerlo, porque quería que Da Silva se mantuviera a salvo.

Transcurrieron cuatro semanas, y luego seis. Da Silva seguía llamando cada día, pero nuestras conversaciones se habían ido reduciendo a simples monosílabos. Yo no me molestaba en preguntarle sobre su vida en Roma. Bajé un par de veces al taller, pero Li estaba ocupado con otra pieza, una reproducción legítima de la *Primavera* de Botticelli que habría de acabar colgada en la espantosa villa de algún nuevo rico. Me habitué a acompañar a Aliento-de-Pescado cuando iba a comprar nuestras vituallas diarias, simplemente para alejarme un rato de

173

la granja. Con el cambio de estación, la desaliñada playa de la ciudad empezó a llenarse, primero de viejos que venían a veranear y después de madres y niños pequeños. A veces veíamos grupos de jóvenes del campamento merodeando en torno a las marquesinas de los autobuses o fumando canutos bajo el sol en el parking del supermercado. Le pregunté a Aliento-de-Pescado qué hacían durante todo el día.

—*Un cazzo*. Gastar nuestro dinero.

No tenían permitido trabajar, aunque algunos se ofrecían gratis para pasar el tiempo. Su limbo, a diferencia del mío, era interminable.

Incluso leerle los emails a Da Silva estaba resultando bastante aburrido. A decir verdad, debería haber sido más difícil averiguar su contraseña. Pero lo único complicado había sido extraer la batería de su portátil. Tras nuestra virulenta charla en el ferri de Messina, yo había vuelto a hurtadillas al coche y la había sacado, cosa nada sencilla bajo un viento de fuerza seis. Ya en el hotel, cuando él no había podido arrancar su portátil, le había dejado usar el mío, pero al muy idiota no se le había ocurrido que yo había instalado un rastreador de contraseñas. Me había tomado más tiempo de la cuenta en la ducha para dejar que fisgoneara, y él desde luego había aprovechado la ocasión, pero… ¿por qué no pensará un poco la gente? Da Silva había usado tres cuentas distintas aquel día en Palermo. La primera era una cuenta personal desde la que había enviado un mensaje a Franci para recordarle que llamara a alguien para arreglar el radiador del baño. La dicha doméstica. La segunda era su cuenta oficial en la *Guardia*, y rastrear algo allí habría acabado con la paciencia de un santo. La tercera me había dado un quebradero de cabeza momentáneo: una dirección de email, «rusticosiderno1», desde la que aparentemente no había enviado nada. Entonces eché un vistazo a la carpeta de borradores. A menudo me había preguntado cómo se las arreglaba Da Silva para mantener a Raznatovic al tanto sobre el Gauguin, y resultó que estaban usando un método sofisticado aunque algo anticuado. Cada uno tenía la contraseña del otro, pero los mensajes quedaban archivados como borradores, de manera que podían ser leídos por el otro, pero no interceptados por un tercero, a menos que tuviera también la contraseña. La de Raznatovic estaba en cirílico transliterado, «amante iconos»; la de Da Silva en italiano, «*custode*» [«guardián»], pero ambos escribían en inglés. Su breve correspondencia resultaba transparente, porque usaban un inocuo lenguaje cifrado, al viejo estilo de la mafia. Yo era «el activo»; la granja, «el alquiler»; el cuadro, «la dama». Los últimos borradores estaban fechados el 19 de marzo, cuando el activo había sido enviado a Londres para mostrar la dama; y después, esa misma noche, cuando se había confirmado el regreso del activo. Yo revisaba los emails cada día, pero espiar a Franci había perdido en cierto modo su atractivo, mientras que Raznatovic al parecer estaba esperando con bastante paciencia. Él sabía cómo funcionaba el mundo del arte, al fin y al cabo.

Una cosa que noté a veces, al volver a la granja después de salir a correr aprovechando el fresco relativo de la mañana, era que Aliento-de-Pescado no estaba. Naturalmente, lo que hice la primera vez de inmediato fue echar un vistazo al coche; pero estuviera donde estuviese el tipo, se había llevado las llaves. Dos días más tarde, salí como de costumbre, volví atrás por el otro lado de la casa y aguardé hasta que lo vi subir por el sendero que yo solía tomar entre los árboles. ¿Me había estado siguiendo, después de todo? Dejando una distancia de cien metros entre ambos, lo aceché a través del bosque. Él subió por la cuesta sin una sola pausa durante cosa de un kilómetro; estaba en buena forma para un viejo. Luego torció a la izquierda por una senda estrecha que yo nunca había tomado. Pasé de largo y seguí subiendo hasta una zona donde los árboles se abrían a un terreno rocoso. Me senté en un peñasco y agucé el oído. Débilmente, por encima de la brisa y del canto de los pájaros, oí que estaba silbando. Me metí directamente entre los árboles hacia el lugar de donde venía el sonido, lamentando llevar los shorts de deporte porque las ramitas y las zarzas me arañaban las piernas. El silbido se interrumpió. Entonces oí un golpe sordo, como si ahora estuviera arrojando algo al suelo. No me acerqué más; no quería que descubriera que le había seguido.

175

Seguí mi ruta, corriendo hasta la granja, y me entretuve haciendo estiramientos en el patio hasta que regresó.

Al día siguiente subí por la cuesta en una serie de sprints y doblé por la senda que él había tomado. Para no dejar huellas, avancé por el borde reseco de la depresión formada en la tierra. Al cabo de unos treinta metros había un claro, como una hendidura en la zona rocosa donde yo había estado el día anterior. Era un paraje verde y tranquilo. En un lado, las rocas se alzaban sobre un estrecho pasaje, que desembocaba en un espacio angosto de altas paredes. Había algo en el suelo, envuelto en una lona. Le di una patada. Una pala. Di otro paso y vi un hoyo poco profundo, como de treinta centímetros, cavado con esfuerzo en la tierra apelmazada por el calor del verano. Fantástico. Aliento-de-Pescado estaba cavando una tumba.

Y curiosamente, ese fue también el día en que llegó por fin el segundo email de Rupert. Me escribía diciendo que, tras una exhaustiva investigación de los expertos de la Casa, le complacía comunicarme que mi atribución había sido confirmada, y me proponía que accediera a incluir, en nombre de mi cliente, el cuadro de Gauguin *Muchacha con abanico II* en su subasta del mes de julio. Si me parecía bien, la Casa me proponía que me alojara como invitada en el Claridge durante las semanas previas, con el fin de asistir a las recepciones que habían organizado para los compradores, así como a la propia subasta. Llamé a Da Silva inmediatamente.

—Necesitaré que me devuelva el pasaporte. Tengo que ir a Londres. Ha pasado los controles.

—No suena muy satisfecha. Creía que estaría entusiasmada.

—Ya, bueno, seis semanas en este agujero de mierda acabarían con la *joie de vivre* de Pollyanna.

—¿Cómo?

—Olvídelo. ¿Cuánto tardará en enviármelo?

—Se lo llevaré yo mismo.

No había ninguna necesidad de que él hiciera todo el viaje hasta el sur. Ya habíamos acordado que, si hacía falta, me iría yo sola a Londres, era más discreto, y que Aliento-de-Pescado podía llevarme al aeropuerto.

—¿Judith? He dicho que se lo llevaré yo mismo. Puedo estar ahí mañana.

—Como quiera. Ahora tengo que ver a Li.

Colgué sin decir *ciao*. Creo que lo que más me molestaba era lo obvio que resultaba todo. Da Silva ni siquiera creía que yo mereciera una despedida como es debido. Una bala en la espalda en el bosque y un hoyo en el suelo sin ataúd. Qué desfachatez.

Li había terminado su Botticelli. El comprador había pedido que tuviera el doble de tamaño que el original de los Uffizi. Ocupaba una pared entera del taller.

—¿Qué son esos colores?

Los delicados témpera de la *Primavera* habían sido reemplazados con acrílicos chillones. Li se encogió de hombros.

—Es lo que quería el cliente.

—Es un crimen.

—Ya.

—Li, ¿recuerda lo que le dije en Essen? Usted podría hacer otras cosas, ¿sabe? No tiene que pudrirse aquí. Es un pintor brillante. Un genio, en realidad. La Casa acaba de confirmarlo.

Li parecía incómodo.

—No es tan sencillo.

Miró alrededor con recelo. Aliento-de-Pescado estaba fuera, en el aparcamiento, y nadie podía oírnos salvo los ayudantes.

—Ellos no me dejarían marcharme.

Siempre ese «ellos».

—Li, usted no es un esclavo, por el amor de Dios. Ahora tiene pasaporte. ¿Ha mirado la fecha del billete de Ámsterdam?

Yo le había sacado un vuelo para el 6 de julio, el día después de la subasta en la que saldría a la venta el Gauguin. Me pregunté si él sabría lo de la tumba en el bosque. Claro que lo sabía. De eso era de lo que tenía miedo.

—Le he anotado algunas direcciones útiles de Ámsterdam. Eche un vistazo al sobre. Piénselo. ¿Seguirá la subasta?

—Claro.

Nos despedimos con un abrazo.

Da Silva apareció al día siguiente a primera hora, arrugado y sudoroso. Había conducido toda la noche. Yo estaba esperándole en la puerta de la granja, bajo las hojas cada vez más marrones del jacinto. Había metido en la maleta mis mejores ropas de Venecia, aunque lo primero que pensaba hacer cuando llegara a Londres era salir de compras. Elisabeth Teerlinc iba a tener un guardarropa espectacular para su última aventura.

—¡Judith! ¿No es fantástico?

—No se moleste. ¿Nos vamos?

No dije una palabra durante todo el camino a Reggio. Él parecía más destruido que nunca. Paramos frente a la puerta de Salidas, bajo un cartel que decía «Un beso y a volar».

—Bueno, nos veremos en la subasta. Puede llamarme como de costumbre, si quiere.

—Claro que quiero. Y luego, hmm… ¿volverá aquí conmigo?

—No veo para qué. Las gestiones financieras pueden hacerse desde Londres. —Donde sería mucho más difícil deshacerse de mí, podría haber añadido.

—Claro. —¿Qué otra cosa iba a decir?—. Pero yo pensaba que quizá podríamos…

—¿Qué?

—Nada. Que tenga buen vuelo. ¡Buena suerte!

—Adiós, Romero. Ojalá pudiera decir que ha sido un placer.

16

—¿*A*l Claridge entonces, señora?

—Gracias.

El chofer me ayudó a subir al coche y dio la vuelta para ocuparse de mis maletas. A estas alturas, se me daba bastante bien actuar como si ya no reparase en estas cosas, como si las aceptara graciosamente como un privilegio merecido. Pero por una vez, mientras circulábamos por Mayfair, me permití sentir una secreta excitación. Habíamos hecho algo extraordinario, Li y yo. No solo por la audacia, sino por la destreza para llevarlo a cabo. Habíamos logrado engañar a la Casa. Y si con un considerable esfuerzo me abstraía de la realidad, el trofeo resultaba también muy satisfactorio. Las paredes de un relajante tono limón cremoso del vestíbulo, con sus suelos en blanco y negro de mármol; mi suite de la segunda planta; el enorme ramo de rosas blancas con una tarjeta firmada por Rupert; la callada deferencia profesional del personal del hotel. Lástima que con demasiada frecuencia la maldición llegaba con los lujosos tacones de aguja de la arrogancia. Apenas había tenido tiempo de pedir un sándwich de langosta cuando me llamaron de recepción para comunicarme respetuosamente que una tal señorita Belvoir me esperaba abajo.

Aquello era una putada diabólica de inauditas proporciones. Yo solo conocía a una señorita Belvoir, Angelica, cuya época en la Casa había coincidido brevemente con la mía, pero que (y esto era más importante) había incitado a Alvin Spencer a pasarse por Venecia. Del modo más inoportuno, había resultado que la hermana de Alvin estaba prometida con el hermano de Angelica. Al parecer, esta había identificado a Elisabeth

Teerlinc en una foto de la Bienal de Venecia y comentado que se parecía a una tal Judith Rashleigh. Así pues, había animado a Alvin Spencer a contactar conmigo, supuestamente con la esperanza de adquirir un poco de experiencia en mi galería, o más posiblemente, para curiosear. Yo no había tenido tiempo de averiguar cuál de las dos cosas era cierta, porque me había follado a Alvin en mi piso de Venecia y luego, cuando él había intentado inmortalizar la escena con su móvil, lo había estrangulado con un fular Hermès. Un problema del que Da Silva me había ayudado a deshacerme con extremada eficiencia. Después de lo cual, había dado por descontado que no volvería a ver a Angelica. Al fin y al cabo, ya no trabajaba en la Casa. Entonces, ¿qué estaba haciendo aquí?

Le di unas pasadas inútiles y frenéticas a mi cara y a mi pelo ante la luz perlada del espejo del baño. No era momento para un teñido rápido. Si Angelica me reconocía, toda la operación saltaría por los aires, y sin la venta del cuadro... El recuerdo de Salvatore cavando el hoyo en la tierra caliente y apelmazada se me presentó irracionalmente en un fogonazo. No había otra salida que echarle descaro. O ganar tiempo, por lo menos. Me apresuré a recogerme el pelo en un moño desordenado, porque, después de meses de dejadez (al final no había ido a la peluquería de Siderno) empezaba a parecerse de modo inquietante a los pelos de Judith. Al volver la cabeza para ponerme la horquilla, el tejido de la cicatriz de mi mejilla destelló a la luz. Yo me había acostumbrado a taparlo con corrector, pero no me había molestado en maquillarme para el viaje en avión. Judith Rashleigh no tenía ninguna cicatriz. Con pintalabios y un bastoncillo de algodón, la intensifiqué ligeramente: solo lo justo para que llamase la atención. La única otra cosa que podía hacer era sintonizar mi acento europeo. Los antecedentes que yo le había inventado a Elisabeth Teerlinc la presentaban como suiza. Cogí el teléfono y llamé a recepción.

—Soy la señorita Teerlinc de la 203. Dígale por favor a la señorita Belvoir que tenga la amabilidad de esperarme en el Fumoir. Bajaré en un minuto.

Acababan de dar las siete, una hora decente para una copa. El fumadero art déco del bar estaba tenuemente iluminado y, además, las fotografías allí estaban estrictamente prohibidas. La obsesión de Alvin Spencer por los selfies no le había resultado demasiado beneficiosa.

Angelica se levantó para saludarme cuando entré en el bar. Tan alta, tan rubia y tan estilizada como yo la recordaba, iba con un ingenioso vestido largo Dolce & Gabanna, con un estampado de *farfalle*. En comparación, mi blusa de algodón y mis vaqueros parecían sucios y arrugados por el viaje. La capacidad de Angelica para hacerme sentir incómoda e irritada no había disminuido. Bien. Le tendí una mano rígida.

—Elizabeth Teerlinc. Disculpe, no esperaba... ¿Usted debe de ser?

—Angelica. Angelica Belvoir. Rupert me ha enviado para darle la bienvenida. ¡Estamos, o sea, tan excitados!

Por ahora, todo muy efusivo. Sin embargo, había una expresión vigilante en sus ojos que no había sido precisamente un rasgo característico suyo cuando se dedicaba a mariposear por el departamento.

—¿Rupert?

—Ah, sí, perdón. Yo trabajé en la Casa, pero ahora soy freelance. He vuelto para, o sea, optimizar su presencia en las redes sociales.

—Magnífico.

Un camarero depositó en la mesa dos copas de *champagne*. Dimos un sorbo. Yo sonreí, expectante.

—Sí, ¿verdad?, es magnífico.

Seguí sonriendo. No iba a ponérselo fácil, aunque mi corazón palpitaba con tal fuerza que me sorprendía que no lo oyera por encima del débil murmullo del piano del salón. Angelica se irguió un poco en la silla. Fantaseé un momento con la idea de estamparle mi flauta de *champagne* y salir corriendo.

—Uf... casi se me olvida. Rupert me ha pedido que le trajera esto.

Tres catálogos de la subasta de julio, con un encarte satinado sobre *Muchacha con abanico II*. Nuestra muchacha estaba despampanante, realmente despampanante. Hojeé educadamente las demás páginas.

—Tenemos también el De Kooning, claro, y otras piezas fabulosas, un Cezanne, un Utrillo.

—Fantástico.

—Bueno —continuó Angelica, apartándose un mechón de la cara con un gesto reconocible—, obviamente estamos entusiasmados con la perspectiva de publicitar la subasta y su maravilloso descubrimiento. ¡Va a ser un bombazo!

Empezó a explicarme su estrategia para Instagram, pero yo la corté.

—Angelica —dije—, quizá le parezca raro que se lo pregunte, pero ¿conoce a un tipo llamado Alvin Spencer?

Si sospechaba, pensé, mejor pillarla por sorpresa. Ella hizo una pausa. Escruté su cara. Desprevenida, pero no atónita.

—Me alegra mucho que lo pregunte. El apellido Teerlinc me resultaba conocido, lo había visto en Facebook. Intenté escribirle el año pasado, pero…

Yo había cerrado las cuentas de Gentileschi en las redes sociales después de que Alvin y yo nos conociéramos.

—Bueno, es que he estado haciendo algunos cambios, comprando para clientes privados. Pero le pregunto por Alvin porque vino a verme a la galería de Venecia. El año pasado creo… Un tipo agradable… ¿cómo está?

Con ligereza y despreocupación.

—Ay. Lo lamento, esto es realmente… o sea, embarazoso. Él, eh… falleció.

—Ay, Dios mío. ¡Qué espanto! ¿Estaba enfermo? Parecía…

Y entonces ya solo tuve que escuchar cómo Angelica me explicaba la tragedia de la desaparición de Alvin. Pedí discretamente otras dos copas, que nos condujeron hasta el descubrimiento del cadáver de Alvin en Italia. Emití las exclamaciones convencionales de compasión desinteresada, manteniendo los ojos fijos en ella, tocándole el brazo de vez en cuando.

—Es algo… muy triste —concluyó—. Era encantador, y sentía una gran pasión por el arte. Pero no pudo… no fue capaz de superar su adicción.

—Qué terrible —asentí. Había una especie de perplejidad en su forma de contar la historia, como si no pudiera creer que hubiera sucedido una cosa tan espantosa entre sus allegados.

—¿Puedo preguntarle algo? —Se inclinó hacia delante.

Ahí va, pensé.

—Cuando la he visto, estaba convencida de que la conocía. Y obviamente, he recordado el nombre. ¿No conocerá a una mujer llamada Judith? Judith, eh… Rashford, o algo así.

Su aparente naturalidad no hacía más que demostrar que se había preparado cuidadosamente la pregunta.

—No, lo siento. No me suena de nada.

—Es que… disculpe, espero que no le importe que se lo diga, pero se parece mucho a ella. Judith trabajaba en la Casa.

—¡Quizá tengo un *doppelganger*! —dije con un guiño. Esa era la palabra que Alvin había empleado. Angelica parecía escrutarme bajo el resplandor rojo de las lámparas del Fumoir.

—Aunque, en realidad, no tanto. ¡Usted es mucho más guapa, Elisabeth!

Me llevé la mano a la mejilla, deseando de repente que el lugar hubiera estado más iluminado.

—Muy amable. Yo siempre me he sentido un poco acomplejada por esta cicatriz. Un accidente de esquí cuando era niña.

—Ay, pobre. Ni siquiera me habría fijado. ¡Yo también tengo una! En la rodilla. Kitzbühel, cuando tenía diez años.

Ahora que la conversación había pasado al esquí, Angelica parecía mucho más relajada, incluso convencida. Y ella había venido a adularme, al fin y al cabo. Tras cinco minutos hablando de varios resorts de los Alpes, me explicó que tenía planeada una sesión de fotos que luego se «filtraría» en las redes sociales para avivar el interés en la subasta. Sky News quería una entrevista y ya habían llamado varios magazines semanales para hacer averiguaciones. Lo cual significaba que iba a tener que llamar a mi madre. Fantástico. Había pasado demasiado tiempo fuera de Inglaterra; después de ver los cambios en la Casa ya debería haberme esperado un festival mediático por todo lo alto, pero entonces tenía otras cosas en que pensar. Ahora se suponía que debía hacer un puñetero podcast sobre Gauguin.

183

Cuando yo trabajaba en la Casa, se daba por supuesto que los vendedores preferían permanecer en el anonimato: «Propiedad de una dama», o simplemente el nombre de un marchante, era lo único que figuraba en el catálogo. En el pasado, las subastas habían sido un asunto relativamente discreto: las grandes pujas podían llamar la atención, sin duda, pero solo después de haberse producido. Ahora, en cambio, todo el mundo quería ser famoso; todo el mundo cantaba desesperadamente ante el espejo de su habitación, deseando que lo escogieran, ansiando llegar a la final. Angelica, que, según me informó con orgullo, tenía 33.000 seguidores en su cuenta de Instagram, estaba mucho más adelantada que yo en este aspecto. Pensé que estaba bien que hubiera encontrado al fin su nicho profesional (si sacarse selfies en desfiles de moda benéficos podía considerarse una profesión), pero incluso a mí misma me sonaba demasiado amargo el comentario. ¿Qué era lo que había en ella que me hacía sentir tan... provinciana?

Al menos habíamos alcanzado por el momento una tregua en la rueda de identificación. Aun así, cuando finalmente salí del Fumoir, cansada y muerta de ganas de tomarme una taza de auténtico té inglés y de meterme en la cama, sentí sus ojos clavados en mi espalda mientras cruzaba el vestíbulo y me recorrió un escalofrío.

—¡Todo bien, cielo! ¿Cómo van las cosas?

Mi madre y yo repasamos los temas de rutina de nuestras esporádicas conversaciones: el tiempo (un asco), qué había estado haciendo (no gran cosa), cómo iba todo por el polígono (como siempre).

—Escucha, mamá. Estoy en Londres.

—Ah, qué bien.

—Sí. Oye, hay algo que probablemente debería haberte contado antes.

Oí que inspiraba hondo.

—Nada grave. Es solo que... bueno, he venido para vender un cuadro. A través de mi galería.

—Qué bien, ¿no?

—Va a ser algo sonado. El caso es que... cuando me establecí por mi cuenta, me cambié de nombre. Ya hace mucho tiempo. Y como van a salir noticias en los periódicos sobre la subasta, no quería que te llevaras una sorpresa.

Ella se quedó callada.

—Mamá, ¿estás ahí?

—Perdona, estaba poniendo el hervidor. Oye, lo entiendo. Es lo mejor, con todo lo que pasó.

Con «todo lo que pasó» quería decir que si Judith Rashleigh se había hecho famosa en Liverpool por algo había sido porque fue encontrada con el cuerpo muerto de su hermanita de cinco meses en los brazos.

—De acuerdo, pues. Gracias.

Otro rasgo característico de nuestras pequeñas conversaciones era el terrible silencio que se hacía al final.

—Cuídate, mamá.

—*Ciao*, Judy. Te quiero.

—No, no es verdad —susurré cuando hubo colgado.

185

Tras las improvisadas comodidades de la granja, la caricia de las sábanas Pratesi en mi piel resultaba maravillosa, pero ni siquiera esa infinita suavidad era capaz de disipar en mi cerebro la imagen de Angelica. ¿Qué opciones había? Deshacerse de ella no resultaría difícil tal vez, pero constituiría una estupidez. ¿Alguna forma de chantaje? Da Silva había arreglado el hallazgo del cadáver de Alvin de un modo convincente, y Angelica parecía haberse tragado la historia de la sobredosis sin cuestionarla. Pero a lo mejor Da Silva podría hacer algo más... ¿quizá inventar algún secreto que comprometiera a la familia? Sin embargo, ¿por qué iba Elisabeth Teerlinc a entrometerse en ese asunto? Atacar a Angelica era exponerme a mí misma.

Volví a darme la vuelta en la cama y contemplé el techo. Al menos mi madre no había armado un escándalo. Ella siempre había constituido el punto débil del puente tambaleante entre mi pasado y mis presentes. Lo más práctico habría sido librarme de ella hacía años, pero nunca había encontrado el momento. Dudaba mucho que hablase; e incluso si lo hacía, sería con una pandilla de borrachines del pub. No obstante, con las redes sociales, bastaría con un entrometido adicto a Twitter para conectar un olvidado artículo del *Liverpool Echo* con la mujer entrevistada en el programa estrella de Sky News, y para que la tapadera de Judith Rashleigh pasara a valer aún menos que su «Gauguin».

¿Qué probabilidades tenía? Daba la impresión de que me había pasado la mayor parte de los últimos cinco años haciéndome esta pregunta. Rechazar el plan de publicidad de Angelica podría resultar sospechosamente turbio. Además, yo había dedicado un montón de tiempo a enterrar a mi antiguo yo. No me parecía mucho a ella, ni sonaba en absoluto como ella, así que mientras mi querida madre mantuviera la boca cerrada, calculaba que mis probabilidades eran bastante buenas. Angelica no tenía nada entre manos, salvo un parecido casual, reducido tal vez por la cicatriz. Lo único que podía hacer, lo único que tenía que hacer, era aparentar serenidad.

Cerré serenamente los ojos durante unos momentos. Luego encendí la luz y cogí el catálogo. *Muchacha con abanico II* ocupaba una de las páginas centrales; la otra estaba dedicada al otro cuadro estrella, *Intersection* de Willem de Kooning, una obra abstracta que parecía insulsa y endeble al lado de los radiantes colores de Li, aunque la foto no llegara a captar su sutiliza, las variaciones infinitesimales de su profundidad. Deslicé los dedos sobre la página como una médium leyendo el tarot, cada vez con más energía y rapidez, hasta que se me enganchó una uña y saltó un fragmento de la superficie del recio papel en la esquina inferior izquierda, justo donde el pareo de la modelo se derramaba y fundía con el marco. Lo cual me trajo a la memoria aquel momento en Essen, cuando Li estaba agachado para sacar una fotografía del borde del lienzo original y nos interrumpió aquella maldita liliputiense. Me incorporé de golpe en la cama. Mackenzie Pratt. Angelica había mencionado un cuadro de Maurice Utrillo. La colección Pratt se componía principalmente de impresionistas y postimpresionistas. Pasé las páginas lentamente. Mis dedos dejaban huellas de sudor en los márgenes blancos. Encontré el Utrillo: un lienzo bastante típico, una de sus innumerables escenas callejeras de Montmartre. Aunque ya sabía lo que iba a encontrarme, me obligué a leer el nombre del vendedor: «Propiedad de la Sra. Mackenzie S. Pratt». S de sabotaje, de sabandija chismosa y rencorosa. Mackenzie tenía un cuadro en la subasta, lo cual significaba que estaba en Londres. Y yo sabía que el pequeño rasguño que acababa de hacer en el catálogo estaba precisamente en la zona donde mejor podía apreciarse el aspecto más débil del Gauguin. Que era la pincelada. Lo único que me había causado dudas. La Casa no había detectado nada, porque había abordado la pincelada en conjunto y solo había visto lo que ardía en deseos de ver. Pero si había algún defecto en el cuadro, estaba ahí. Esperando a un discrepante, a alguien que se negara a creer. Tal como había dejado bien claro, Mackenzie odiaba a Gauguin. Y ella nos había visto.

187

17

$\mathcal{M}$i impulso inicial fue correr a la Casa a primera hora de la mañana y volver a examinar el Gauguin, pero tras una noche agitada, llena de sueños turbios, me lo pensé mejor. Si Angelica me estaba observando, sobre todo, cualquier indicio de duda por mi parte podía levantar sospechas. Las piezas para la subasta de julio iban a exponerse a la semana siguiente en una exhibición de tres días, y Mackenzie Pratt sin duda asistiría al cóctel que la Casa había organizado la noche de la inauguración, así que mis dudas sobre ella y sobre la pincelada de Li tendrían que esperar. En lugar de eso, pues, me pasé la mañana en Bond Street, dándole a mi tarjeta de crédito Gentileschi la sesión de ejercicios más intensiva de todo el año. Mientras recorría metódicamente las boutiques, no pude librarme de la sensación de que me estaba armando a mí misma para una última batalla; pero, qué demonios, si había que jugársela, mejor hacerlo con un Saint Laurent. Justo cuando entraba en el vestíbulo del Claridge a mediodía, sonó mi móvil. Un solícito conserje se apresuró a sostener mis bolsas mientras yo hacía malabarismos para responder.

—¿Elisabeth? Soy Rupert. ¿Cómo está? ¿La atienden bien?

Ya empezaba a habituarme a la cordialidad recién adquirida de Rupert, pero no creía que llegara a acostumbrarme nunca a ser para él otra que «Hmm».

—De maravilla, gracias. ¿Y usted?

—Bueno, las cosas van avanzando. Ya ha salido hoy una información en la prensa. Angelica Belvoir me ha dicho que mantuvieron una agradable charla…

—Es una mujer genial, ¿verdad? —gorjeé muy a mi pesar.

—Bueno, quería saber si está libre esta noche para cenar conmigo en mi club…

—Por supuesto, Rupert.

Me pregunté cuál de los baluartes de la élite situados en Pall Mall sería exactamente: ¿el Atheanaeum, el Travellers, con su famosa biblioteca? ¿O tal vez Brooks, que, según recordaba, Rupert prefería para hacer la siesta?

—Perfecto. Es, hmm… el Soho House —dijo, claramente satisfecho. No cabía duda de que Rupert estaba poniéndose al día.

—Fantástico.

—Entonces, ¿en el 76 de Dean Street a las ocho?

—Me encantará volver a verle.

La historia del descubrimiento de *Muchacha con abanico II* había salido en tres diarios nacionales y en la primera edición del *London Evening Standard*. Leí los artículos aquella tarde en la silla de pedicura del spa Elemis. Todos explicaban que el Gauguin era de un banco italiano, pero también mencionaban a Gentileschi y a Elisabeth Teerlinc, así como los precios de los Gauguin anteriores, los datos de la inminente subasta y las especulaciones sobre la «reserva», el precio mínimo de salida. Producía una curiosa sensación ver algo que yo había inventado, el cuadro y la persona, en letras de molde. Cinco horas después, relajada con duchas y vapores, rebozada de cremas, peinada y arreglada hasta el último detalle, Elisabeth Teerlinc emergió tan impoluta y aplomada como la mujer en la que Judith Rashleigh había soñado en convertirse. Se me había olvidado la cantidad de tiempo que consumían todas esas chorradas. Al salir de compras, había tratado de recordar el tipo de ropa que Judith llevaba en su momento. Cuando dejé de estremecerme ante el recuerdo de aquellos gustos míos tan inmaduros, pensé que Rupert y Angelica me habían visto siempre con mi viejo traje oscuro, así que mantuve mis compras dentro de un abanico de elegantes colores claros. Me había hecho cortar unos centímetros el pelo, que pensaba llevar recogido

189

detrás en todo momento, para mostrar mejor la pequeña cicatriz. No eran muchos cambios, pero cuando me examiné en el espejo antes de reunirme con Rupert, la mujer con blusa blanca Gucci de cuello de bufanda y con la cara austeramente despejada, apenas guardaba un lejano parecido con la desaliñada y empollona becaria que yo había sido.

Como llegué la primera, me senté a una mesa bajo las estufas de la terraza de la planta baja del edificio georgiano para fumarme un cigarrillo antes de que apareciese Rupert. El club parecía inmenso, una planta tras otra de restaurantes y salones, cada uno de ellos un ingenioso destilado de rollo hipster y consumidores de té matcha. En la mesa contigua, un tipo con tejanos Nudie y mechas al estilo George Michael estaba protestando al camarero por la norma de «prohibidos los portátiles a partir de las siete». La concesión de Rupert a otra norma del club —nada de trajes— consistió en quitarse la chaqueta y la corbata, lo cual dejó a la vista un desagradable movimiento ondulante alrededor de sus flancos cuando se deslizó entre el grupito de tipos maravillosos de la barra.

—Acabo de inscribirme en este club —alardeó, ofreciéndome una copa de *champagne*—. Ahora está en todas partes: Estambul, Bombay…

—Es… muy cool, sí.

—Bueno…

Se echó hacia delante; yo sujeté mi copa antes de que sacudiera la mesa con su panza.

—… le complacerá saber que ya hemos fijado la reserva para nuestra muchacha. Doscientos.

—Está bien —dije con la misma calma que si sacara cada día el diez por ciento de doscientos millones de libras.

—Y ya hemos enviado algunos «estimuladores».

—¿Cómo?

—Es un chistecito del departamento. Ya sabe, avances para animar a los principales clientes.

Ya lo creo que lo sabía. Yo misma había escrito en mi época algunos avances de este tipo: espléndidas descripciones de los cuadros para animar a los compradores importantes a inscribirse en la puja. Lo que no sabía era si Rupert conocía el origen del término «estimulador», aunque, al ver su lasciva mirada, tuve la deprimente sensación de que sí lo conocía.

—Y hemos obtenido una respuesta impresionante. Incluida una solicitud de Heydar Zulfugarly.

Se echó hacia atrás para saborear mi reacción.

—¿El petrolero?

—El mismo.

Desde que había empezado en Gentileschi, había mantenido un ojo tanto en las revistas de negocios como en las páginas de sociedad, actualizando mi lista de quién estaba comprando qué y dónde. Había visto fotografiado a Zulfugarly varias veces, aunque no había sacado la impresión de que el arte le interesara realmente. Era más bien el tipo de hombre que bautizaba sus yates con términos de características sexuales femeninas secundarias. Sin duda era rico: un oligarca *kryshaliq* de Azerbaiyán, uno más de la generación que había hecho una fortuna transformando los bienes del Estado en capital privado.

—¿Desde cuándo es cliente?

191

—Al parecer, está creando una especie de fundación cultural en la capital de su país. Es fantástico, ¿no?, el hecho de devolverle algo al pueblo azerí. —Incluso Rupert tuvo la decencia de adoptar una expresión taimada al soltar esa estupidez.

—El interés de Zulfugarly podría suscitar algunas ofertas bastante competitivas, ¿no?

—Yo he empezado a hacer correr la voz. Discretamente, desde luego. Pero ya hemos tenido reacciones de…

Con cierta dificultad, Rupert se sacó el móvil del bolsillo y me recitó una serie de nombres. La mayoría ya los conocía, pero tuve que disimular mi asombro cuando vi que el museo Folkwang de Essen figuraba en la lista. El cuadro de Li colgado junto al auténtico…

—Y usted tiene mañana la sesión de fotos de Angelica, ¿no? Ella es un genio en todas esas historias de Facegram.

—Sí, tengo muchas ganas de hacerlo.

—Magnífico, magnífico. Bueno, debe de tener hambre. Arriba preparan unas costillas de ternero de rechupete.

¿Rechupete? Ay, Rupert.

—¿Le importa si me fumo antes un cigarrillo?

Cogí el paquete de la mesa y encendí uno, bajando la vista hacia el encendedor. Cuando la levanté de nuevo, Rupert me estaba mirando fijamente. Yo aún tenía sujeto el encendedor, un modelo barato de plástico naranja comprado en un quiosco. Siempre usaba los de ese tipo; los encendedores sofisticados como el Dupont de Da Silva me resultaban un poco horteras. Rupert pareció extrañamente sobresaltado. Y entonces lo recordé.

Dave y yo, acurrucados fuera del almacén, mi mano ahuecada protegiendo la llama trémula de un encendedor. Rupert lanzándome una mirada de desaprobación por mezclarme con los empleados de baja categoría. La asociación entre el objeto, mi gesto y mi cara. Mierda.

Rápidamente, lo apagué.

—Pensándolo bien, vamos arriba. Es un hábito asqueroso.

Rupert parpadeó repetidamente y echó un vistazo alrededor con la mirada perdida.

—Perdone, Elisabeth. He tenido un pequeño *déjà vu*. Termíneselo si quiere.

—No, por favor. Casi no fumo, en realidad. Vamos a cenar.

Si alguna vez había sentido el deseo de ser famosa, quizá habría disfrutado los días siguientes. Durante el período de calma informativa del verano, la idea de que una obra maestra de valor incalculable hubiera permanecido desapercibida durante años en una cocina resultaba de lo más emocionante. Como «la chica que encontró el Gauguin», Elisabeth Teerlinc estaba viviendo sus quince minutos de gloria. Fue entrevistada por Sky News, charló de naderías en las sillas de maquillaje de los camerinos mientras le empolvaban la cara y posó amablemente en las escaleras de la Casa y en un almuerzo benéfico celebrado en la White Cube Gallery en favor de una cosa llamada Artists for Unity. El buzón de Gentileschi se llenó de invitaciones a inauguraciones, fiestas y conferencias. Elisabeth concedió dos entrevistas a periódicos italianos y otra a *Pravda*, y no dejó de lanzar sonrisas a diestra y siniestra.

Como no era posible eliminar a Angelica Belvoir, hice todo lo posible para neutralizarla convirtiéndome en su mejor amiga. Al principio, mientras flotábamos en una espuma halagadora de cócteles y sesiones de fotos, yo la sorprendía observándome con un rictus de duda que deformaba esos preciosos rasgos vacíos. Pero la confusión no era algo ajeno a una persona con el coeficiente intelectual de Angelica, y a la larga le resultó mucho menos agotador creer que Elisabeth —que casualmente tenía los mismos gustos que ella— era realmente quien parecía ser. Cuanto más a menudo viera Angelica a «Elisabeth», pensé, menos espacio quedaría en su memoria para Judith. Creé una cuenta de Instagram, @gauguingirl, solo para poder seguirla, y no dejaba pasar un solo post sin un «precioso» o un «qué adorable». Hicimos planes para irnos de fiesta a Ibiza en verano, después de la subasta. Angelica incluso me propuso que fuese a ver a su hermano y a la que ya era su esposa la próxima vez que pasara por Manhattan. Yo no creía que el manual de cortesía de Emily Post tuviera algún consejo sobre la forma correcta de presentarte a alguien cuando resultaba que habías asesinado a un miembro de su familia. Aunque eso no me preocupaba mucho. Ahora los vagos planes que había estado sopesando en Calabria empezaban a tomar forma.

Da Silva vendría a Londres para la subasta, pero yo suponía que intentaría persuadirme para que volviera a Italia en cuanto todo hubiera terminado. Eso me brindaba una oportunidad. Él no estaba familiarizado con la forma de trabajar de la Casa. Si conseguía inventarme una reunión y unos documentos que firmar para transferir el dinero a la Società Mutuale, su destinatario oficial, calculaba que podría darle el esquinazo durante unas cuatro o cinco horas, lo suficiente para tomar el Eurostar a París. Aunque no más que eso, porque, si él albergaba sospechas, podía utilizar su estatus de miembro de la *Guardia* para hacer que me detuvieran en la frontera. Sin embargo, Da Silva no sabía nada sobre el Van Dongen, que me esperaba a buen recaudo en el depósito de Vincennes. Ese era mi seguro. Fui a

St. Pancras, saqué un billete de ida de primera clase, pagando en efectivo, y lo dejé guardado en un depósito de equipajes de las inmediaciones (situado a solo 380 metros, según informaba la web), para poder recogerlo al día siguiente de la subasta. No podía correr el riesgo de que Da Silva lo encontrara entre mis cosas si se ponía a fisgonear. Y luego... ¿qué?

No pensé mucho en ello, porque a medida que se acercaba la fecha de la exhibición previa, mis pensamientos volvían obsesivamente a la imagen del hombre desmoronándose en Albania y a la de Salvatore cavando mi tumba. En mis sueños, los labios pintados de Mackenzie Pratt se alzaban ante mí como las fauces de una mantis religiosa. Pese a todo, lo único que podía hacer era seguir adelante hasta la subasta. En cuanto a Rupert, estaba tan ocupado frotándose las manos ante el suculento porcentaje que iba a llevarse la Casa que parecía haber olvidado sus propias dudas. Aun así, me aseguré de no volver a encender un cigarrillo estando él delante.

194

Y sin embargo, no me había equivocado con mi instintivo temor a Mackenzie Pratt. Su primera andanada llegó a través de un artículo de opinión publicado en el *Guardian* dos días antes de la exhibición previa. Pratt era presentada como una «distinguida crítica de arte internacional» y su artículo decía en resumen que la Casa no debía poner a la venta un «supuesto» Gauguin, puesto que el pintor era un explotador racista y colonialista que se había dedicado a abusar de jóvenes polinesias. En cuestión de segundos, los energúmenos de internet empezaron a clamar que había que retirar el cuadro. Hubo incluso propuestas para boicotear la subasta, aunque como me señaló Charles Eagles esa noche durante un agradable cóctel en el Ivy Club, difícilmente constituían un motivo de preocupación, pues la gente que tuiteaba diciendo que la Casa era un repugnante bastión de privilegios elitistas no podía permitirse comprar nada allí. Desde su punto de vista, todo lo que generase polémica resultaba beneficioso para la venta.

Pero el plan de Mackenzie para que retirasen *Muchacha*

con abanico II del catálogo no se limitó a los artículos de opinión. Rupert me llamó mientras estaba extendiendo sobre la cama del Claridge mis opciones de vestuario para la exhibición.

—¿Elisabeth? Disculpe que la moleste, pero… ¿podría venir a mi oficina? Es un asunto bastante grave, me temo.

Yo estaba intentando decidirme entre un minivestido Tibi sin espalda y un vestido largo Roland Mouret, ambos de tono marfil. El Mouret parecía un poco nupcial, quizá. Me obligué a mí misma a seguir alisando la falda mientras hablaba.

—¿Qué sucede? ¿Hay algún problema?

—Podría decirse así. Pero prefiero que hablemos en persona.

—Qué misterioso, Rupert —coqueteé, pero no percibí ninguna calidez en su voz cuando me dijo que me esperaba en la Casa en quince minutos.

—He recibido a primera hora una llamada de Solomon Mathis.

—¿Por qué?

Mathis era un tipo serio, el curador del museo Reina Sofía de Madrid, donde había montado una gran retrospectiva de Gauguin dos años atrás.

—Dice que Mackenzie Pratt se ha puesto en contacto con él.

Sentí un puño helado en el corazón.

—Continúe.

—Solomon me ha explicado que ella no solo le ha llamado a él, sino a otros muchos expertos. Y que ha dicho que quería advertirles que su cuadro es una falsificación.

«Su» cuadro; ya no «nuestro» cuadro. Ese cambio era como el primer chapoteo de una rata nadando en un charco.

—No acabo de entenderlo, Rupert. La señora Pratt no ha visto nunca el cuadro.

—En efecto. Pero dice que la ha visto a usted. En el Folkwang de Essen, fotografiando *Muchacha con abanico*. En compañía de, hmm… un colega chino.

—Usted sabía que yo fui al Folkwang; el dato figuraba en mis notas. Obviamente, ver la única versión conocida del cuadro era una parte esencial de mi investigación. Creo que ambos sabemos lo que la señora Pratt pretende insinuar, Rupert.

Evidentemente: que China, y en especial Pekín, era un importante centro de falsificadores de arte de gran talento. Mackenzie había dado en el clavo.

—Dejando de lado la intromisión escasamente profesional de la señora Pratt (ella es coleccionista, no una experta) —añadí—, yo le traje el cuadro de buena fe. Le expuse mis motivos para creer que era un Gauguin auténtico y se lo confié para que los expertos de la Casa determinaran si mi valoración era correcta o no. La confirmación de su autenticidad es suya, no mía...

—Desde luego, desde luego, Elisabeth, no pretendía...

Le interrumpí.

—La señora Pratt ha expuesto públicamente sus objeciones ideológicas a Gauguin. Así pues, si usted cree seriamente que los lamentables argumentos de esa mujer tienen más peso que la opinión de sus propios profesionales, solo le queda una opción. Retirar el cuadro.

—Yo jamás he sugerido...

—Retírelo. Mi reputación como marchante no es ni mucho menos tan seria como la de la Casa, pero aun así debo pensarlo. Estoy segura de que, si existe la menor duda sobre la autenticidad del cuadro, mi cliente coincidirá en que debe retirarse de inmediato de la subasta.

Yo estaba convencida de que Rupert no tenía ninguna intención de acceder a mi sugerencia. Sencillamente había demasiado dinero en juego, por no hablar del desprestigio para la Casa. Mi disposición a retirarme de la venta no haría más que afianzar su resolución. Suavicé un poco el tono.

—Mire, esa mujer ha emprendido una caza de brujas. ¿A eso va a llegar la Casa?, ¿a juzgar las obras por la vida privada de sus artistas? Me consta que ella tiene un Utrillo en el catálogo: un cuadro importante para usted. Muy bien, sin duda ella está en su derecho de mantener su opinión. Pero solo porque se le haya metido en la cabeza que Gauguin era un ser depravado, un borracho con sífilis cuya esposa solo tenía trece años, etcétera, eso no invalida su trabajo. El cuadro es el cuadro.

—Ella asistirá esta noche a la exhibición —respondió Rupert, pensativo.

—Tanto mejor. Aquí todos somos adultos. Ella no ha amenazado con retirar su obra, ¿verdad? Me parece que ya vemos hasta dónde llegan sus principios. O sea que si usted no quiere retirar *Muchacha con abanico II*, no lo haga.

197

18

Al final, me decidí por el Mouret. Recatado, irreprochable. Me propuse llegar a la exhibición a las seis en punto, con la esperanza de ver el Gauguin por primera vez desde que había llegado a Londres, pero antes de salir llamé a Da Silva a Roma. Había mantenido la costumbre de charlar a diario con él (y también la de revisar regularmente sus mensajes a Raznatovic, aunque últimamente no había habido novedades sobre «el activo»). Le había mandado asimismo un enlace con la diatriba de Mackenzie Pratt contra Gauguin publicada en el periódico.

—Entonces, ¿va todo bien? —preguntó—. ¿La venta sigue adelante?

Aun sabiendo lo poco que yo le importaba, era un poco irritante que me hiciera recordar que a él lo único que le interesaba era la subasta.

—¿Por qué no habría de seguir adelante?

—Y usted, ¿está bien?

—¿Por qué no habría de estarlo?

—Ojalá pudiera estar con usted esta noche.

—Como le he dicho, todo va bien. Se venderá. No tenemos nada de qué preocuparnos.

Pandora Smith me saludó con entusiasmo en el vestíbulo. Tenía mucho mejor aspecto que la última vez que la había visto, aunque su vestido tubo de color negro quedaba afeado por el bulto de unas gruesas medias bajo la falda ceñida.

—Es un placer volver a verla. Espero que le guste cómo hemos colgado el cuadro.

Al Gauguin le habían dedicado una pared entera de la galería, justo al cruzar el vestíbulo. El soporte estaba sobre un fondo de fieltro verde oscuro que contribuía a subrayar la riqueza de sus sombras.

—Perfecta elección. Buen trabajo.

Retrocedí unos pasos, como para estudiar el efecto, y repasé con la mirada la esquina inferior izquierda. No veía nada incorrecto en la pincelada, aunque por otro lado yo no era experta en Gauguin. Pandora ya estaba empleándose a fondo, señalando aspectos de la pieza a una pareja de viejos australianos.

—Es un ejemplo superlativo de su estilo tardío —iba diciendo—. La fluidez de la pincelada lo hace realmente extraordinario. Podemos captar su liberación interior.

La pareja asentía seriamente, paseando la mirada con avidez de sus catálogos al cuadro. Bendita Pandora.

—Yo la vi allí. —La voz procedía de algún punto por detrás de mi codo. Me tomé unos instantes para volverme y bajar la vista hacia Mackenzie Pratt.

—Perdone, creo que no nos han presentado —dije fríamente.

—En Essen. Con su amigo chino.

—Claro. Usted debe de ser Mackenzie. ¿Cómo está usted? Yo soy Elisabeth. Leí su articulito. Muy... estimulante.

—¿Usted sabía lo que les hizo a esas chicas? —me espetó—. ¿A las modelos que pintó? ¡Las infectó con la sífilis! Tenían trece, catorce años. ¿Lo sabía? Con la sífilis.

La pareja australiana se alejó discretamente.

—Es una cuestión interesante, ¿no? ¿Hasta qué punto estamos dispuestos a juzgar al artista en vez de juzgar el arte? Utrillo, pongamos por caso, un alcohólico crónico. ¿No tuvo problemas por exhibirse ante unas colegialas? Y sin embargo, la obra... —continué perorando durante el tiempo suficiente como para que la sala volviera a llenarse con el murmullo de los invitados, atrapando a Pratt en la ficción de que aquello era solo un civilizado intercambio de pareceres. No le veía los ojos tras sus permanentes gafas de sol, pero como yo no daba muestras de detenerme, ella empezó a sacudir las amplias mangas de su kimono Etro como un pingüino exasperado.

199

—¡Elisabeth!

Era Angelica, con el móvil en ristre.

—¿Podemos hacer unas fotos, querida?

Le dirigí una seña, poniendo los ojos en blanco, por encima del peinado *garçon* de Mackenzie.

—Ha sido un placer conocerla al fin, Mackenzie. ¡Buena suerte en la subasta!

La galería ya estaba atestada para entonces, y no volví a verla en toda la velada. Rupert se me acercó resoplando cuando yo ya estaba recogiendo el abrigo.

—¿Todo bien, Elisabeth? La he visto hablar con Mackenzie.

—Por supuesto.

—La cuestión es... bueno, esto es un poco embarazoso. ¿Ve a ese tipo de allí? Willy Novak.

Me señaló a un tipo viejo y esquelético con unos tejanos morados y un mechón de pelo blanco cuidadosamente distribuido sobre la frente.

—La semana que viene ofrece una cena presubasta en su casa de Sussex. Nosotros deseábamos que usted asistiera. El problema, parece, es que también ha invitado a esa mujer.

—No creo que haya ningún problema, Rupert. Puedo manejarla perfectamente.

Era todavía bastante temprano cuando salí a Prince Street, y aunque hacía una tarde típica para el mes de junio en Londres —gris y húmeda—, decidí volver a pie al hotel. Había llegado a St. James's Street, caminando bastante despacio con mis tacones, cuando Charles Eagles me dio alcance corriendo.

—Elisabeth, ¿a dónde va?

—A ningún sitio en especial.

—¿Le apetece tomar un bocado? ¿Chuc's en Dover Street?

Me volví para mirarlo bien. Era absurdamente apuesto. Y resultaría facilísimo. No muy profesional tal vez, aunque por otro lado nadie tenía por qué enterarse. Aquella enorme cama vacía de mi habitación de hotel... Sería muy agradable no estar durante unos minutos en ninguna parte salvo en el presente, restregándome con ese cuerpo. Titubeé.

—No, gracias. Mañana tengo trabajo.

Él se encogió de hombros con aire adolescente.

—Ah, bueno. Qué le vamos a hacer. ¿Otro día tal vez?

—Tal vez. Buenas noches, Charles.

Lo vi cruzar la calle con paso garboso. No estaba herido. Y yo tenía otras cosas en qué pensar, de todos modos. No en Da Silva, que había dicho que habría deseado estar conmigo. No. Tenía que pensar en cómo iba a manejar a Mackenzie Pratt.

La cual no cejaba en su campaña contra *Muchacha con abanico II*. *El Daily Mail* del día siguiente publicaba en la página de cotilleos un artículo sobre nuestro encontronazo en la exhibición. «Galeristas glamurosas a la greña por Gauguin.» Me pareció que «glamurosa» era algo exagerado en el caso de Mackenzie. La BBC obviamente llegó a la conclusión de que tenía una cara perfecta para la radio, porque a continuación salió en *Woman's Hour* y estuvo perorando sobre la «repugnante conducta personal» de Gauguin y su «abominable perspectiva patriarcal». La Casa se vio obligada a emitir un comunicado y la cuenta @gauguingirl se llenó inmediatamente de provocadores que acusaban a Elisabeth Teerlinc de ser una deshonra para la hermandad femenina. Rupert sugirió que podíamos retirarle a Pratt la invitación a la cena de clientes, pero yo lo convencí de que solo serviría para alimentar su animosidad. La mejor táctica era sencillamente ser ingleses: actuar como si la desagradable naturaleza de Mackenzie no existiera.

Así pues, tal como estaba previsto, cinco días más tarde Rupert y yo tomamos en la estación Victoria un tren a Arundel. Yo llené mi nueva maleta Bottega Veneta de color turquesa con lo imprescindible para pasar una noche y con un vestido largo Emilia Wickstead de lentejuelas que había encargado en Pont Street, una prenda fluida y deslumbrante que resultaba tan inadecuada para el campo que estaba segura de que quedaría perfecta. Me causó cierto placer observar a Rupert alzando la maleta hasta el compartimento de equipajes del vagón de primera clase. Willi Novak, me explicó Rupert, era un coleccionista de arte contemporáneo que prestaba su casa, Lancing Park, para organizar eventos. El objetivo de la cena era relacionarse con algunos de los principales clientes de la Casa, así como atraer la atención de los *influencers*.

—Sean lo que sean esos farsantes —añadió Rupert con repugnancia.

—¿Qué clase de personas son los clientes?

—Ah, la mayoría financieros. Fondos de alto riesgo, ya sabe.

Le dirigí una mirada comprensiva.

—Sí, ya sé.

Nos recibió en la estación un Rolls-Royce blanco con capota de lona que nos transportó con absurda solemnidad por los estrechos caminos plagados de zarzas hasta Lancing Park. Después de tanto tiempo en Calabria, se me había olvidado lo verde-verde que era Inglaterra en verano, la inmensa variedad de hojas de distintos tonos, desde el azul verdoso hasta el verde esmeralda; pero aunque hubiera sentido el deseo de señalarle a Rupert la belleza de la flora local, habría sido inútil porque él estaba absorto en una educada conversación con el tercer pasajero del coche, que para nuestro intenso y mutuo desagrado resultó ser precisamente Mackenzie Pratt.

—¿Quiere recordarme, cielo —gruñó mientras avanzábamos—, quién era su amiguito chino?

—Un colega de París —dije con calma, deseando que una de las ramas llenas de pinchos entrara de un latigazo en el coche y le sacara un ojo—. Trabajó en la muestra 798 de la Fundación Vuitton el año pasado. Los pintores de Pekín. ¿No asistió?

Con eso la mantuve a raya mientras recorríamos el sendero de grava hasta la casa, pero no dejé de notar su mirada furibunda incluso cuando una colección de lacayos con librea nos hizo pasar al vestíbulo. Rupert estaba interpretando bastante bien la comedia jovial de no enterarse de nada, pero yo cada vez era más consciente de que aquello era algo personal. No tenía ni idea de por qué Mackenzie me detestaba tanto, pero no pensaba darle mucho más tiempo para explicarse.

ϒ

Lancing resultó ser una severa y encantadora mansión del siglo XVIII, de piedra gris cubierta de liquen, compuesta por un bloque central rematado con un frontón y por dos pabellones laterales de altas ventanas. Los lacayos se presentaron ellos mismos, cosa que dejó un poco pasmado a Rupert mientras los seguíamos a lo largo de la ligera curva de un ala del edificio hasta un invernadero de naranjos. Las frutas de los árboles habían sido reemplazadas con pequeñas bolas de discoteca que centelleaban sobre los uniformes años cincuenta de colores pastel de una bandada de doncellas que servían el té. Aquella casa contaba con más personal que la puñetera Downton Abbey.

—¿No es horroroso? —susurró Rupert alegremente, sirviéndose la mitad de un bizcocho Victoria rebosante de nata montada y frambuesas. Yo tomé una taza de Earl Grey y un palo de crema.

A decir verdad, era muy poco lo que se podía hacer para estropear las exquisitas y sobrias líneas del invernadero, pero nuestro anfitrión lo había intentado con todas sus fuerzas. Los paneles de la pared del fondo estaban blanqueados. Junto a la ventana había un rinoceronte de peluche con una gorra de los Yankees, flanqueado por jarrones con plumas de avestruz teñidas de color plateado. Los rombos de los paneles del invernadero contenían más piezas de taxidermia: una cabeza de jirafa, un rodaballo con la boca abierta, una cebra… cada uno tocado con un sombrero chocante. Un sistema de sonido oculto emitía unos suaves ritmos ibicencos. La enorme chimenea había sido reconvertida en una reluciente barra plateada.

—Repugnante —respondí, también susurrando.

—Pero a los clientes les encanta. ¡Ah, ahí está Willy!

Rupert pasó con impresionante rapidez de la mueca de desprecio a una sonrisa de placer cuando saludamos a Novak. El lugar se estaba llenando de invitados, y Novak me arrastró con entusiasmo de un grupo a otro, presentándome de nuevo como «la chica que encontró el Gauguin».

—Y este es Larry Kincardine.

—Hola, Lawrence. Qué sorpresa verte por aquí.

203

—Hola, cariño.

Noté que Rupert observaba con aprobación la categoría de mis relaciones. Lawrence era un viejo conocido de mi época noctámbula en Londres, cuando él regentaba una especie de tugurio clandestino en su casa de Chester Square. En aquel entonces, él era un tipo lánguido y afeminado; ahora tenía un aspecto rechoncho y vagamente agresivo, aunque, por otro lado, yo nunca había conocido a nadie que hubiera mejorado de aspecto solo por dejar la heroína. No me preocupaba lo más mínimo que pudiera identificarme; aunque él hubiera conocido mi nombre, nosotros siempre nos habíamos llamado «cariño», de acuerdo con las normas de la noche.

—No te he visto últimamente —acertó a decir Lawrence, entre las ansiosas caladas que daba a un cigarrillo electrónico con aroma de violeta.

—He estado… viajando. ¿Te apetece un cigarrillo de verdad?

Cruzamos las puertas del invernadero y salimos a un prado impecablemente planchado donde una familia de ciervos blancos retozaba de modo pintoresco junto a la cerca de piedra. Le pasé mi paquete de Marlboro Gold y encendió uno con alivio.

—¿Qué ha sido de tus fiestas locas?

—Mi padre me hizo venir aquí. Pensó que sería bueno para mí. Ahora me paso la mayor parte del tiempo en Escocia y no voy mucho a Londres.

—¿Un poco aburrido?

—Sí, bueno. Aunque he conservado la casa. El viejo Kevin sigue allí.

—Me acuerdo de Kevin.

—De hecho, estaba pensando en ir a otro sitio después de la cena. ¿Te suena Waldgrave?

Me encogí de hombros.

—No lo conozco.

—Quizá encajaría un poco más con tus gustos.

Resollaba ligeramente y parecía algo agitado; quizá había reemplazado la heroína con algo menos suave.

Sonó un gong en el interior de la casa.

—Supongo que esto significa que debemos entrar y cambiarnos. Nos vemos luego, Lawrence.

—Estaba pensando en salir hacia las once. No es muy lejos. Podemos volver a tiempo para ir a la iglesia.

Sonaba bien. De hecho, sonaba de maravilla.

Las habitaciones de la primera planta estaban distribuidas a lo largo de una galería central, con tarjetas de estilo eduardiano con el nombre del invitado en el exterior: un recordatorio de los viejos y gloriosos tiempos en los que saltar de cama en cama constituía un deporte rural. Junto a cada puerta se alzaba una desmesurada reproducción en yeso de alguna escultura clásica, de la cual tomaba su nombre la habitación. Yo tenía la Venus de Milo. Mackenzie Pratt, dos puertas más allá, tenía el Laocoonte. En Lancing, todo lo que no estuviera blanqueado o disecado era de mármol. Después de darme una vuelta por las losas de Carrara de mi baño, me puse mi vestido de lentejuelas y llamé discretamente a la puerta de mi vecina.

—Disculpe, Mackenzie. Quería preguntarle si tiene un Nurofen. Tengo jaqueca.

—¿De veras, querida? ¿Le duele la cabeza? Pase, pase.

Mackenzie estaba embutiendo su diminuta figura en un rígido vestido columna Issey Miyake de color negro y tenía la cabeza perdida en una de las mangas.

—Mire en el baño —masculló, a través de la tela de crepé.

—Muchas gracias. Perdone que la moleste.

Crucé la alfombra de piel de leopardo para entrar en el baño. La de mi habitación era de ocelote; y de igual modo, el mármol de Mackenzie viraba hacia el fucsia, mientras que el mío era negro y dorado. Junto al lavamanos había un *necessaire* de cuero negro abierto, con el surtido habitual de cremas faciales, un antifaz de seda y una caja de analgésicos.

—¡Ya lo tengo! —grité. Mientras llenaba de agua el vaso dental, abrí el armario sin hacer ruido. Valium, Zoloft, Lexapro. Así que Mackenzie tenía problemas de depresión, pensé. Interesante. Un diminuto pijama negro de seda colgaba de la

205

parte interior de la puerta, junto a una gruesa bata blanca con las letras «Lancing Park» bordadas con hilo plateado sobre el bolsillo, que era idéntica a la que había en mi habitación.

Mackenzie había conseguido emerger del Miyake, todavía con las gafas de sol en su sitio. Le hice una seña y me dirigí a la puerta, pero un pie diminuto enfundado en un charol negro Mary Jane salió disparado y la cerró de un puntapié.

—Bueno. Aquí estamos. Elisabeth.

19

—*U*na casa impresionante, ¿no?

—Ya puede dejarse de chorradas, querida. Usted no me gusta y yo no le gusto.

—No es así exactamente como yo lo veo.

—¿Y usted ha convencido a todo el mundo de que tiene la primera versión de *Muchacha con Abanico*?

—El cuadro pertenece hoy por hoy a mi cliente. ¿Acaso piensa pujar por él? —pregunté a la ligera.

—Lo dudo mucho. —Se me acercó aún más y puso una mano leñosa sobre mi brazo. Las gafas de sol me taladraron malévolamente, pero su voz no abandonó la dulzura sureña—. Yo no compro falsificaciones.

—No creo que sea una falsificación. Y la Casa tampoco.

—Es tan falso como usted. Yo la vi allí. Investigando, sí, una mierda. Sé muy bien lo que estaba haciendo. Quizá no pueda demostrarlo, pero eso no quiere decir que no lo sepa.

Empezaba a sentir cierta simpatía hacia Mackenzie. Quizá parecía un personaje de tira cómica, pero hasta ahora era la única persona relacionada con el Gauguin que no estaba deseando creer en su autenticidad.

—No tengo ni idea de qué me habla. Gracias por las pastillas, pero me temo que está poniéndose un poco maleducada. Nos vemos en la cena.

Bajé la mirada. Lentamente, ella apartó el pie y me dejó pasar.

La cena se sirvió en otra sala de paneles blancos: veinte cubiertos a lo largo de una mesa de mármol blanco, con un camino de crepé plateado y montones de fruta pintada de plata. Casi envidiaba a Mackenzie sus gafas de sol. Junto a cada plato había un catálogo de la venta de julio de la Casa. Novak me había adjudicado el asiento de honor a su derecha. Hablamos de sus reformas en Lancing durante el primer plato, una sopa fría de pepino con tostadas de ostras y rábanos picantes. Me volví hacia la izquierda mientras los lacayos, que ahora lucían chaquetas de esmoquin de terciopelo blanco, servían un carpaccio de venado con compota de cerezas ácidas.

—Yo soy Elisabeth. ¿Cómo está usted? Creo que no nos conocemos.

—Ned.

Mi vecino era muy alto, tan alto que tenía que agacharse mucho sobre el plato. El código de etiqueta de la invitación que Rupert me había dado decía: «Fabuloso». La mayoría de los hombres de la mesa se habían esforzado lo suyo, y había bastantes chalecos de colores chillones e incluso un par de botas anaranjadas de cowboy, pero Ned evidentemente no se había enterado. Su estatura y su chaqueta de esmoquin verdosa le conferían un aire lúgubre que su conversación no lograba aliviar. Tras recibir unos cuantos monosílabos como respuesta a mis preguntas cada vez más desesperadas, me aferré al ignominioso bote salvavidas de los náufragos sociales, y le pregunté a qué se dedicaba.

—Yo...

Me incliné hacia él con expresión alentadora...

—¿Sí?

Hubo una pausa durante la cual se arrasaron miles de hectáreas de selva amazónica y se nombró un nuevo primer ministro en Grecia.

—Yo... cazo.

—Ah. ¿Y con quién sale a cazar?

—En... —Ned hizo un esfuerzo superlativo—... Shropshire.

Se arrellanó en la silla, al parecer abrumado por su contribución al entretenimiento de su compañera de mesa. Yo pasé un buen rato cortando los últimos trozos translúcidos de venado en tiras diminutas; luego contemplé desolada la decoración. Nuestro mutuo silencio fue interrumpido por Novak, que, dando unos golpecitos a su copa, anunció que Rupert iba a hablarnos de la subasta.

Este se puso de pie trabajosamente, sujetando su copa de Pomerol del 71. Novak quizá tenía el gusto de un boxeador de barrio, pero no se le podía acusar de racanear con el morapio. «Fabuloso», en el caso de Rupert, había acabado consistiendo en una inmensa chaqueta de esmoquin Favourbrook de tela shantung decorada con un estampado de piñas que se daba de patadas con su tez cada vez más morada. En primer lugar, hizo unos comentarios adulatorios sobre los presentes, quienes, si había que creerle, estaban manteniendo a flote por sí solos el mercado del arte; luego pasó a glosar las obras más destacadas de la subasta. El colofón debía ponerlo yo, explicando el descubrimiento del Gauguin. Me levanté, mientras Rupert iniciaba una salva de aplausos, sintiendo la negra y furibunda mirada de Mackenzie desde el otro extremo de la mesa. La silla de Lawrence, entre ella y una modelo sueca casada con otro inversor de fondos de alto riesgo, estaba vacía. Supuse que habría salido a tomarse un éxtasis. Ofrecí una versión abreviada de la exposición que había hecho en la Casa, subrayando la confirmación de Rupert y su equipo de las procedencias y cuidándome de otorgarles a ellos, más que a mí, el mérito de la atribución. Rupert me miraba con aprobación, sonriendo y asintiendo todo el rato y, a pesar de mí misma, sentí una oleada de placer similar a la que había sentido al pronunciar el discurso por primera vez: un sentimiento de afirmación y de pertenencia, que era lo único que yo había buscado siempre en él. Realmente, las cosas habrían podido ser tan distintas...

—¿Y qué pasa si se equivocan? —dijo Mackenzie, interrumpiéndome antes de que hubiera concluido, lo que al menos proporcionó un momento de interés alrededor de la mesa. Las mujeres habían estado escuchando con seriedad, demostrando lo cultas y expertas que eran; los hombres, en cambio, no habían sentido la necesidad de fingir y estaban, en su mayoría, revisando sus teléfonos móviles—. ¿Y si todos están equivocados? ¿Y si es una falsificación?

Mackenzie le había dado obviamente unos buenos tientos al Burdeos, más de lo que resultaba aconsejable tal vez para una enana de edad avanzada. No obstante, la palabra «falsificación» era tabú, el equivalente en el mundo del arte a decir «negro» en lugar de «afroamericano». Se hizo un gran silencio que se fue espesando mientras los lacayos cambiaban los platos y servían gallo de Guinea trufado cocido en vino amarillo del Jura. Rupert y yo intercambiamos una mirada de repentina camaradería, ambos todavía de pie, expuestos.

—No creo que ninguno de nosotros estuviera aquí esta noche si no confiáramos incondicionalmente en la competencia profesional de Rupert y de su equipo —repuse finalmente—. No hay ninguna otra institución en el mundo del arte con una reputación similar de honradez. Por eso quería vender el cuadro allí, para poder estar completamente segura de su autenticidad. Siendo como es una coleccionista seria, no me cabe duda de que estará de acuerdo, ¿verdad, Mackenzie?

—Pamplinas —me espetó.

—Compórtese, señora. —Era la voz de Ned la que sonó junto a mí. Quizás era un ser consciente, después de todo.

—Yo la vi allí. —Mackenzie me apuntó con una uña de color rojo sangre a través de la luz de las velas—. La vi con un chino. En Essen. ¿Y de qué tienen fama los chinos?

—Bueno —sonreí, haciendo un gran esfuerzo para dominarme—, está Ai Weiwei, por ejemplo. ¿O estaba usted pensando en otro artista chino?

Le lancé una mirada suplicante a Rupert: «Por favor, venga a rescatarme. No permita que esta hada mala desbarate mi precioso sueño». Mi muda petición surtió el efecto deseado. Rupert irguió los hombros, alzó sus múltiples barbillas e hinchó el pecho entre una oleada de piñas estampadas.

—Mackenzie, Elisabeth está aquí como cliente e invitada

mía y no permitiré que nadie la ofenda. Además, creo que sus comentarios son racistas y muy inapropiados. Quizá está un poco cansada y debería retirarse a reposar. Entretanto —alzó su copa—, quiero dedicar un brindis a Willy por esta maravillosa cena, por estos maravillosos *connaisseurs* de tantas obras extraordinarias. —Subrayó la palabra *connaisseur* lo suficiente para darle a entender a Mackenzie que ella no estaba incluida.

Concluida la escenita, todos apartaron obedientemente sus sillas y se levantaron para brindar por Willy. Rupert se acercó a abrazarme mientras Mackenzie salía airada del salón. Antes de que llegase a la puerta, uno de los lacayos forrados de terciopelo ya había retirado su plato.

—Lo siento, Elisabeth —me dijo Rupert con voz dulce y halagadora—, no deberíamos haberla invitado. Es terriblemente obcecada. Toda esa monserga sobre la vida de Gauguin es obviamente una fijación. Espero que no la haya disgustado.

—En absoluto, gracias —dije, derritiéndome de gratitud en sus grandes y recios brazos. Los demás invitados se explayaban con ese bullicio adicional que suele producirse en un grupo cuando ha sucedido algo embarazoso. La modelo sueca rodeó la mesa y vino a decirme que Mackenzie era una bruja.

Yo no me había puesto mi reloj, porque una dama nunca debería necesitar saber la hora, pero oí que un carillón marcaba un cuarto y miré en derredor buscando a Lawrence. Su propuesta de salir de fiesta era una excelente idea. Novak se puso de pie y cruzó el salón hasta una puerta oculta, de la cual emergió una incitante luz rosada. Nos anunció que el postre se serviría en la bodega «secreta» y todo el mundo descendió por la escalera de caracol en medio de un frenético recibimiento musical procedente de una cabina de DJ montada en un barril gigante. Había bolas de discoteca colgadas del techo alrededor de una pequeña pista de baile, que enseguida quedó ocupada en su mayor parte por el físico de Rupert. Calibrando al personal, el DJ pasó con resignación del tecno underground a *Blurred Lines*. Yo nunca había visto a Rupert en modo *party* y, después

211

de contemplar hipnotizada unos momentos cómo intentaba ejecutar un nae nae en dirección a la modelo sueca, pensé que prefería no volver a verlo.

—¿Todavía dispuesta a salir? —Lawrence ya estaba instalado con un cigarrillo en un sofá de dos plazas de terciopelo plateado.

—Por supuesto.

—Tengo el coche en los establos. Cuando estés lista.

—Dame un poco más de tiempo. He de cambiarme de zapatos. ¿Media hora?

—Claro. Sal por la parte de delante y sigue a la izquierda por la puerta del jardín.

Armándome de valor, me di una vuelta por la pista de baile frente a Novak, que se contoneaba al estilo hip-hop ibicenco. Aguanté hasta que el lacayo apareció con una botella gigante de Krug y luego me escabullí a mi habitación con mis esbeltas sandalias Stuart Weitzman en la mano. Dejé un par de botas de suela plana junto a la puerta y, por si acaso, cogí el cordón de la bata colgada en el baño. Luego me deslicé lentamente hacia la habitación de Mackenzie, escuchando el alboroto de la fiesta dos pisos más abajo.

Primero apagué la luz del corredor; luego probé la manija muy despacio. Si aquella hubiera sido una casa de campo de tres al cuarto, la manija habría chirriado o se habría atascado, pero el pestillo se deslizó silenciosamente. La habitación estaba a oscuras, dejando aparte la luz de una vela Diptyque Feu de Bois colocada sobre la piel de leopardo, y del leve resplandor de la pantalla de un móvil, donde se reflejaban los brillos del pijama de seda negra de Mackenzie. Ella estaba sentada con las piernas cruzadas, llevaba unos auriculares y tarareaba suavemente para sí. No se movió cuando el ruido de la fiesta se coló un momento en la habitación antes de que yo cerrara la puerta. Se notaba que no había nadie más en la planta de invitados. Meditación y un masaje al nervio vago. Muy relajante. No reaccionó hasta que me situé detrás de ella y aprisioné su cuerpo entre mis rodillas; y cuando soltó el primer grito ahogado de pánico, le retorcí la cabeza en el hueco forrado de algodón de mi axila, y le giré el cuello hacia la derecha mientras le buscaba con la mano izquierda el punto débil bajo la oreja. Hundí el pulgar en ese hueco y empecé a apretar. Ella forcejeó, pero la tenía sujeta con fuerza y, además, era demasiado pequeña, espantosamente pequeña, y sus sacudidas solo sirvieron para agotarla, aun cuando el primer espasmo de su corazón en jaque reforzó por un momento su resistencia. Conté un minuto hasta que su cabeza se ladeó más suavemente sobre mi brazo. El reloj del patio del establo dio las once mientras nosotras permanecíamos allí —una *pietà* plateada y negra—, y aún conté otro minuto más antes de relajar los músculos de mis muslos. Los antidepresivos más fuertes pueden provocar un envejecimiento de las arterias carótidas. Un ataque al corazón. Inicialmente, había pensado colgarla del raíl de la ducha con el cordón de la bata, pero siendo tan vieja y diminuta no valía la pena molestarse. Se derrumbó hacia delante silenciosamente, y sus gafas aterrizaron sobre la alfombra. De repente, cayó algo sobre mis rodillas, algo repulsivamente vivo, y poco me faltó para soltarla antes de darme cuenta de que su melenita *garçon* de color rojo era una peluca. La cabeza, vencida a la altura de mis caderas, estaba monda y descamada, con algunas hebras de pelo incoloro. Me estremecí de repugnancia, pero aquello me dio una idea. Un ataque al corazón estaba bien, pero un incendio general aún sería mejor. Todo el mundo estaba despierto, tendrían tiempo de salir y, con un poco de suerte, estando como estábamos en medio del campo, ella se habría convertido en cenizas antes de que llegasen los bomberos.

213

Cuando salí de la habitación, Mackenzie estaba tumbada sobre la piel de leopardo, con el auricular izquierdo presionando su cuello de tal modo que el peso de su propio cuerpo se lo dejaría magullado. Parecía un gesto amable dejarle puestas las gafas de sol; las puntas de su peluca caída, sin embargo, tocaban la llama desnuda de la vela. Después de lavarme las manos en mi baño, me detuve un momento ante la puerta cerrada de su habitación. Bajo la suave fragancia a humo de leña de la vela, había un intenso hedor: el tufo a pelo chamuscado. Abajo, la luz de los candelabros daba un brillo perlado a las losas blancas y negras del vestíbulo y arrancaba destellos a la madera lustrosa de la barandilla. Una tentación irresistible. Me alcé el vestido, me monté a horcajadas y me dejé deslizar.

El romero de los parterres, el mantillo y la turba, el murmullo perfumado de la piedra antigua: todos los aromas intensos de la noche. Lawrence me esperaba fumando en el patio de los establos. En la oscuridad, se parecía mucho más al de antes. La idea de salir me había resultado apetecible como coartada, no porque estuviera de humor para fiestas, pero ahora su silueta encorvada y zanquilarga me trajo el recuerdo de otras noches, el aroma de las lilas frente a la casa de Chester Square, y sentí una oleada de anticipación abrasándome por dentro con tal violencia que solté un jadeo. Lawrence arrancó su Volvo antiquísimo y me ofreció una raya de coca de las dos que había dejado cortadas en el amplio salpicadero.

—Estoy bien, gracias.

—Como quieras, cariño. Todo para mí, entonces. Sujeta el volante. —Maniobré medio ladeada para trazar una curva mientras él se agachaba bajo mis brazos para esnifar—. Uau. Qué subidón. —Volvió a su sitio.

—Bueno, cuéntame qué pasa en… ¿Waldgrave?

—Una chica francesa que frecuentaba Chester Square. Alquila la casa para montar fiestas, ya me entiendes de qué tipo. Joder, esto está más oscuro que el culo de un minero. Odio el campo. ¿Dónde está el GPS, cariño?

Tardamos una hora en recorrer los nueve kilómetros hasta la casa, en gran parte porque Lawrence se enzarzó en una disputa doméstica con la mujer del GPS. Cuando llegamos a las verjas de un sendero de acceso, en la entrada de un pueblo, Lawrence se empeñó en meterse otra raya y varios cigarrillos, y todavía se lanzó a una diatriba confidencial sobre la absurda tacañería de su padre, antes de recordar que debíamos mandarle a la anfitriona un mensaje con una contraseña de entrada, que él había dejado anotada en alguna parte. Esa parte resultó ser un recibo arrugado de 5 Hertford Street que se hallaba enterrado profundamente bajo los estratos arqueológicos del maletero del Volvo, así que ya pasaba largamente de medianoche cuando las verjas se abrieron para darnos paso.

—Te va a encantar —dijo Lawrence, con una sonrisa radiante, mientras un guardia de seguridad totalmente equipado nos indicaba una plaza de aparcamiento—. Las movidas de Estelle son realmente de primera clase.

—Lawrence, antes de entrar…

—¿Qué, cariño?

—Quizá deberías quitarte ese billete de la nariz.

El *Hark, my Damilcar, hark!* de Purcell nos envolvió mientras otro guardia nos despojaba de nuestros teléfonos móviles en la puerta. Me alisé las lentejuelas y pensé irritada que desearía tener un chicle mentolado a mano. Me gusta lavarme los dientes antes de una fiesta, pero aquella enana entrometida me había distraído.

—¡Queridos! ¡Sois los últimos! Pasad, pasad, y vamos a quitaros esas ropas mojadas. Bueno, buéno, ¿quién es esta, Lawrence? —Su acento era cómicamente francés.

—Otra esclava del amor —repuse. Ella aplaudió con unas manitas envueltas en mitones negros de encaje.

—¡Ah, me gustas! ¡Adelante, adelante!

Me alegraba mucho de no haber aceptado la coca de Lawrence; si no, habría sufrido un ataque cardíaco yo misma. Porque la mujer que teníamos delante podría haber sido la gemela de Mackenzie. Igualmente diminuta y marchita, gafas de sol, artificioso e informe vestido negro. La única diferencia era que su pelo a lo *garçon* era negro y que Estelle sujetaba un látigo con mango de ébano que serpenteaba a su espalda mientras nos guiaba por un pasillo y abría unas dobles puertas.

La casa parecía un ejemplo de falso gótico victoriano. Nos hallábamos en una galería de trovadores de piedra ensamblada desde la que se dominaba un largo salón de estilo señorial. Parpadeé mientras mis ojos se habituaban a la luz de las velas que

215

constituían su única iluminación. Flotaba en el aire un fuerte y mareante olor a sahumerio, algo almizclado y antiguo. Dos escalinatas curvadas descendían por los lados, y cada uno de los peldaños se hallaba ocupado por un hombre desnudo con un antifaz de seda negro. En el balcón, entre ambas escalinatas, había un cuarteto de cuerda con vestidos de noche. Estelle jugueteaba con una riñonera que llevaba alrededor de la cintura, en la que entreví un iPhone. El canto se desvaneció y los músicos acometieron el *Della crudele Isotta* de Donizetti. Estelle dio unas palmadas y la multitud de invitados, que sujetaban altas copas de cristal grabado, se volvió hacia nosotros. Estaban todos completamente vestidos, los hombres con camisa blanca, las mujeres con vestidos negros.

—Vosotros dos mirad desde aquí —murmuró Estelle indicándonos un banco empotrado—. ¡Necesito simetría! ¡Abrid la jaula!

Lanzó un latigazo sobre los hombros del hombre desnudo más cercano, que no se estremeció siquiera cuando las puntas de cuero restallaron sobre su piel. Otros dos hombres, estos con pantalones negros ceñidos con fajas de seda roja, estaban abriendo una estrecha jaula de hierro, semejante a un ataúd de pie, en el otro extremo de la sala. Una vez abiertas las puertas, arrastraron sobre ruedas una pequeña cama doble, cubierta de sábanas de satén negro, la situaron frente a la jaula y ayudaron a salir a una mujer. Ella, aparte de un antifaz, estaba totalmente desnuda. La luz de las velas le confería a su piel un brillo de pergamino y realzaba el rosado de los pezones de unos pechos pequeños y enhiestos. Silenciosamente, se tumbó boca arriba, con los brazos flexionados por encima de la cabeza, y uno de los hombres se inclinó y le colocó unas esposas. Contuve la risa. Estelle hizo restallar el látigo de nuevo y los hombres de antifaz se giraron noventa grados, de modo que ahora estaban de frente unos de otros. Restalló el látigo por tercera vez y la cama fue arrastrada hasta quedar situada entre las escalinatas. La mujer entreabría los muslos y arqueaba la espalda con expectación. Lawrence me dio un codazo.

—Ya te he dicho que valía la pena verlo.

Cuando la cama se detuvo en su sitio, los hombres se pusieron la mano derecha en la polla y empezaron a masturbarse con toda clase de pasadas, pellizcos y tirones. Los músicos seguían tocando, imperturbables, cuando el primero se inclinó hacia delante y lanzó su semen sobre el cuerpo tendido de la mujer, volviéndole de inmediato la espalda. Quedaban veintinueve más, conté, y todos fueron eyaculando, uno tras otro, y volviéndose de espaldas, de modo que acabaron cubriendo el cuerpo de la mujer con una reluciente capa de esperma. Los invitados observaban, inmóviles, mientras la mujer se retorcía y contoneaba a cada rociada. Estelle observaba atentamente, acariciando el mango lustroso de su látigo. Al fin, solo quedó una figura a mitad de la escalera del otro lado, encorvada sobre una polla corta y gruesa. Su mano se agitaba con urgencia. Los músicos dejaron bruscamente de tocar. Ahora lo único que se oía eran los jadeos acelerados del hombre. Con destreza, Estelle le lanzó un latigazo al rostro que le dejó una marca roja en la mejilla y acabó de rematarlo: las salpicaduras de su semen casi alcanzaron la boca abierta y sedienta de la mujer. Era todo completamente absurdo y, sin embargo, una parte de mí deseaba ser ella en ese momento: abyecta, victoriosa.

Uno de los invitados, una mujer de larga cabellera rubia, se desprendió del vestido y, dejándolo caer al suelo, emergió totalmente desnuda, salvo por los zapatos de tacón, y se acercó a la cama. Mirando a Estelle, que le dio permiso con una seña, se inclinó sobre el cuerpo tendido de la mujer y empezó a lamer. Una tras otra, las demás mujeres la siguieron, arrodillándose y dando lametones. Los hombres empezaron a desabrocharse las camisas. Estelle manipuló su riñonera y la música sonó de nuevo a través de un altavoz. Se volvió hacia nosotros y nos dirigió una leve inclinación. Luego se abrieron las puertas y se retiró por donde había venido. En el umbral, sin embargo, titubeó y se giró de nuevo.

—Deme la mano, querida.

Obedecí. Dio la vuelta a mi muñeca e inclinó sus labios marchitos hacia la red verde de las venas.

—¿Le ha gustado la ceremonia?

217

—*C'était sublime.*

—*Ah bon.* —Continuó en francés—. Ya que habla mi lengua, dígame cuál es la respuesta a este enigma: ¿por qué la palabra «polla» es femenina en francés?

—Porque el esclavo toma el nombre de su amo.

Ella se echó a reír, con un graznido estridente.

—¡Muy bien! A ver, *ma chère.*

Sacó de su riñonera una almohadilla de seda negra, con un bordado de letras doradas.

—Lawrence, ¿cuál escoges para tu preciosa amiga? ¿Éste?

Extraje de la almohadilla un largo alfiler de aspecto maligno, cuyo extremo estaba rematado por una especie de zafiro blanco montado en una antigua filigrana de oro, y me lo clavó con saña en la palma de la mano. Yo sabía que no debía reaccionar. Ambas miramos cómo florecía un grueso rubí de sangre sobre la piel. Durante un segundo creí que ella iba a chuparla, pero se limitó a sonreír y me dio una gruesa tarjeta negra con un número grabado en oro.

—Ahora es usted una de las nuestras.

—*Merci bien, madame.*

—Siempre que lo desee, querida. *Bonsoir.*

Aguardé a que se hubieran cerrado las puertas tras ella para apretarme la muñeca y aplicar los labios a la diminuta herida.

—Es una mujer muy… intensa.

—Diría que le has gustado, cariño —dijo Lawrence—; no creas que da muchas tarjetas de esas. Bueno, ¿qué te apetece?

—¿Tú y yo?

—No, cielo. Estoy demasiado colocado. Ve a divertirte.

Me sorprendió descubrir que no conseguía recordar la última vez que había echado un polvo. La otra noche había rechazado al hombre más apuesto de Londres. ¿Por qué razón? ¿Por la perspectiva prometedora de un vulgar policía italiano que me echaba de menos? ¿En qué había estado pensando?

Escruté la multitud, que estaba transformándose en una masa de cuerpos blandamente entrelazados. Había una mujer situada un poco aparte, junto a la *mêlée* de carne, que estaba desabrochándose un largo vestido tubo sin hombros. Se lo bajó hasta la cintura, deslizando las manos sobre sus anchas caderas y sobre la curva pálida de su vientre. Justo mi tipo.

—¿Me bajas la cremallera, pues?

Lawrence obedeció. Desnuda, permanecí inmóvil un momento y luego bajé los escalones con mis botas para ir a buscarla.

20

Cuando Lawrence y yo conseguimos encontrar el camino de vuelta a Lancing hacia las dos de la madrugada, los bomberos ya habían llegado, junto con un coche patrulla, una ambulancia y un corrillo de vecinos boquiabiertos en bata. Obviamente, los invitados de Novak todavía debían de estar levantados cuando se desataron las llamas, porque seguían con sus ropas de fiesta. Los lacayos, dirigidos por los gritos afónicos de su jefe, estaban transportando objetos y formando en el sendero de acceso un estrafalario montón semejante al de un mercadillo.

—Joder —cuchicheó Lawrence—. ¿Qué está pasando? Tengo tres gramos de mercancía en el coche.

—No creo que nadie vaya a preocuparse mucho por eso. ¡Ay, Dios, qué pena!

La parte central del tejado, sobre las habitaciones de las invitadas, se había desmoronado. Con aire sombrío, los bomberos apuntaban sus mangueras hacia el amasijo de vigas ennegrecidas, que se recortaban contra el cielo estrellado bajo los potentes focos del camión de bomberos. El rodaballo, a diferencia de Mackenzie, se había salvado. Dos sanitarios estaban inclinados sobre una camilla que contenía el bulto de un cuerpo pequeño totalmente cubierto con una manta, salvo por un piececito que asomaba por un lado. No era fácil decir desde lejos, pero parecía chamuscado de un modo prometedor. Uno de los sanitarios encendió un cigarrillo mientras el otro rellenaba unos documentos. Obviamente, no había ninguna esperanza. Sonó un chillido estridente por encima del crepitar de la radio policial y de las instrucciones desesperadas de Novak. Dos bomberos retenían a la modelo sueca, que forcejaba furiosamente con ellos para tratar de entrar de nuevo en el edificio.

—¡Ustedes no lo comprenden! —aulló—. ¡El desfile es la semana que viene! ¡Tengo un vestido Ralph & Russo ahí dentro!

Mientras estábamos bajando del Volvo apareció Rupert al trote, con todo un revuelo de piñas.

—¡Elisabeth! Gracias a Dios que está usted a salvo. ¡La estaban buscando! ¡Están aquí! —gritó a los bomberos. Los vecinos congregados parecieron más bien decepcionados al saber que Lawrence y yo no habíamos quedado atrapados bajo las ruinas humeantes.

—¿Los dos invitados que faltaban? —Un agente de policía se había acercado corriendo.

—Sí, la señorita Teerlinc y Lord Kincardine —confirmó Rupert.

Lawrence había abandonado de golpe su rictus de pánico para adoptar un aire de consternación. Me dejó impresionada.

—¿Qué ha sucedido? ¿Qué puedo hacer para ayudar?

—Está todo controlado, señor. Solo necesitaremos que respondan a unas preguntas.

—Por supuesto —dije—. Pero, por favor, dígame… —me interrumpí, señalando la camilla.

—Lamento comunicarle que se ha encontrado un cuerpo en las habitaciones de arriba. El señor Novak ya lo ha identificado. Se trata, hmm… de la señora Mackenzie Pratt.

—¡Ay, Dios! Pero ¿qué ha pasado? —dije, sofocando un grito.

—Aún no podemos confirmar nada, señora. Bien, ¿les importaría decirme cuánto tiempo han pasado fuera?

—Faltaba poco para las once cuando hemos salido —dije, antes de que Lawrence pudiera responder—. A menos cuarto. He oído el reloj.

Lawrence asintió. Ahora que yo había sugerido una hora precisa, él la repetiría cuando le preguntasen por nuestro encuentro en el patio del establo.

—Hemos ido a casa de unos amigos de Lawrence, que daban una fiesta —añadí, para información de Rupert. Ese truco

221

lo había aprendido en el yate de Steve, el Mandarin, cuando me convertí durante un verano en su acompañante oficial frente a las cazafortunas. Si una mujer es, aunque solo sea nominalmente, propiedad del macho alfa del grupo, los otros hombres actúan sumisamente con ella. Yo dudaba mucho que Lawrence fuese el invitado más rico de la fiesta, pero desde luego era el más distinguido, lo cual lo convertía de cara a Rupert en el jefe de la manada.

Palpé la falda de mi vestido. Había un trecho de seda desnudo de donde se había desprendido una lentejuela, muy posiblemente en la habitación de Mackenzie. Nada de lo que preocuparse. Yo había estado ensayando mi declaración durante los trayectos de ida y vuelta a Waldgrave. La lentejuela se me podía haber caído cuando había ido antes de la cena a su habitación a pedirle un analgésico. Me encargaría de mencionar los antidepresivos del baño: eran las mismas marcas que mi madre había consumido periódicamente, de ahí que las hubiera reconocido. Eso incluso era cierto. El incendio había ido mejor de lo que me esperaba, aunque, dada la edad de Mackenzie, un ataque cardíaco repentino —que era, a fin de cuentas, lo que la había matado— resultaba totalmente plausible, suponiendo que quedaran los restos suficientes para una autopsia. El uso continuado de estimulantes de la serotonina aumenta el riesgo de paro cardíaco. Y cualquier marca de mi pulgar en su cuello quedaría encubierta por la presión del auricular al desplomarse sobre él, al lado de la vela encendida. Si eran capaces de establecer la hora de la muerte, Lawrence había confirmado involuntariamente que yo estaba con él. ¿Huellas dactilares? Bueno, la pobre Mackenzie me había oído en el corredor cuando yo había subido a cambiarme de zapatos. Quería disculparse por sus comentarios durante la cena y habíamos tenido una pequeña reconciliación. Yo había acabado dándole un abrazo.

Sacaron los Roll-Royce blancos para recoger a los invitados y hacer todo el trayecto de vuelta a Londres. Lawrence había pedido que lo dejaran en Gatwick para tomar un vuelo a Edimburgo. Eran casi las siete de la mañana cuando me despedí de Rupert, que se había pasado la mayor parte del camino enviando mensajes con el móvil, aunque no sin ponerme de vez en cuando una mano solícita en el brazo. Los sanitarios me habían dado una manta térmica, y yo me había envuelto en ella durante todo el viaje, pese a la calefacción del coche, para seguir fingiendo que estaba en shock. Entendía cómo se sentía la modelo sueca: mi maleta Bottega solo se había producido en color turquesa en diez ediciones. Menos mal que me había vuelto a poner mi reloj Vacheron antes de salir con Lawrence.

—¡Joder! —exclamó Rupert bruscamente, unos momentos antes de despedirnos—. Disculpe, Elisabeth.

Charles Eagles le había enviado un mensaje diciendo que le había despertado una llamada del *Daily Mail*. Querían preguntarle por el trágico accidente de Lancing, ocurrido justo después de que la única víctima del incendio hubiera cuestionado acaloradamente la autenticidad del Gauguin. Precisamente la mujer que había protagonizado el «enfrentamiento» recogido con tanta avidez por el periódico la semana anterior. Alguno de los invitados debía de haber dado el aviso, suponía Rupert.

—Charlie cree que deberíamos conceder una entrevista. Siento tener que pedírselo, pero ¿se ve capaz de hacerlo?

—Claro. Pero… tal vez deberíamos esperar a conocer la voluntad de la familia de la pobre Mackenzie, en los Estados Unidos, ¿no le parece? Quizá ni siquiera lo saben aún.

—Ah, eso es lo de menos. Se trata del cuadro: de la dramática historia que acompaña al Gauguin. Charlie cree que serviría para aumentar considerablemente la expectación en torno a la subasta. Y luego, una entrevista complementaria en algún dominical. Me parece que tiene razón.

Rupert sonaba un tanto apenado. Pero no porque la idea fuera repulsivamente desalmada, sino porque no se le había ocurrido a él primero.

Finalmente de vuelta en mi habitación, ya iba a apagar mi móvil cuando me llegó un texto de Da Silva.

223

«Judith, dígame si se encuentra bien.»

«Todo bien.»

«He visto lo del incendio en la casa donde estaba usted. Ha salido en la BBC. Dicen que ha muerto una mujer.»

«No esta mujer.»

«Me alegro mucho de que esté bien. Llámeme más tarde.»

¿De qué se preocupaba tanto Da Silva? Tampoco es que yo fuera por el mundo con el puñetero cuadro en el bolso. Cogí uno de los enormes almohadones del hotel, lo rodeé con los brazos y enterré la cara en su aterciopelada suavidad. Olía a Mitsouko y sabía a sal marina y a limones.

21

Ciertamente Charles Eagles no había permanecido inactivo mientras yo dormía. Al despertar me encontré los mensajes de voz de dos comprensivas mujeres del *Daily Mail* y el *Daily Standard* preguntando si me sentía capaz de hablar del incendio, cinco llamadas perdidas de Rupert y un email del departamento de relaciones públicas de la Casa preguntando con excitación si estaba disponible para ser entrevistada en las noticias del Channel 4. Rupert estaba completamente enloquecido, no cabía duda, porque cuando lo llamé descubrí que ya me esperaba abajo. Me lo tomé con calma antes de bajar con un sencillo conjunto negro, que parecía expresar el grado justo de respeto por la difunta. Él estaba tomándose unas tostadas con queso y un bloody Mary. Yo pedí una tetera pequeña de Lapsang y unas rodajas de naranja.

—¿Cómo se siente, Elisabeth?

—Bueno, muy conmocionada, desde luego. Debe de haber sido muy duro para la familia Mackenzie.

—Ataque cardíaco —dijo Rupert, echando salsa Worcester en su tercera tostada—. La policía acaba de informar al departamento de relaciones públicas. Una espantosa desgracia, desde luego, pero significa que el espectáculo puede continuar. ¡Un fantástico estímulo para la subasta! —Me dirigió un brindis con su espeso cóctel rojo.

—Supongo —musité.

Rupert dejó el vaso.

—Si no está de acuerdo...

—No, claro. Es solo que... me siento fatal por ella. Estuvo muy amable, ¿sabe?, cuando subí después. Se disculpó por sus palabras. Por supuesto, le dije que no tenía la menor importancia, pero aun así...

Fingí el arranque de un puchero encantador. Rupert me puso la mano en el brazo, lo que parecía haberse convertido en su gesto por defecto.

—Mire. Ya sé que todo esto es... terriblemente vulgar: las entrevistas, los artículos y demás. Pero así funcionan las cosas ahora. Hemos de adaptarnos a los tiempos, ¿entiende? Aceptar los cambios, digamos.

Por un momento, pensé que se había atragantado con la tostada, pero luego me di cuenta de que estaba tratando de imitar el acento de Yorkshire de Pandora.

—Nosotros sabemos qué es lo importante, ¿no es así, Elisabeth? Y si eso implica seguirle un poco la corriente a la chusma, pues bueno... lo hacemos. Adaptarse o morir, a eso se reduce todo al final.

Desde luego que lo entendí. Siempre lo había entendido. Por eso le había aconsejado a Pandora que no dijera nada sobre el coronel Morris, tal como yo había hecho en su día. Si al poder le conviene imitar las costumbres y creencias del pueblo, las imita sin vacilar. Es una maniobra de camuflaje. Que la chusma crea que ha vencido: así nunca habrá de cambiar nada.

En esta ocasión, sin embargo, pareció que Charles Eagles había calculado mal. O yo misma, porque Mackenzie Pratt demostró ser mucho más molesta muerta que viva. Inicialmente, la historia del incendio suscitó una pegajosa compasión, pero en cuestión de días los tabloides empezaron a proponer la idea de que *Muchacha con abanico II* era en cierto modo un cuadro maldito, que Mackenzie era una víctima, una valerosa cruzada que había sido abandonada al furor de las llamas mientras los despiadados coleccionistas de arte bebían botellas gigantes de Krug. El hecho de que no estuvieran tan lejos de la verdad no contribuía a mejorar las cosas. El *Guardian* prosiguió la polémica con un morboso reportaje sobre la vida de Gauguin, retratándolo como un explotador oportunista que excitaba a los burgueses de París con imágenes de erotismo exótico para subir los precios de sus cuadros. Un grupo de presión online de origen alemán, cuyo nombre significaba «Todos contra los abusos», consiguió que el Folkwang abandonase la subasta y, una vez que el museo se hubo retirado, la lista de Rupert de posibles clientes empezó a reducirse rápidamente. En la Casa empezaban a producirse fisuras; Rupert me habló de una reunión del consejo en la que se había sometido a discusión la idea de incluir el cuadro en una subasta más discreta en otoño. Tenía sentido: el hecho de que los compradores serios estuvieran retirándose por el Gauguin afectaría a los precios del resto de los lotes. Pero yo no podía permitir que eso sucediera. Raznatovic no iba a esperar tanto tiempo. Además, el exabrupto de Mackenzie durante la cena había desatado el rumor de que la pieza era sospechosa. Si volvían a examinarla, cabía la posibilidad de que no pasara el filtro por segunda vez.

Así que más o menos una semana después del incendio, tomé el metro hacia el este hasta Kingsland Road, parando para tomarme un cuenco de cerdo picante *pho* en uno de los restaurantes vietnamitas de la zona. Por más que me encantara la cocina italiana, era un placer estar de nuevo en un país en el que habían oído hablar del anís estrellado. La Casa Azerbaiyán era un miserable edificio de una serie de casas adosadas, situado entre una tintorería y un café artesano. En la ventana había colgada una alfombra descolorida delante de una persiana rota a la que no le habían quitado el polvo desde que Stalin capturó Bakú. Toqué al timbre sin esperar realmente que respondiera nadie, pero me abrió la puerta un hombrecillo con gafas redondas y un traje negro tan polvoriento como la persiana. Pareció sorprendido cuando le pregunté si podía usar la biblioteca, pero me hizo pasar a un estrecho pasillo empapelado con folletos de conciertos y eventos culturales.

—Primer piso —dijo, y desapareció en una pequeña cocina de la parte trasera. Mientras subía por la escalera de madera desnuda, medio obstruida por cajas con más folletos, oí la campanilla de un microondas.

No había servido de gran cosa buscar a Zulfugarly en internet. Las imágenes oficiales de Azerbaiyán que había encontrado la noche anterior reflejaban unos progresos rutilantes, al menos si pensabas que las tiendas Bvlgari y los concesionarios Lamborghini constituían un progreso. Yo no sabía leer el azerí, que es una lengua de raíz túrquica más que rusa, y una ojeada a la web de la organización me indicó que, aunque hubiera sabido, no habría encontrado demasiada información real en páginas de dominio público. A primera vista, las dos mesas de formica de la biblioteca de la comunidad no parecían mucho más prometedoras, pues la mayoría del material amontonado de cualquier manera estaba en azerí. Con todo, había una pequeña sección en inglés en la que encontré un libro fotocopiado de estilo *samizdat*, con una cubierta de plástico transparente, que llevaba por título *State Kidnap!* [«Secuestro de Estado»]. Todavía seguía leyéndolo dos horas más tarde, cuando reapareció el hombre polvoriento.

Zulfugarly aparecía con frecuencia en sus páginas. Descrito como un «jinete del Apocalipsis», era miembro de una generación de antiguos funcionarios que habían reescrito alegremente las leyes sobre los recursos públicos. Naturalmente, él se definía como un «emprendedor». El autor del libro describía el anuncio de su planeada fundación cultural como «una descarada exhibición de desacato a la legislación nacional», lo cual no había impedido que muchos prestigiosos despachos de arquitectos europeos compitieran para diseñar el proyecto. Era un fenómeno conocido en el mundo del arte. Basta con buscar a un déspota militar que controle unas reservas enormes de combustibles fósiles para encontrar una sucursal del Louvre a punto de abrir junto a la plataforma de lanzamiento de misiles. De Astaná a Taskent, nada como la adquisición de arte logra proporcionar unas impolutas credenciales internacionales. Zulfugarly era un personaje completamente típico al presentarse como un Medici de nuestros días: a diferencia de cualquier otro mercado, el mundo del arte se regula únicamente por el tamaño del cheque. Podría argumentarse que siempre ha sido así, pero al menos los Romanov y los Borbones eran tiranos con gusto. El hombre polvoriento me observó con dolor mientras yo contemplaba una foto de Zulfugarly en una moto de agua, con los repulsivos tubos de aluminio de las Flame Towers de Bakú como telón de fondo.

—¿Está interesada en mi país?

Parecía una grosería responder «no especialmente», así que le señalé la hirsuta figura de la foto.

—En este hombre.

—¿Lo conoce?

—Voy a reunirme con él mañana.

El hombrecillo se quitó las gafas y empezó a limpiárselas con la camisa.

—Es escoria —declaró con tono tajante—. Ahora me temo que tengo que cerrar. La biblioteca ya no está disponible.

—Escoria —le repetí a Rupert—. Justo lo que necesitamos.

Estábamos sentados en su despacho. Yo había notado que los expertos del departamento parecían muy ocupados cuando me habían acompañado hasta allí: todos con las cabezas aplicadamente inclinadas sobre sus pantallas. Rupert, sorprendentemente, tenía ganas de pelear. Estaba empeñado en que la venta siguiera adelante, probablemente con la vista puesta en su bonificación, y ahora nuestras reuniones habían adoptado un aire de nosotros-contra-ellos.

—No la sigo.

—Zulfugarly. El tipo azerí. A él le importan un bledo las chiquitas adolescentes de Gauguin. Él quiere una obra importante para su fundación cultural. Y todavía sigue en la subasta. Creo que deberíamos llevar el cuadro de gira a Bakú.

Era una práctica frecuente llevar «de gira» las piezas importantes para que los clientes pudieran verlas in situ.

—¿Y qué hay del seguro? No tenemos demasiado tiempo para hacer los trámites antes de la subasta.

Naturalmente, el Gauguin no estaba asegurado en realidad, considerando que carecía de valor, aunque al presentar las procedencias me había encargado de incluir la documentación apropiada, cortesía de Li.

—Ya he hablado con Palermo —proseguí—. Tiene razón. A mi cliente, como es natural, le preocupa el asunto del seguro. Pero hay una forma de soslayar el problema. Si el señor Zulfugarly accede a ver el cuadro en la embajada británica de Bakú, entonces permanece técnicamente en suelo británico y el seguro de mi cliente no se ve afectado.

—¿Y el transporte?

—Creo que usted tiene un avión. Quiero decir, la Casa.

Rupert ahora sonreía.

—Desde luego que lo tenemos. Y usted así podría viajar.

—¿Sola? ¿No querría acompañarme?

No me apetecía nada pasar un fin de semana en el mar Caspio en compañía de Rupert, pero me interesaba mucho tenerlo cerca antes de la subasta.

—No puedo. Nosotros no podemos formar parte oficialmente de esa exhibición. No obstante, tenemos una... estrategia que nos ha funcionado en situaciones parecidas. Como el cuadro está bajo nuestra tutela, podemos enviar a un guardia con él. Ya le hemos hecho poner un uniforme a uno de nuestros jóvenes expertos otras veces. Y ha funcionado muy bien.

—Ah. Ya lo tiene todo pensado, ¿eh? —Unos cuantos halagos más y acabaría creyendo que la idea era suya—. Yo estoy dispuesta, desde luego.

Por un momento consideré la posibilidad de pedirle si podía llevarme a Pandora como «guardia». Pero luego pensé que eso podía resultar contraproducente para su carrera, una vez realizada la subasta. Además, ella tenía demasiado buen ojo.

—Una cosa más, Rupert. Todo este alboroto que se ha armado en la prensa. Creo que deberíamos volver a tomar las riendas de la historia. Necesitamos otro postor. Tiene que ser alguien de mucha categoría. Y entonces será eso lo que se convertirá en noticia, la competencia por el Gauguin.

Rupert se pinzó el puente de la nariz con los dedos.

—Pero ya hemos perdido a muchos compradores. Y si Zulfugarly va a pujar, ¿quién se atreverá contra él?

Me incliné hacia delante.

—¿Qué le parece si le digo que yo podría conseguirle a Pavel Yermolov?

TERCERA PARTE

Deslaminación

22

*R*upert puso toda la carne en el asador en sus gestiones, así que solo tres días más tarde salí hacia el City Airport. Al parecer, Zulfugarly estaba exultante por el hecho de que la Casa le dedicara una atención tan exclusiva. El Gauguin y yo viajábamos en el jet de la Casa en compañía de un gorila de una empresa privada de seguridad y de Hugh, un becario del departamento de Rupert. El gorila dijo que se llamaba Karel, tenía un marcado acento polaco y era más o menos del tamaño de un cobertizo de jardinería. Aun así, mientras subíamos al avión, Hugh sintió la necesidad de informarme de que él era el agente encubierto de la Casa. Cosa que yo podría haber deducido, por lo demás, por su pelo rubio ondeante y por los náuticos Sebago que asomaban bajo los pantalones negros de su uniforme. La azafata me ofreció una copa de Krug cuando despegamos; acepté, no para bebérmela, sino para sujetarla mientras las nubes de verano se juntaban amablemente en un cielo de Turner sobre los meandros del Támesis. Yo ya había traicionado todos los principios en los que había creído, o en los que había imaginado creer, y en ese momento, con el cuero mullido en mi espalda y el aroma a croissants frescos procedente de la cocina, me sentía muy, pero que muy bien.

Como todas las falsas democracias, Azerbaiyán tenía un aeropuerto súper espectacular. La terminal Aliyev era un prodigio de acero y vidrio en cascada, aunque yo solo tuve ocasión de ver el exterior, porque a mí y al Gauguin nos metieron inmediatamente en el coche diplomático que estaba esperando en la pista, de acuerdo con las normas impuestas por el seguro.

Una vez que hubiéramos depositado en la embajada la obra, junto con los guardias, yo debía dirigirme al hotel Four Seasons, donde Zulfugarly me había alquilado una suite.

—¿Usted también viene luego al hotel? —le pregunté a Hugh mientras observábamos cómo llevaban sobre ruedas el cajón del Gauguin hacia el vestíbulo de la embajada, bajo la atenta mirada de Su Majestad y de Karel.

—No, hmm, yo voy a alojarme aquí. El hermano de mi padrino tiene relaciones con el consulado británico, así que estoy invitado a quedarme en la residencia.

—Claro, claro. Bueno, nos vemos mañana.

—A menos que quiera que la acompañe a cenar —preguntó, esperanzado.

—No, seguro que Rupert preferirá que se quede con el cuadro. ¡No quisiera por nada del mundo exponer su tapadera!

—Ah, sí, cierto.

Una vez que firmé el documento de depósito del cuadro, cogí un taxi —un típico taxi londinense, solo que pintado de color morado— hasta el hotel, pasando junto al Icheri Sheher, la ciudad medieval, ahora empequeñecida por los rascacielos circundantes. Me sobraba una hora para disfrutar de la lanosa blancura de la suite Beaux Arts antes de la cena con Zulfugarly, pero después de desplegar sobre la cama mi vestido —el mismo modelo Erdem de seda estampada que había llevado en la boda de Carlotta el verano anterior— me sentí nerviosa, en cierto modo enjaulada. El aire acondicionado funcionaba a toda potencia, y la vista del pomposo paisaje urbano soviético desde las ventanas selladas resultaba más desquiciante que las paredes de hormigón del cobertizo de Calabria. Y la habitación, además, estaba llena de lirios, de ese tipo de calas parasíticas sin tallo. Pulsé el botón para llamar al mayordomo de la planta y pedí que se las llevaran, pero su aroma permaneció suspendido en el ambiente gélido y cerrado.

Zulfugarly había enviado un Bentley enorme para llevarme en el corto trayecto que había hasta el restaurante: un co-

236

che provisto de chófer con gorra y de un guardaespaldas que llevaba el arma en un pequeño bolso de cuero. En el asiento trasero me esperaba una bolsa Bulgari negra, llena de cintas, que contenía una de esas horribles pulseras de oro de tres colores con el nombre de la marca grabado. Me la puse de mala gana en la muñeca cuando llegamos al Caravanserai Bukhara, donde el guardaespaldas me comunicó que el señor Zulfugarly me esperaba en un reservado. Se me encogió un poco el corazón al oírlo, pero el restaurante estaba al aire libre, con pabellones de piedra en torno a un patio con una fuente antiquísima y cortinajes de seda blanca colgados de los arcos. Las parras y los granados le daban el aspecto de un oasis.

—¡Bienvenida a Bakú, señorita Teerlinc!

Zulfugarly me estaba esperando frente al pabellón central y tenía exactamente el aspecto que yo me imaginaba: camisa a medida con los botones abiertos sobre un pecho velludo, tejanos algo pretenciosos, mocasines Gucci, cinturón Hermès y reloj Hublot en la muñeca izquierda. En fin, el uniforme estándar de un magnate con ansias de promoción social.

—¡Qué lugar tan maravilloso! ¡Me encanta estar aquí!

—Mi nombre es Heydar, Heydar Zulfugarly. ¡Pero mis amigos me llaman Hay-Z!

Hubo una pausa, en la cual ejecutamos torpemente un doble roce de mejillas. Zulfugarly me explicó que el Caravanserai era realmente un caravasar: un punto de reunión para los mercaderes de la Ruta de la Seda durante miles de años. Una vez que me hube recuperado de las agresivas propiedades de su loción de afeitado y que hube emitido los gorjeos apropiados sobre los antiguos mercaderes y sobre su generoso regalo de marca, se produjo otro silencio. El guardaespaldas se había sentado con su *doppelganger* en una mesita de madera para dos montada en el patio. Zulfugarly jugueteó con su móvil.

—Está protegido por la UNESCO —murmuró en medio del silencio. Lo dijo en un tono más bien apenado.

«Espabila, Judith. Esta es la parte más fácil. ¿Por qué te quedas ahí boquiabierta?»

Me di una sacudida y, durante las dos horas siguientes, me

concentré para que Zulfugarly se sintiera tan a gusto como me fuera posible, sin hacerle una mamada. Su tema favorito de conversación, como les sucede a la mayoría de hombres, era él mismo, así que me bastó lanzarle alguna pregunta bien documentada de vez en cuando para que continuara charlando. Durante las copas —whisky japonés para él, un vino blanco almizclado y algo dulce para mí—, me hizo un completo inventario de sus propiedades inmobiliarias en la ciudad y me habló de su visión del futuro de Azerbaiyán (que básicamente consistía en convertirse en Dubái), de sus contactos en Silicon Valley y de su amor por Nueva York. Afortunadamente, cuando yo había trabajado de azafata en un bar de copas de Londres, había aprendido un truco para reprimir los bostezos: presionar con la lengua sobre el cielo del paladar. Lo usé a menudo.

La cena fue deliciosa: pequeños crepes rellenos de espinacas y calabaza, una ensalada de queso blanco ácido especiado con estragón y perifollo, y un extraordinario plato de albóndigas de cordero que trajeron sobre un brasero, con un cubo debajo, en donde el camarero arrojó una herradura de caballo ennegrecida que había calentado primero en las brasas.

—*Fisindjan* —me explicó Zulfugarly mientras cubrían la carne con una densa salsa oscura. Sabía a melaza y a ciruelas, un sabor dulce y ahumado a la vez. Todo acompañado de pastelillos de azafrán y arroz con almendras envueltos en pan plano y con un vino tinto casi tan denso como la salsa.

—чернила —dije, cuando alzamos las copas—. Como la tinta.

—¿Habla ruso?

—Un poquito. Pero cuénteme, por favor, todos sus planes para la fundación cultural.

Para cuando acabó de contármelo, ya había caído la primera botella de vino y éramos amigos íntimos. Por desgracia, Zaha Hadid había fallecido antes de que Zulfugarly pudiera encargarle el edificio de la fundación, pero ya había contratado a un arquitecto francés que había producido un diseño que se parecía extraordinariamente a los vasitos con forma de tulipán en los que nos habían servido un té con mermelada de cerezas. Había adquirido un solar en el Bulvar, el amplio paseo frente al mar Caspio, y el proyecto, me dijo Zulfugarly con entusiasmo, ya le había costado más de cien millones.

—Y eso antes de que compre el Gauguin.

—¿Tiene intención de pujar por el cuadro?

—Tengo intención de quedármelo.

—Suena muy convencido —dije, sonriendo—. Ni siquiera lo ha visto aún. Quizá no le guste.

Él me miró perplejo.

—Pero es un Gauguin.

Un trío de músicos, vestidos con túnicas bordadas sobre camisas azul celeste y holgados pantalones negros, se había instalado en el patio. El primero sujetaba entre las rodillas un instrumento parecido a una guitarra de cuatro cuerdas, el segundo una panzuda mandolina y el tercero un tambor de piel del tamaño de un plato llano, que tocaba con el dorso de las uñas. Empezaron con una melodía oscilante que iba ahondándose y se deslizaba por una tonalidad mayor de un modo melancólico y juguetón, engañosamente repetitivo, hasta que llegabas a escuchar cada capa de sonido y captabas cómo se modificaba, virando hacia otro tema melódico que nunca acababa de llegar. Era una música maravillosa, y me habría gustado entenderla, que era quizás lo mejor que podrían llegar a decir los ignaros visitantes de la fundación de Zulfugarly. Mientras él seguía perorando sobre su «cruzada artística», me pregunte si se creía realmente todo aquello, si pensaba de verdad que era algo más que una repulsiva operación de relaciones públicas destinada a los magazines de las compañías aéreas; si podía haber alguna relación entre el contenido espíritu salvaje de esta música extraña que él estaba ignorando, en este marco antiquísimo, y una colección de lienzos que resultarían tan monótonos y ajenos para sus espectadores como lo serían para mí las repeticiones de los rompecabezas de una celosía *mashrabiya*. No dije nada de eso, naturalmente. Abrí bien los ojos, me deslicé los nudillos por la barbilla y asentí enérgicamente mientras lo miraba desde debajo de mis pestañas con la cabeza ladeada, hasta que la suma de todos esos pequeños gestos hubo desplazado el equilibrio de poder entre nosotros del tal modo que él ni siquiera percibía que se había decantado totalmente de mi lado. A veces llegan a ser así de tontos.

—Por cierto, ¿puedo preguntarle a quién ha recurrido para evaluar mañana el cuadro en la embajada?

—He traído esta tarde en avión a Solomon Mathis.

—Uau. Es muy bueno.

El alcance de la influencia de Mackenzie Pratt más allá de la tumba, sobre todo para alguien que en su vida había tenido el tamaño de una niña de nueve años, era impresionante. Mathis era el experto que había llamado a Rupert para prevenirle de las acusaciones de Pratt. ¿Habría aceptado el trabajo por curiosidad, o porque quería anotarse un golpe contra la Casa?

Zulfugarly me rodeó con el brazo y me atrajo hacia sí.

—¿Está preocupada, señorita Teerlinc? ¿Teme que Solomon me diga que está usted vendiendo una falsificación? ¡Ja, ja, ja! —dijo, pronunciado las risas como si las hubiese aprendido en un libro de cómics.

—¡Si es así, tiene al hombre adecuado para verlo! —Tragué saliva—. ¡Hay-Z no es tonto!

¿Cuáles eran las posibilidades? Mathis era un gran experto en Gauguin; si el cuadro pasaba su inspección, Zulfugarly seguiría en la subasta. Probablemente sería positivo, pensé, dejando que mi cuerpo se apoyara unos momentos más contra su físico fornido y oloroso. Pero ¿y si no pasaba? Si no pasaba quizá tendría que quedarme en Bakú…

Zulfugarly estaba decidido a ir a continuación a la sucursal de Pachá recién abierta en la capital, donde por supuesto tenía la mejor mesa, pero la verdad era que había pocas cosas que me apetecieran menos que una noche de juerga con el hermano menos sofisticado de Borat, así que alegué cansancio con el mohín más encantador que pude. Tampoco había ningún mal en mantenerlo con ganas. Me depositó ceremoniosamente en el Bentley y yo le pedí al chófer que esperase mientras él se metía menos ceremoniosamente en el Ferrari que le esperaba. Estaba todo forrado de terciopelo negro. En cuanto se alejó rugiendo, le dije al chófer que quería dar un paseo. El guardaespaldas saltó solícito a mi lado, pero tras unos minutos infructuosos repitiéndole que quería volver sola al hotel, acallé sus inquietudes con un par de billetes de cincuenta euros.

Entrelazando las manos en la espalda, estiré los miembros mientras cruzaba el amplio espacio frente al Caravanserai y me sumergía en las callejas de la ciudad vieja. No tenía ningún deseo de volver al ataúd blanco de mi habitación.

Las calles del Icheri Sheher me recordaron la medina de Tánger, solo que aquí estaban limpias y vacías de un modo antinatural. No era tarde, y hacía una noche bastante cálida, con un viento fresco y satinado procedente del mar que se colaba por los arcos de las verjas; y sin embargo, aparte de algún taxi turístico traqueteando sobre los lustrosos adoquines, todo parecía desierto. No es que me importara; me gusta recordar que soy una gata que se mueve por su cuenta. En las esquinas ardían unas mechas amarillas en cuencos de aluminio, realzando las sombras de los portales bajos, y yo deslizaba los dedos a lo largo de las paredes mientras caminaba, notando el calor del día que se había acumulado en la piedra.

Pese al silencio, tardé unos minutos en darme cuenta de que me estaban siguiendo. Yo llevaba unas sandalias planas Valentino con tachuelas que no resonaban sobre las losas, pero oía unos pasos que no eran míos. Me detuve, y los pasos se detuvieron; caminé un poco y prosiguieron. Volví a detenerme, encendí un cigarrillo y eché un vistazo atrás aprovechando el resplandor del mechero. No había nadie. Giré a la derecha, pensando en desandar el camino hacia el espacio abierto frente al caravasar, pero me topé con la muralla del fuerte. Volví atrás, tomé a la izquierda y subí por una empinada calleja. Los pasos se aproximaban; notaba que mi perseguidor procuraba andar con sigilo. Un hombre, por el peso de las pisadas. A medida que fui acelerando, los muros de las casas se desvanecieron de mi visión periférica. Mis pupilas buscaban los sucesivos charcos de luz de las velas mientras emprendía un trote rápido, sujetándome la falda de seda. No llevaba nada útil en mi bolsito de mano: el móvil, la llave-tarjeta del hotel, el monedero y un tubo de brillo de labios. Entonces me acordé de la gruesa pulsera de oro que tenía en la muñeca, el regalo de Zulfugarly. En

lo alto de la cuesta, el callejón desembocaba en una placita
rodeada de altos muros. Me acurruqué en el ángulo del edificio de la esquina, contuve el aliento y me quité la pulsera.
Al cabo de unos momentos, la figura que me había estado
siguiendo llegó a la plaza y pasó junto a mí, mirando a uno
y otro lado, pero no a su espalda. Antes de que le diera tiempo
a volverse, me adelanté y, sujetándolo con la mano izquierda
por el cuello de la chaqueta, lo golpeé con todas mis fuerzas
en la sien con la pulsera. Mientras él se tambaleaba y buscaba
a tientas en derredor, la pulsera salió rodando por las losas de
piedra. Hice un amago con la izquierda y luego le lancé un
gancho de derecha a la tráquea que lo derribó de bruces. Una
mujer sensata habría salido corriendo en ese momento, pero
yo me senté a horcajadas sobre él y lo agarré del pelo, dispuesta a estamparle la cara contra las losas.

—¡Espere, joder! ¡No pretendía asustarla!

—No me ha asustado. Tengo un grado muy bajo de alarma
frente a los estímulos adversos, Romero. ¿No lo había notado?

—¿Cómo?

Aflojé un poco para que pudiera darse la vuelta debajo de
mí. Le puse primero la mano en el corazón y luego subí por el
esternón hasta el punto donde le había golpeado.

—Judith. He venido desde Bari. Solo quería…

—Cierre la boca.

Me agaché y lo besé. Primero suave, pensativamente, con
tanteos lentos y curiosos de los labios; luego más profundamente, buscándole la lengua, adentrándome en su boca. Él me
estrechó entre sus brazos, atrayéndome hacia sí, y mi pelo cayó
alrededor de su rostro. Hurgué con la mano, bajo mi vestido, y
me detuve en el bulto de su polla.

—¿Qué hace?

—Bueno, me ha parecido que ya que estamos aquí.

Me dio una bofetada, lo bastante fuerte para hacerme daño.
Pero yo noté que estaba sonriendo.

—*Puttana*.

Extendí los dedos alrededor de su cuello magullado y apre-
té con fuerza.

—¿Eso soy?

—Ya sabe que sí.

Me arrancó la tela empapada de las bragas y me penetró incluso antes de incorporarse, poniéndose de pie con un solo movimiento que lo empujó aún más adentro al colocarnos ambos en posición vertical. Mantuve las piernas entrelazadas en su espalda mientras él buscaba dando tumbos el muro junto al que me había apostado antes para sorprenderlo. Se le cayeron los pantalones a la altura de las rodillas, y yo le clavé las uñas en las nalgas mientras él me echaba la cabeza atrás con el antebrazo y me mordía la garganta.

—Más fuerte —dije. Pero él ya me había leído el pensamiento y me empotró contra el muro. Su polla inflamada encontró justo mi punto caliente, ensanchando las paredes de mi sexo mientras entraba toda entera—. He dicho que más fuerte.

—*Troia*.

Me dio otra bofetada, ahora en la boca, y, mientras el impacto del golpe aún ardía y tintineaba, me puso las manos bajo el culo para embestirme más profundamente. Con los ladrillos del muro arañándome la espalda, mi coño se deslizó por completo sobre su polla, y ambos encontramos un ritmo urgente y punzante, acercándonos más y más con cada embestida, hasta que yo sentí que se desplegaba la garra del placer y que mis jugos empapaban su verga caliente. Con una última arremetida, él me bombeó dentro su semen con tres rociadas largas y temblorosas.

243

Yo tenía las caderas tan abiertas que él tuvo que alzarme a peso para separarnos. Me alisé lo que quedaba de mi vestido y pensé un momento en buscar mis bragas, pero decidí que no valía la pena. Me concentré en cambio en buscar la pulsera, que podía serme útil. Mi pulso empezaba a regularizarse por fin; lo oía con claridad mientras él se recomponía, abrochándose el cinturón y colocándose el cuello torcido de la camisa.

Resultó que el Caravanserai estaba a la vuelta de la esquina. Salimos de la ciudad vieja cogidos de la mano.

—¿Por qué has venido? —le pregunté en el taxi, de camino al hotel.

—Quería comprobar que estabas bien.

—Podrías haber llamado.

—Bueno, quizá te echaba de menos.

—¿Vas a quedarte, entonces?

—Hasta que te vayas. Si te parece bien. Y luego nos veremos en Londres, para la subasta.

Me parecía bien. Había demasiados ecos esperándome en torno a mi cama. Sería agradable tener en ella a Da Silva.

23

*S*olomon Mathis me estaba esperando a las diez de la mañana frente a la embajada: un hombre parcialmente calvo, de barba oscura, con un impecable traje azul claro. Nos presentamos y él me preguntó si podíamos hablar un momento antes de que llegara Zulfugarly.

—Quería decirle, señorita Teerlinc, que recibí una llamada de Mackenzie Pratt. Hace unas semanas, más o menos cuando se anunció la subasta del cuadro.

—Estoy al corriente —respondí con cautela.

—Entonces sabrá que, hmm, la difunta señora Pratt decía estar convencida de que la obra era una falsificación.

—Desde luego.

—Obviamente, eso fue mucho antes de que el señor Zulfugarly me pidiera asesoramiento.

Comprendí de repente a dónde quería ir a parar. A juzgar por la estudiada expresión impertérrita que tenía en la cara, comprendí que ambos lo sabíamos. Esperé a que continuara.

—Quería asegurarle de entrada que siento el mayor respeto por mis colegas de Londres y que, aunque por supuesto actuaré correctamente en nombre del señor Zulfugarly, considero esta inspección una formalidad. Debo añadir —dijo rápidamente— que estoy haciéndole esta evaluación de parte del IFAR.

—Ya veo.

La International Foundation of Art Research proporciona un servicio de autentificación con un cómodo resquicio legal por el cual sus expertos tienen la opción de permanecer en el anonimato. Mathis gozaba de una sólida reputación que no deseaba ver comprometida. No obstante, Zulfugarly estaba dispuesto a pagar un montón de dinero para que le dijeran lo que quería oír. Al actuar de parte del IFAR, Mathis podía cobrar su tarifa, probablemente astronómica, y salvar la cara si más tarde se descubría que el cuadro era falso. Zulfugarly, por su parte, no captaría necesariamente la diferencia entre una evaluación de la IFAR y una confirmación definitiva.

Mathis me observaba atentamente. Él me había revelado su posición, pero si percibía en mí el menor indicio de alivio, podía cambiarla en el acto.

—Fue terrible lo que ocurrió —dije gravemente—. Yo estaba allí esa noche, ¿sabe? Habían organizado una cena para algunos clientes de la Casa.

—Sí, lo he leído. Debió de sufrir una gran conmoción.

—Se la echará mucho de menos.

—Desde luego. Tal vez sería más… respetuoso no mencionar las opiniones de la señora Pratt, en la medida de lo posible.

—No podría estar más de acuerdo. Le agradezco que haya sido tan transparente. Y por supuesto no comentaré nada.

No estaba del todo claro si nos referíamos a la intromisión de Pratt o a la cláusula de anonimato IFAR, que nos convenía a los dos. Nos estrechamos la mano, como dos jugadores de tenis antes de empezar el partido.

—Espero que le guste el cuadro.

—Seguro que sí.

Puesto que yo no podía estar presente durante la inspección, me senté en un café de la acera de enfrente y pedí un café espeso, aromatizado con cardamomo, mientras observaba cómo llegaba Zulfugarly con sus guardaespaldas en un par de vulgares jeeps Mercedes. Desaparecieron en el interior del edificio y unos minutos más tarde recibí un mensaje de Hugh.

> Está aquí. Con Solomon Mathis.
> ¡Tendré los ojos bien abiertos!

¿Dónde creía el muy idiota que iba a estar Zulfugarly, si no?

Encendí un cigarrillo y lo apagué de inmediato. Estarían allí durante horas, o al menos Mathis, con Hugh y Karel montando guardia todo el tiempo. Resultaba extraño no tener nada que hacer. Entonces volvió a sonar un pitido en mi móvil.

¿Quieres venir otra vez a la cama?

No pude evitar una sonrisa. Quizá sí tenía algo que hacer, a fin de cuentas.

Hugh me llamó justo después de las tres. Yo estaba tumbada sobre el pecho de Da Silva, con una mano posada sobre su polla. Él me acariciaba el pelo mientras dormitábamos.

—¿Y?

—Todo bien. O sea, Mathis ha dicho que tenía que ir a redactar su informe, pero he visto cómo le dirigía un gesto de asentimiento a Zulfugarly. Pujará por el cuadro.

—¿Se lo ha dicho a Rupert?

—Aún no. He pensado que usted querría saberlo antes.

Da Silva se había incorporado y estaba buscando sus pantalones, que habían acabado no sé cómo en el balcón.

—Perfecto. Llámele. Estará esperando. Bajaré dentro de una hora para firmar el registro de salida del cuadro.

—De acuerdo. Y yo aviso para que tengan listo el avión ¿no?

Noté las ganas que tenía Hugh de pronunciar esa frase.

—Sí, adelante. Gracias.

Da Silva volvió a arrastrarme sobre el enredo de las sábanas arrugadas.

—¿Te vas?

—¿No quieres saber lo que han dicho del cuadro?

—Me importa un bledo. Quédate.

Me aparté.

—No puedo. Sabes que no puedo. Pero… —no podía creer

247

lo que estaba haciendo, pero las palabras salieron igualmente de mis labios— ¿por qué no vuelves conmigo y te quedas en Londres hasta la subasta? Puedo arreglarlo para justificar tu presencia sin ningún problema.

Si me paraba a pensarlo, había pasado una desproporcionada cantidad de mi vida esperando a Da Silva. Los largos días junto al lago Como, después de matar a Cameron Fitzpatrick; el largo viaje de Niza a Venecia, donde él aguardaba junto a los huesos de Alvin Spencer; las lentas horas de mi cautiverio en Calabria. Y sin embargo, los segundos que tardó en responder a mi pregunta, en aquella habitación que apestaba a sexo, constituyeron para mí la espera más larga de todas.

—Sí, Judith —dijo, sencillamente—. Sí. Me gustaría.

—Alubias con tomate —exclamó Da Silva cuando el taxi se detuvo en Brook Street.

—¿Cómo?

—Alubias con tomate. Ya me entiendes, esas cosas asquerosas de color naranja. Eso es lo que recuerdo de Inglaterra.

Para ser un agente doble con conexiones en la mafia, era sorprendente lo poco que había viajado. Había estado solo una vez en Londres, en un viaje de un día para ver los monumentos, cuando lo habían mandado a Inglaterra para que aprendiera el idioma siguiendo un curso residencial en Leicester.

—Vivíamos con familias —me explicó, mientras el portero se hacía cargo de nuestras maletas y me daba otra vez la bienvenida al Claridge—. Cenábamos a las seis. Siempre hacía un frío gélido. Los días eran todos grises. Tenía que llevar un suéter en pleno verano. Y toda la comida era de color naranja. Esas... ¿patitas de pescado?

—Palitos de pescado.

—Y cereales. Fue una cosa traumática. Perdí varios kilos.

—Las alubias con tomate son deliciosas. Y ya verás que no todo es así. Vamos.

—Un mensaje para usted, señorita Teerlinc —dijo el conserje.

Zulfugarly había llamado al hotel para pedir que lo llamase directamente. Envié a Da Silva arriba para que se diera una ducha y marqué el número de Bakú. El azerí respondió al primer timbrazo, levantando la voz sobre una música machacona. Allí era la madrugada, hora Pachá. La línea crepitó mientras Zulfugarly salía afuera; luego sonó su voz con más claridad.

—Bueno, ¡ya he hablado con el señor Mathis!

—¿Y está satisfecho?

—Muy satisfecho. Me gustaría invitarla a Saint-Tropez este fin de semana, si no tiene ningún compromiso. Quiero hablar de una cosa con usted.

—¿No puede ser por teléfono?

—Preferiría verla en persona. Tengo una casa allí, será mi invitada.

—Hmm… déjeme pensar y ver mi agenda.

Da Silva estaba estirado en la cama con una toalla de baño, impregnado de un fuerte aroma a gel de baño Cowshed con pachulí. Abrió los brazos tentadoramente, pero yo me escabullí y empecé a desvestirme.

—Me siento asquerosa después del viaje. Me voy a duchar y luego… ¿qué tal si pedimos algo de comer al servicio de habitaciones? Nada de alubias.

—Perfecto, *amore mio*.

«Amor mío»; me había llamado «amor mío», y sin tener la polla dentro. Eso sin duda debía de contar.

A primera hora de la mañana, llamé a Carlotta.

—Oh, Dios mío… ¿dónde te habías metido? Ya llevo como cinco meses de embarazo.

—Genial, felicidades. Me alegro mucho por ti. ¿Es…?

—Dos gemelas. Franz está entusiasmado.

—¿Estáis pasando el verano en Mónaco?

Carlotta soltó un gran suspiro.

—Sí… O sea, yo quería ir a Mykonos, pero Franz dijo que

sería demasiado estresante para mí. Vamos, estoy embarazada, no hay para tanto. Así que estoy atrapada en este agujero hasta que volvamos a Suiza.

El «agujero» era una casa bastante bonita de estilo art déco que Franz tenía cerca del Palais des Princes.

—¿Te apetece darte una vuelta por Saint-Trop? ¿Si tu marido te lo permite?

—¡Qué tontería! Claro. Aquí, o sea, no hay nadie, me muero de aburrimiento. ¿Nos alojaremos en el Byblos?

—Fantástico. Yo reservaré las habitaciones.

—¡Será mi luna de bebé! —gritó—. Solo que, o sea, sin Franz. Por cierto, ¿qué pasó con aquel ruso?

—Quizá tengas ocasión de conocerle.

—Te diría que me encantaría si no estuviera tan gorda ahora mismo.

—¿Quién es él? —preguntó Da Silva, dándose la vuelta en la cama y lamiéndome la nuca.

—Una persona con la que tengo que verme. Dos personas, de hecho. He de ir al sur de Francia pasado mañana.

—Pero si acabamos de llegar… ¿Puedo acompañarte?

—No. Son cosas de trabajo, querido. Y creo que vale la pena.

—Y yo, ¿qué?

—No seas quejica, no es sexy. Tú te quedas aquí y vas a ver el museo Británico, el London Eye o lo que sea. O bien date unas vacaciones. Es decir, si puedes cuadrarlo con Franci —añadí con mala baba.

Él se levantó y se metió en el baño. Yo le mandé un mensaje rápido a Yermolov, preguntándole si estaba en la Côte, y luego le contesté a Zulfugarly diciéndole que ya disponía de mi propio alojamiento y proponiéndole un almuerzo en el Club 55.

Da Silva pulsó el botón de la cisterna y volvió cabizbajo a la cama. Empecé a recorrer su cuerpo a besos, acariciando los músculos prietos con la lengua.

—No te enfurruñes. He invitado a una amiga, así que tendré carabina. Solo estaré fuera dos días.

—Dos días son una eternidad, *amore*.

Seguí pasando la lengua por su pecho y su estómago hasta que mis labios hallaron su destino. No creo que sea la primera mujer que se haya dedicado a pensar en sus compras mientras practica el sexo oral. Iba a pasar un fin de semana para chicas y, si había que juzgar por la prueba que tenía en la boca, además había encontrado novio. ¡Mucha atención a la Señorita Normal!

24

La primera visión del Mediterráneo cuando el avión llega al aeropuerto de Niza siempre me produce un escalofrío. Quizá porque la pista parece construida en medio del agua, de manera que se produce un delicioso momento de tensión mientras el piloto esquiva las olas. Había pasado mucho desde mi primera visita, cuando había llegado toda emocionada ante la perspectiva de un fin de semana en el Eden Rock, y solo con el tiempo había descubierto que es un poco hortera amar la Riviera. Pero aunque demasiado edificada, ostentosa y atestada, todavía me causaba como ningún otro lugar la sensación de haber «llegado». Cierto que aquel viaje no había salido demasiado bien en algunos aspectos, considerando que mis dos acompañantes habían acabado muertos, pero, en fin, las buganvillas seguían tan preciosas y el cielo sobre Cap Ferrat tan deslumbrante como siempre, y esta vez estaba pagando yo misma la estancia, no con una mamada a un tipo obeso. Ver a Carlotta esperándome a la salida me hizo darme cuenta de lo lejos que habíamos llegado ambas, cada una a su manera.

Aparte del bombo, Carlotta estaba igual que siempre. Aunque dijera que se sentía «tan gorda», lo único gordo que había en ella, sin contar sus pechos descomunales, era el enorme diamante del colgante que llevaba en el hueco de la garganta.

—Un regalo posparto —me dijo, después de los obligados grititos y abrazos, mientras el mozo subía nuestras maletas al coche—. Solo que anticipado.

—¿Cuándo está previsto que nazcan los bebés?

—Bueno, técnicamente en octubre, pero yo tengo reservada la cesárea en Zurich en septiembre.

—Supongo que con gemelos todas las precauciones son pocas.

—Sí, bueno, eso fue lo que le dije a Franz. Aunque en realidad quiero entrar en el plazo para poder inscribirlas en Le Rosey.

Una de las muchas cosas que yo admiraba de Carlotta, aparte de la tenaza con la que se aferraba a cada ocasión, era su disciplina. Habría podido ser general de división en otra vida.

—¿Y el ruso? —me preguntó cuando nos acomodamos en el Mercedes para el trayecto de dos horas a Saint-Tropez.

—Se llama Pavel Yermolov. Nos invita esta noche a cenar. A menos que tú estés demasiado cansada, claro.

—¿Cansada? Lo único que he estado haciendo en todo el verano es descansar. En el puto Mónaco, que es, o sea, de un aburrimiento mortal.

Yo aún recordaba la época en que ella habría dado sus implantes mamarios por una casa en Mónaco, pero no dije nada.

—En realidad es más bien un amigo. No un candidato. Pero sí he conocido… a alguien, me parece. Un italiano.

Noté que mi voz adoptaba el tonillo que usábamos cuando éramos solo unas chicas en un yate y andábamos de caza.

—Hmm. ¿Es rico?

—Pobre, pero honrado. —O al menos, lo que yo entendía por «honrado».

—¿Qué tal el sexo?

—Bien. Muy bien. De putísima madre, en realidad.

—Franz no me ha tocado desde que tuvimos los resultados de la prueba de embarazo.

No veía que eso fuese una gran pérdida, considerando que Franz pasaba de los setenta y que tenía cierta debilidad por la urolagnia, pero traté de decir algo tranquilizador, en el sentido de que debía de estar preocupado por los bebés.

—Es ilógico, pero totalmente normal.

—Ya. Es lo que pasará después del parto lo que me preocupa.

Al llegar al Byblos, Carlotta me dijo que le apetecía una siesta a fin de cuentas, así que me pasé la tarde haciendo largos de natación, leyendo junto a la piscina y repasando mis planes para el día después de la subasta. El billete de tren seguía esperándome en la consigna de St. Pancras Metro Express. Aunque quizá no tendría que usarlo, después de todo. Flotando en el agua boca arriba, me dejé llevar remando con las manos, con la cara vuelta hacia los cielos de cobalto del Mediterráneo. Quizá soñé despierta un poquito.

A las seis, subí a vestirme. Estaba más excitada de lo que consideraba que debía estar ante la perspectiva de ver a Yermolov después de siete meses, así que naturalmente lo último que quería era dar la impresión de que me había esforzado en arreglarme. Al final, escogí un vestido Caravane gris claro de lino grueso, con un cinturón de cuero marrón Isabel Marant de doble lazo y unas sencillas sandalias planas. Tengo la teoría de que cuando un hombre te ha visto desnuda, ya no te hace falta ponerte tacones. En cambio, me entretuve con mi pelo mucho más tiempo de lo normal y me estuve maquillando veinte minutos solo para quitármelo todo finalmente.

254

—¿Vas a ir con ese vestido, querida?

Carlotta llevaba un ondeante modelo imperio Luisa Beccaria de muselina blanca. Parecía vagamente como si estuviera posando para Élisabeth Vigée Le Brun, una de las pintoras de las que había sacado mi alias. Yo me había cuidado de enviarle a Yermolov un mensaje para recordarle que me llamara «Elisabeth»; del mismo modo, le había explicado a Carlotta en su boda, el verano anterior, que ya no me llamaba «Lauren», el nombre con el que ella me había conocido, por motivos de negocios. Dios mío, mi vida resultaba agotadora.

—O sea, estás preciosa, pero has dicho que el italiano es… pobre ¿verdad? No debes limitar tus opciones.

—Me gusta, Carlotta. Tenemos mucho en común.

—¿Quieres decir… como una conexión espiritual?

—Podría decirse así.

—Entonces debes respetar esa impresión. Así es como yo me siento con Franz, ¿sabes?

Υ

Me arrepentí de mi vestido en cuanto llegamos a La Vague d'Or, donde Yermolov había reservado una mesa a las ocho. Yo había supuesto que él tenía compañía, ya que había rechazado mi propuesta de cenar en su casa, que estaba a las afueras, y echar después otro vistazo a sus cuadros, pero lo que no me había imaginado era que su compañía mediría dos metros con tacones. No me extrañaba que la vida de Mackenzie Pratt hubiera sido tan amarga. Tatiana me hizo sentir como un mosquito cuando se agachó para darme un mecánico beso de saludo. Aun así, como hay pocas cosas más aburridas que una mujer hostil, y como mi ruso, aunque de pésimo acento, no estaba demasiado oxidado, hice todo lo posible para entablar una conversación amigable, ayudándome con generosos tragos de un Corton-Charlemagne prácticamente perfecto. Carlotta cumplía por su lado en inglés con Yermolov: la habitual charla de europijos sobre dónde había estado cada uno y donde iba a estar a continuación, o sea, la versión rica e internacional del juego inglés de dejar caer nombres importantes.

255

Tatiana me informó de que era diseñadora de joyas. Yo reprimí la tentación de compadecerla y le pregunté si vendía sus piezas en Londres.

—Me gustaría, pero estoy muy ocupada, ¿sabes?, viajando con Pavel.

Extendió un brazo paliducho por encima de su tartaleta de langosta intacta y sujetó posesivamente a Yermolov. Yo le lancé una mirada a Carlotta. Necesitaba hablar con Yermolov a solas, pero obviamente Tatiana no tenía la menor intención de perderlo de vista. Carlotta se excusó para ir al baño; Yermolov inclinó la cabeza con cortesía mientras se levantaba, y se apresuró a sujetarla del brazo cuando se tambaleó de lado, pero no pudo impedir que ella derribara con un movimiento circular de trasero el cosmopolitan de Tatiana, manchándole de mala manera su ceñido traje Alaïa tipo mono. Los camareros acudieron corriendo con servilletas, pero Tatiana no tuvo más remedio que retirarse para arreglar el estropicio, seguida por una Carlotta que no dejaba de cloquear y excusarse.

Yermolov me habló en inglés.

—Eso ha sido una maldad, Judith.

—Bueno, si tú te juntas con el tipo de chica que bebe cócteles durante toda la cena… Volverá enseguida. Escucha, necesito que participes en la subasta de la Casa del 5 de julio. Y que pujes por un cuadro en particular. No que lo compres, solo que pujes. Con una oferta elevada. Es un Gauguin, *Muchacha con abanico II*.

—Sí, he visto el catálogo. Y he leído los periódicos, de hecho. ¿Por qué no debería querer adquirir un cuadro tan importante?

—Créeme, mejor que no. Pero quiero que actúes como si lo desearas de verdad. ¿Me ayudarás?

—Siempre estoy dispuesto a ayudar a… una amiga. Pero ¿por qué tanta urgencia?

—Dejan Raznatovic.

—Ah.

Actualmente la fortuna de Yermolov era cien por cien legal, pero yo sabía que no me hacía falta explicarle quién era Raznatovic.

—Debe de haber otras formas de esquivar a Raznatovic, ¿no?

—Pavel, por favor. Estoy planeando esquivarlo de todas formas. Tendré que hacerlo. Pero esto es lo primero. Para ganar tiempo, ¿entiendes?

—¿Y a cambio?

—¿Qué tengo yo que tú puedas desear?

—Estás muy seria esta noche.

—Desaliñada, querrás decir.

—¿Desaliñada? Ah, sí, esa palabra. Quizá esto te levante el ánimo. Ábrelo después.

Me pasó un paquetito por debajo de la mesa.

—¿Qué planes tienes… para después de la subasta?

—¿Y ella?

—¿Tatiana? Es solo… temporal.

—En ese caso, estoy abierta a oír ofertas. Quizá. No puedo prometerlo. He de ver cómo salen las cosas en Londres. Pero necesito que pujes por ese cuadro.

—Entonces iré a Londres. Y luego veremos.

—He estado soñando con tus cuadros, ¿sabes?

Yermolov volvió a ponerse de pie cuando las damas volvieron a la mesa. Tatiana había recortado sus pantalones manchados y los había convertido en unos shorts. Un camarero iba tras ella con los fláccidos tubos de tela sobre el brazo. Incluso entre la dura competencia de un restaurante de tres estrellas de Saint-Tropez a mediados de junio, sus piernas crearon por sí solas un momentáneo túnel de vacío mientras pasaba a lo largo de la terraza. Yermolov le besó el hombro por detrás.

—Mañana saldremos de compras, cariño —murmuró, pero sus ojos permanecían fijos en mí. Resultaba extraño pensar que yo le había tenido miedo en su momento.

257

—¡Está, o sea, totalmente obsesionado contigo!

Carlotta y yo estábamos tomándonos una taza de manzanilla en su balcón del Byblos. Yo no había encendido un cigarrillo por deferencia a las gemelas.

—Tenemos una historia, pero ya has visto a Brienne de Tarth a su lado.

—Bah, este lugar está plagado de chicas exactamente iguales. —Sus pestañas de visón aletearon—. Como bien sabemos.

—Me ha regalado algo. —Le lancé la cajita que me había escondido en el bolso.

—¿Asprey? Un poquito cutre. De un ruso me habría esperado algo de Harry Winston. Ah, no. Espera. ¡Mira qué maravilla!

Los pendientes eran un diseño belle époque: enormes diamantes con talla de pera en un triple colgante curvado.

—¡Te lo he dicho! —gritó Carlotta.

Coloqué del revés uno de los pendientes. Vistos desde ese ángulo, los diamantes parecían algo así como las plumas de un abanico. «Muy bien, Yermolov, muy bien.»

—Al menos Franz se porta como es debido con las joyas —dijo Carlotta, jugueteando con su collar con complacencia—. Quiero decir, antes estaba comprometida con Hermann. ¿Recuerdas a Hermann? ¿Antes de Franz?

—¿El que acabó en la cárcel?

—Sí, él. Era un cerdo. Pero, bueno, estaba saliendo con él y me regaló unos pendientes... de Tiffany's. O sea, ¿en serio?

—Tu vida es un valle de lágrimas, Carlotta.

—¿Quieres bajar un rato a Les Caves?

—Claro.

—Pues ponte estos y cámbiate de vestido, ¿quieres?

Zulfugarly me había informado con orgullo de que teníamos una mesa a la una en el Club 55, explicándome, por si no lo sabía, que solo los habituales conseguían mesa antes de las tres. También me mandó un yate para llevarme hasta la playa de Pampelonne: un Cerri cuyos treinta y tantos metros de eslora resultaban un poco excesivos para transportar a una persona. Aun así, sentada con las piernas cruzadas en la parte más adelantada que pude de la proa, con el pelo al viento y las olas rociándome límpidamente mientras nos deslizábamos entre la flotilla de yates anclados en la bahía Ramatuelle, experimenté algo así como un momento de conciencia plena. Hay-Z me estaba esperando en el embarcadero cuando la lancha del 55 llegó al club. Le pasé mis sandalias y recogí los pliegues de mi tenue caftán Prism azul celeste antes de dejar que el marinero me ayudase a bajar. Debajo, llevaba un bikini blanco Eres asimétrico, que Zulfugarly parecía contemplar con delectación.

—¡*Bonjour*, Patrice!

El dueño del 55 se sobresaltó casi imperceptiblemente cuando Zulfugarly le dio una palmada en la espalda con familiaridad.

—*Bonjour* madame. *Monsieur* Zulfugarly, es un placer volver a verle.

Una vez instalados ante los manteles blancos y azules con una botella de rosado, y después de pedir lubina con ratatouille, Zulfugarly me comunicó que tenía intención de comprar el Gauguin. Yo le dije que estaba encantada, pero que no acababa de comprender para qué me había invitado a Saint-Tropez, por muy agradable que fuera volver a verle.

—He pensado que quizá podríamos llegar a un acuerdo.

—¿Quiere decir una venta privada?

—Exacto.

—¿Y cómo imagina que podría hacerse? Recuerde, por favor, que el cuadro no es mío. Yo solo actúo como marchante.

Él me dirigió una mirada que se suponía debía parecerme astuta. Unos pelos negros se habían abierto paso a través de las costuras de los hombros de su camisa blanca Vilebrequin.

—Precisamente. En una venta privada, con un precio acordado de antemano, estaría dispuesto a pagarle también una tarifa de intermediación a su galería. Gentileschi, ¿no?

Di un minúsculo sorbo de rosado, tal como hacían todas las mujeres de las mesas circundantes. De hecho, viendo cómo jugueteaban con sus pescados asados y sus ensaladas de tomate, llevándose el tenedor a la boca y volviendo a dejarlo todavía intacto en el plato, parecía como si toda la vida social del Mediterráneo se organizara, por una perversa conspiración, en torno a interminables cenas y almuerzos en los que se esperaba que las mujeres no consumieran prácticamente nada, como Scarlett O'Hara en la barbacoa de *Lo que el viento se llevó*. Me quité mis gafas de sol y miré a Zulfugarly a los ojos.

—¿Cuánto?

—Cien por el cuadro, más diez para usted.

No le hacía falta aclarar que quería decir millones en ambos casos.

—Excelente. Me interesaría mucho, solo que…

—Quince.

—Señor Zulfugarly, no voy a insultarle regateando. Como le decía, yo actúo en nombre de la Società Mutuale, y ellos insistieron en que el cuadro fuera subastado públicamente. Ahora, como sabe, está en manos de la Casa, así que habría que considerar también una tarifa por retirarlo.

—¿Cuál es la reserva?

—Cien.

—Un diez por ciento para eso, y otros quince para usted, suman en total ciento treinta y cinco. Yo podría…

Lo corté en seco.

—Hay otro motivo. Mi deber es cuidarme de que mi cliente reciba el mejor precio posible. Y acabo de saber hace poco que hay otro comprador interesado. Seriamente interesado.

—¿Quién?

—Me es imposible decírselo.

—Claro.

Continuamos con el almuerzo, Zulfugarly tratando de ocultar su irritación, terminándose el vino deprisa y pidiendo otra botella. En la mesa más cerca del agua, un grupo de tipos árabes estaban rociando a una chica con Dom Perignon del 85. Dos camareros se apresuraron a acercarse, no para detenerlos, sino para mantener a raya a un bote inflable de turistas que se habían aproximado demasiado al embarcadero con sus palos de selfie. A nuestro lado, dos niños rubios estaban concentrados en sus iPads, ignorando sus hamburguesas con la misma indiferencia que mostraban frente a la tentadora línea de arena húmeda de la orilla: una indiferencia que afectaron acto seguido todos los presentes cuando llegó desde la playa una famosa actriz con unos andrajosos shorts recortados. ¿Qué haría toda esta gente si un bote cargado de refugiados llegara justo aquí, entre los efluvios más sofisticados del capitalismo? ¿Lanzarse con entusiasmo a organizar una gala urgente de etiqueta que incluiría un sentido discurso de Leonardo DiCaprio? «Como si a ti te importara», Judith, me dije. Había solo un sitio donde yo pretendía permanecer, y desde luego no era en la sección de la playa reservada para los mirones.

—De hecho —me incliné maliciosamente hacia Zulfugarly—, ¿le cuento un secreto? El comprador es Pavel Yermolov. ¿Usted asistirá personalmente a la subasta?

—Tengo que estar en Nueva York.

—Qué lástima. —Extendí el brazo por encima de la mesa y le cogí la mano. Aunque a regañadientes, me había puesto la pulsera Bulgari—. Esperaba que pudiéramos celebrarlo juntos. Cuando lo haya conseguido.

Él acarició el interior de mi antebrazo.

—Entonces, ¿me está rechazando?

—Yo habría dicho lo contrario.

Me arrellané en mi silla. Bueno, pensé, vamos a ver quién la tiene más larga. Misión cumplida.

$\mathcal{A}$ veces te has pasado toda la tarde en casa, quizá leyendo, y alguien entra y enciende la luz, y solo entonces adviertes que afuera está anocheciendo, que llevas mucho rato rodeada de una creciente oscuridad sin darte cuenta. Eso era lo que sentía aquellos días en Londres con Da Silva: que él había borrado la pátina de monocromía que había ido adquiriendo el mundo. Como... bueno, como la capa de barniz de un cuadro. Tal vez era porque él me veía de verdad, porque en cierto modo había estado ahí desde el principio, y porque no había nada, absolutamente nada, que tuviera que ocultarle. Suena espeluznante, pero no resultaba espeluznante. Resultaba maravilloso.

Con toda la subasta organizada, ya no me quedaba nada más que hacer salvo asistir a algún que otro cóctel con Rupert o Charles Eagles. Angelica estaba «trabajando desde casa» o, bueno, desde la casa de alguien en Formentera, aunque volvería para la subasta. Rupert se sentía tremendamente orgulloso por su brillante forma de recuperar el control de la historia del Gauguin. Como explicó a los miembros del departamento, todo se reducía a «ser el dueño del relato de los medios». Charles Eagles había recurrido a sus amigos más íntimos en la revista *Tatler*, y tras la aparición de un reportaje en su página web titulado: «¡Que empiece la subasta!», las virtuosas inquietudes de Mackenzie se disolvieron sin dejar rastro. Los periódicos publicaban perfiles de Yermolov y Zulfugarly, especulando sobre cuál de los dos se llevaría el cuadro, y yo envié a Pandora a William Hill con un billete de diez libras para dar comienzo a las apuestas, después de lo cual —claro— hice una llamada discreta a las columnas de cotilleo.

ϒ

Y sin embargo, toda la expectación que iba creándose alrededor de la subasta ya no me parecía del todo real. Yo solo veía a Romero. Me levantaba de mala gana de la cama, acudía corriendo a la recepción de turno y me dedicaba a charlar de naderías durante media hora, pero el runrún del deseo que sentía por él no paraba de resonar en mi interior hasta que podía escapar y volver a su lado, al nido que nuestros cuerpos habían formado sobre las sábanas todavía calientes. No sé si ninguno de los dos había hecho antes el amor realmente. No creo que yo lo hubiera pensado nunca siquiera. Las primeras veces que habíamos estado juntos, había notado una torpeza en su deseo que encontré inmensamente conmovedora. El sexo no estaba propiamente a su alcance; era solo algo que había visto en una pantalla, gestos y palabras que suponía que debía ejecutar, no que deseaba ejecutar. A mí nunca me había interesado enseñarle a nadie —un amante era solo bueno o malo, desde mi punto de vista—, pero ahora, con una mezcla de audacia y de ternura que jamás habría imaginado que pudiera poseer, quise enseñarle a él. Y así lo hice; y al hacerlo también me enseñé a mí misma. Y era una maravilla, porque ya nadie estaba actuando. Lo que hacíamos no siempre era delicado o amoroso, aunque con frecuencia lo fuese. Bajo la ropa, nuestra piel era como el mapa de una batalla: sus huellas dejaban una profunda marca en el mullido interior de mi muslo; las mías le dejaban un cuarteto de rayas sangrientas en el hombro. Me sentía hinchada, mordida y magullada, y cuando no lo tenía dentro de mí, no sentía más que el peso hueco de su falta.

No importaba que él no hubiera leído gran cosa y que no le interesara la pintura, ni que mi italiano se embarullara a veces cuando estaba intentando explicarle algo. Coincidíamos en que nunca habíamos tenido la menor duda de que acabaríamos juntos, de que la única cuestión había sido *cuándo*, como una pregunta tácita suspendida entre ambos desde la primera vez que nos habíamos visto. Así que ahora nuestras conversaciones resultaban fascinantes porque eran sobre nosotros mismos:

263

«¿Qué sentiste aquella vez?, ¿cómo lo supiste entonces?». Tal vez había algo monstruoso en esa complicidad nuestra, pero a ambos nos parecía algo extraño y precioso: el privilegio de los amantes que a mí nunca se me había ocurrido reclamar. De lo único que no hablábamos era de lo que iba a suceder después de la subasta. Él llamaba a su mujer y a sus hijos por FaceTime cuando yo salía, eso me constaba, y la verdad es que agradecía que tratara de llevarlo con discreción. Y como yo no soportaba contemplar el espantoso cliché de un *affaire* con un hombre casado, hacía lo que hacen la mayoría de las mujeres, y fingía que aquello no existía.

Aparte de mi madre y Dave, yo nunca había tenido a nadie a quien comprarle regalos. El gusto de Romero era bastante obvio, pero a mí me divertía complacerlo. Su ilusión ante las cosas nuevas me recordaba cómo había sido yo en otra época, y en cierto modo me parecía que si lo vestía para una nueva vida tal vez se sentiría más inclinado a desearla. Así que cuando no estábamos en la cama, o cenando en todos los restaurantes que nunca me había podido permitir cuando vivía en Londres, me lo llevaba de compras. Encargamos camisas en Turnbull & Asser y zapatos en Edward Green, pañuelos de seda y suéteres de cachemira, un auténtico traje inglés de Savile Row. Yo quería mimarle, hacerle regalos hasta que todo lo que poseyera fuese perfecto. Sabía que era una vulgaridad y una tontería, pero me daba igual.

La noche antes de la subasta fuimos a un pequeño restaurante francés en Bermondsey. Después de que sirvieran el vino, le di una caja a Romero. Un Rolex Daytona: no el que yo habría escogido, pero sí el que sabía que le encantaría. Se lo había llevado a un orfebre de Marylebone Lane para que le grabara una inscripción en el dorso. *Sempre*. Él lo sopesó entre sus manos antes de abrocharse la correa.

—Gracias, Judith. Es fantástico, precioso. Ojalá yo pudiera regalarte cosas como esta.

—Yo saco más placer todavía al regalártelas.

—No podré llevarlo —añadió con tristeza.

—Sí, claro que sí. Di que forma parte de... una ingeniosa operación encubierta.

—Lo siento, ¿sabes? Siento mucho que las cosas no puedan ser de otra manera.

—Por favor, no hablemos de eso. No hay nada que decir. Disfrutemos del momento.

Más tarde, después de caminar hacia el hotel por las adoquinadas calles victorianas, bajo las luces de Embankment y de St James's Park, y cuando ya habíamos empapado otra vez las sábanas, le formulé por fin la pregunta que había estado acechando en mi cabeza desde la primavera.

Tanteé su rostro en la oscuridad, besé sus párpados, las comisuras de sus labios, el dulce hueco bajo su oreja.

—¿Te puedo preguntar una cosa? —Tenía la cara en su cuello y sentía en los labios esos latidos regulares tan conocidos.

—Lo que tú quieras, mi amor.

—¿Cuándo tienes planeado matarme exactamente?

Su corazón permaneció en calma. Sin tensión, sin reacción alguna. Se incorporó sobre un codo y posó su boca sobre la mía. Un beso con la cálida promesa de una herida.

—Mañana, cariño. O tal vez pasado mañana.

Le di un golpe con la almohada.

—¡Serás cabrón!

—¿Cómo sabes que bromeo?

Me senté, abrazando la colcha en torno a mis rodillas.

—No lo sé. Pero tengo una propuesta.

Él se tumbó y encendió su Dupont. El Claridge tenía una política muy civilizada: fumar estaba terminantemente prohibido.

—Esto… Quiero decir, lo que hay entre nosotros. No debe terminar. Podemos escaparnos.

—Tú sabes que eso es imposible, *tesoro*.

—Ya sé que Raznatovic quiere verme muerta. Pero ¿y si yo vuelvo a Calabria contigo después de la subasta y tú, en vez de arrojarme al hoyo de Salvatore, te vienes conmigo y… desaparecemos? —Dejé que asimilara la idea un momento antes de continuar—. Yo creo que el cuadro superará la reserva. Ese tipo de Bakú se muere de ganas de conseguirlo. Yermolov le obligará a seguir pujando y la oferta acabará siendo astronómica.

265

Después, el dinero irá en primer lugar a la Società, al banco. Tú les indicarás a dónde deben transferir la parte de Raznatovic, y así podrás coger también mi parte. Un montón de dinero, Romero. Dinero de verdad. Y luego nos largamos.

Él permaneció tendido, con las manos detrás de la cabeza. Cogí el cigarrillo de sus labios y le di una larga calada. Yo había observado que le gustaba nuestra forma de vida: los empleados solícitos, la ropa, el gran dilema diario entre las ostras o el *foie gras*. No le despreciaba por ello; yo también era así.

—No puedo largarme.

—Claro que puedes. Documentos nuevos, otra identidad, una nueva vida… Dios sabe que yo lo he hecho.

—Quiero decir que no puedo dejar a los niños.

Empezaba a exasperarme, a pesar de mí misma.

—Te vi aquel día con el bebé, ¿sabes? El bebé de la restauradora. ¿Cómo se llamaba esa mujer… Mariangela? Su pequeño bebé. Eso tú lo has aprendido. Pero no lo sientes. Sabes que es verdad lo que digo. Lo sabes porque somos iguales.

Una larga pausa. Luego añadió:

—Me has pillado.

—Y si tú quisieras… —tragué saliva y jugué mi última carta— tener otro. Un hijo, quiero decir, podríamos, o sea, yo podría…

Él me cogió la mano.

—¿Hablas en serio?

—Sí.

—Pero ¿cómo?

—Lo tengo todo pensado. Podríamos conseguirlo. Lo único que has de hacer es… fingir que te has librado de mí. Raznatovic te creerá. Luego iremos a Ámsterdam a por otros documentos; conozco a un tipo allí, y sé cómo esconder el dinero. Y ya habrás terminado de una vez. Ya no habrá más «ellos».

—Siempre he dicho que eras buena.

—¿Eso es un sí?

—Estás loca.

Me sentí desfallecer.

—Entonces, ¿es un no?

—Loca, pero buena. Es un sí.

Suavemente, delicadamente, apoyé la cabeza en su pecho. Estaba temblando. Todo lo que había dicho era verdad, pero en cierto modo nunca lo había creído posible. Y sin embargo, ahora me estrechaba entre sus brazos y yo sentía el delicioso olor de su piel. Podía hacerse realidad. Podía ser una realidad para mí. Permanecimos así largo rato; luego noté que se movía y lo abracé, medio adormilada.

—Chist, mi amor. Vuelvo enseguida.

Me di la vuelta en la cama y oí el grifo en el baño. Y en cierta forma ese sonido me resultó más íntimo que nada de lo que habían hecho nuestros cuerpos. Me sentía radiante, resplandeciente de amor. Él estaba allí, y al fin podía sentirme tranquila. Mientras mis ojos se cerraban, oí el carillón de Piccadilly dando las doce de la noche.

No sé bien por qué lo hice, por qué necesitaba asegurarme. Pero más tarde, mientras él dormía, me aparté de su cuerpo, me envolví en una bata y fui al salón de la suite, donde estaba mi portátil. Yo no le había contado lo de los emails, no le había dicho que los había estado leyendo. Me daba vergüenza que creyera que estaba husmeando en su relación con Franci, que pensara que yo era una de esas mujeres posesivas y celosas. Introduje la contraseña, leí el último mensaje. Lo había enviado a las 23:57.

«Nos desharemos del activo en 48 horas.»

El reloj dio las tres. Cuando acabé de digerirlo todo, de compactarlo como la mierda que era, volví al dormitorio y me tendí a su lado en la oscuridad. No lloré. Leí en alguna parte que en cuanto una mujer se pone triste, se vuelve vulgar. Y resultaba que yo no estaba dispuesta a dejar de ser especial. Aún no.

267

26

«¡*Ha* llegado el día!», gorjeó mi móvil alegremente. Rupert ya estaba levantado y en marcha. Mientras me ponía una falda y una blusa sencillas, y unos mocasines planos, le expliqué a un Da Silva medio dormido que me necesitaban para repasar los últimos detalles antes de la subasta.

—Perdona, he de salir corriendo, pero volveré por la tarde, cariño. *Ti amo.*

Naturalmente, el sol había escogido el día D para brillar.

Primero, una casa de cambio en Regent Street: diez mil libras en metálico con mi tarjeta de crédito a las 8:05. Un expreso doble y un cigarrillo frente a Pret, y un mensaje con tres besos a Da Silva. Taxi a Belgravia, a la casa de Lawrence de Chester Square. No dejé de registrar con una parte de mi cerebro que era extraño ir allí a la luz del día, pero las últimas lilas colgadas sobre el jardín olían igual que siempre; si cerraba los ojos, casi me sentía como uno de mis antiguos yoes, mucho tiempo atrás. Siempre me había encantado esa parte de la ciudad, tranquila y hermética a la vez. Me abrió la puerta el ayudante-gorila de Lawrence, una reliquia de las fiestas de aquella época. Aún lo recordaba, con los brazos cruzados sobre su camisa henchida de músculos, vigilando implacablemente un salón lleno de cuerpos desnudos que se fundían y separaban en configuraciones incesantes, como la tinta en el agua.

—Hola, Kevin.

Ya estaba vestido impecablemente con un pantalón elegante y un polo, y olía a loción de afeitar.

Él me examinó de modo educado pero exhaustivo. Dudaba mucho que me reconociese, pero el hecho de que yo supiera su nombre le decía claramente cómo nos habíamos conocido.

—Me temo que lord Kincardine no está en casa, señorita.

—En realidad, quería verle a usted. Disculpe que venga tan temprano, pero es bastante urgente. ¿Puedo entrar?

Kevin me hizo pasar a un saloncito de la planta baja. Como el resto de la casa de Lawrence, estaba amueblado con esa combinación única, típica de ricachones, de antigüedades intachables y elementos prácticos y desvencijados que ningún decorador ha sido capaz de reproducir jamás. Me senté en un descolorido sillón azul de IKEA situado junto a un biombo del período Edo, decorado con un relieve de grullas en tonos plateados y azules, que tenía colgada en una esquina una chaqueta acolchada de intenso color naranja.

—¿En qué puedo ayudarla, señorita?

Yo siempre había intuido que Kevin era el tipo de persona que preferirías tener de tu lado en una pelea. O si necesitabas que le rompieran a alguien las piernas.

269

—He pensado que quizá podría ser usted la persona adecuada para ayudarme en un asunto —empecé.

—Ya veo.

El silencio que se hizo entre ambos era tan significativo como una conversación. Kevin jugueteaba con el grueso anillo de sello de su mano izquierda. Entreví un tatuaje azul en su palma.

—Necesito un conductor. Un conductor con una furgoneta. Alguien… en forma. Y discreto. Muy discreto. Lo único que tiene que hacer es alquilar el vehículo, esperarme en cierto lugar a una hora precisa y ayudarme a cargarla. Lo necesito para hoy; la furgoneta puedo devolverla mañana. Nada complicado, si entiende lo que quiero decir. Tres mil en efectivo para el conductor y mil para el… intermediario. Por adelantado, claro.

—Creo que le puedo encontrar a alguien, señorita. Si me disculpa, voy a hacer una llamada… ¿Le traigo un poco de té?

—Estoy bien, gracias.

Saqué del bolso un sobre del Claridge y lo coloqué en el reposabrazos del sillón. Ambos hicimos como si no lo viéramos.

Mientras él se ausentaba, confeccioné mentalmente una lista. El paso siguiente, y el otro, y el otro. Nada más.

Volvió a los quince minutos con un teléfono y una dirección escritos en una cuartilla con el emblema de Lawrence estampado.

—Magnífico, Kevin. No sabe cuánto agradezco su ayuda.

—¿Puedo sugerirle que tome el metro, señorita? El tráfico, a estas horas...

—Claro. Debo irme ya. Encantada de volver a verle, Kevin.

—Igualmente, señorita. Siempre es un placer ayudar a una amiga de lord Kincardine.

El sobre nos observaba desde el reposabrazos.

Acababan de dar las diez cuando llegué al centro comercial Tottenham Hale para reunirme con el amigo de Kevin, Elvis, que me había enviado un mensaje de texto diciendo que estaba dispuesto a hacer el trabajo. Me pregunté si debería llevar un ejemplar del *Times* como en las películas, pero en el McDonald's solo había un sosias del Rey del Rock esperando.

La cuestión era que yo iba a tener que sacar un objeto del almacén inmediatamente después de la subasta. Un objeto bastante pesado. Y la calleja que daba a la entrada trasera de la Casa era una zona de aparcamiento estrictamente prohibido. No podía aparcar allí y arriesgarme a que un guardia de tráfico viniera a joderlo todo; y tenía que acceder al almacén en cuanto hubiera terminado la subasta. Lo único que necesitaba, le expliqué a Elvis, era que alquilase la furgoneta y la aparcara de antemano cerca de Haymarket, y que solo se metiera por la calleja cuando yo le mandara un mensaje. Tres mil pavos por diez minutos. Había marcado en una vieja guía *A-Z* la ubicación de la calleja y la ruta para llegar, añadiendo una lista de cosas que necesitaría y trescientas libras más en efectivo por los gastos. La furgoneta tenía que traer el depósito lleno.

—O sea que usted debe estar en posición a partir de las diez de la noche para asegurarnos, aunque me imagino que será más bien hacia las once.

—De acuerdo.

—Hmm… otra cosa. Tiene una pinta increíble, pero para hacer el trabajo, ¿cree que podría vestirse de un modo menos… memorable?

La chaqueta de gamuza blanca con flecos y adornos plateados a lo largo de la espalda, más las botas de cowboy a juego, constituían un fabuloso conjunto, pero quizá llamasen la atención en St. James's.

—De acuerdo.

Un taxi de vuelta al centro me dejó en Mayfair hacia las once. Siempre me han encantado las tiendas dickensianas de los alrededores de Piccadilly: el especialista en gemelos de Burlington Arcade, donde puedes encontrar pares de gemelos victorianos montados con dientes de niños muertos hace más de un siglo; los relojeros y camiseros; la sombrerería Lock's, el especialista en arreos militares que exhibe en el escaparate uniformes de gala completos y antiguos tricornios. Antes de dirigirme a St. John's Wood, entré un momento en Trumper's, el barbero de Curzon Street, donde compré la botella más grande de colonia de extracto de lima, con su caja de color rosado, y un anticuado asentador para afilar navajas con mango de concha de tortuga. Luego crucé a pie Shepherd Market y bajé por Jermyn Street hasta New & Lingwood para llevarme un surtido de corbatas de seda, y entré en la tabaquería Fox. Antes de tomar otro taxi en Haymarket hacia las doce, me agencié también un paquete de estropajos Brillo en Tesco Metro y un par de guantes de látex en Boots.

—¿Coronel Morris?

El hombre de labios delgados y pelo gris que abrió la puerta del edificio de estuco claro tenía exactamente el mismo aspecto que en mi primera visita, incluidos los pantalones de tweed y la camisa a cuadros Viyella. Me incliné, fuera del alcance de la cámara de seguridad instalada sobre la puerta, y alcé mis enormes gafas de sol Dior.

—Vengo del departamento de Pintura Británica. Siento mucho molestarle, pero nos preguntábamos si podríamos sacar una fotografía rápida de su Sargent. Es para un catálogo.

—No está en venta —replicó él con malos modos.

—Por supuesto, no quería decir eso, disculpe. —Titubeante y nerviosa, un poquito asustada—. Es que mi jefe... usted es un cliente muy importante, y él me ha dicho que no le importaría que viniera a echar a un vistazo. Es para la exposición de retratos de otoño... —Lo miré moviendo las pestañas.

—Ah. ¿La ha enviado su jefe?

—Exacto.

—Espero que no sea mucho rato. Estaba a punto de almorzar.

—Solo será un minuto. ¡Muchas gracias!

Me hizo pasar a la sala de estar que yo recordaba, con sus pesadas cortinas de color pastel sobre persianas de lino, destinadas a proteger los cuadros de la luz. El Sargent, un retrato satinado en rosas y grises de una mujer sentada en un sillón de terciopelo, con unas faldas recargadas que se desparramaban hacia el marco, estaba colgado sobre la chimenea. Me saqué del bolsillo unos guantes de látex y deslicé los dedos con veneración sobre la suave superficie del cuadro.

—¡No lo toque! —me espetó el coronel.

—Perdone, perdone... Hmm, voy a coger la cámara.

Dejé el bolso sobre la alfombra y me agaché con el culo en pompa, como un babuino, mientras explicaba que íbamos a recibir el *Après-Midi* de Sargent y que queríamos acompañarlo en el catálogo con otros cuadros suyos. Con la navaja preparada, noté que se aproximaba; y cuando aquella mano de uñas amarillentas que recordaba tan bien estaba a punto de tocarme, le agarré la muñeca y, girando en redondo, lancé un tajo hacia abajo. Me salió mejor de lo que esperaba. Durante una fracción de segundo, ambos miramos con asombro el hueso blanco que asomaba en el corte de ocho centímetros que le había abierto a lo largo de la palma; luego la herida se llenó de sangre y él soltó un rugido, retrocediendo tambaleante hacia el pasillo. Yo fui más rápida: antes de que él pudiera llegar a la alarma, puse la hoja chorreante sobre el lienzo.

—Yo, en su lugar, me sentaría, coronel. En el sofá. Eso es. Tenga. —Le lancé la corbata a rayas salmón y verde pepino del club Garrick—. Úsela como torniquete. Sujétela con los dientes.

Había sangre por todo el suelo, y también estaba empapando los cobertores florales del sofá y los dobladillos de sus pantalones. Él obedeció, enrollándose la corbata de seda alrededor de la muñeca y sujetándola, mudo y furioso, entre sus dientes manchados.

—Ahora quiero que se levante y vaya a buscar el libro de su dormitorio. Ese álbum de fotografías que me enseñó la otra vez que estuve aquí. —Sus ojos hinchados destellaron—. Ah, bien, ya lo recuerda. Venga, vaya a buscarlo, o haré jirones su Sargent. ¿Entendido? Asienta si lo ha captado.

Era totalmente posible que reapareciese apuntándome con su revólver reglamentario. Pero aquello era Inglaterra. Si el coronel era un caballero, sus armas estarían inutilizadas y guardadas en un armario. Además, el riesgo lo hacía más divertido: casi me llevé una decepción cuando lo vi volver del dormitorio del fondo solo con el pesado álbum de escenas eróticas del siglo XIX en la mano buena. Le indiqué que lo dejara en el suelo. Él obedeció como hipnotizado, con la mirada fija en el cuadro, como si fuera su propio hijo lo que yo tenía en mis manos.

—Ahora dese la vuelta, con las manos detrás. Lentamente. Afloje la corbata entre los dientes y sujete bien el extremo.

Con la navaja abierta en una mano, le até las muñecas con otra corbata, está de rayas grises y burdeos. La del Ampleforth College, creo.

—Ahora las piernas.

Me aparté un poco, y cuando lanzó una patada hacia atrás como ya esperaba que hiciera, le agarré un tobillo empapado y tiré con fuerza mientras el resto del coronel se desplomaba de bruces. El torniquete se le escapó de la boca al soltar un

273

grito. Con cautela, le alcé la pernera del pantalón y puse la navaja sobre el calcetín.

—Ay, vaya. Eso ha sido una tontería. ¿Me ha parecido oír que se ha partido la nariz? Ahora voy a atarle las piernas y le ayudaré a levantarse. O bien puedo seccionarle los dos tendones de Aquiles, y a ver cómo llama a la policía con las cejas. ¿De acuerdo? Vamos allá.

Ahora una alegre corbata roja y azul, la del Radley College. Sujetándolo del cuello de la camisa, le puse la navaja en la garganta y lo levanté hasta colocarlo de rodillas, la pose clásica del rehén.

—Qué estropicio. ¿Volvemos a ponerle la corbata?

Después de introducírsela otra vez en la boca ensangrentada, bajo el fino bigotito, lo amordacé para asegurarme del todo con los feos colores blanco y mostaza de la Cranleigh School.

Cuando Rupert me había enviado por primera vez a casa del coronel, yo había calculado que había en las paredes cuadros por valor de unos diez millones de libras: el Sargent, un Kneller, un pequeño cartón de Rembrandt, un pequeño paisaje de Gainsborough. Bajo la mirada del coronel, fui descolgándolos todos; envolví el Rembrandt en un ejemplar de *Metro* y me lo guardé en el bolso; luego extendí los demás lienzos sobre la parte menos ensangrentada de la alfombra.

—Tiene algunas obras preciosas, coronel. Pero me pregunto si no podríamos hacer un poco de limpieza. Quizá deberíamos sacarlas primero de los marcos... ¡ay!

La navaja rasgó el Sargent justo a la altura de la cara delicadamente rosada de la dama, que se fue arrugando a medida que el filo se abría paso a través del barniz. El coronel inició un número de histeria ahogada. A continuación le tocó el turno al panorama de colinas primaverales de Gainsbourough y, finalmente, decapité al clérigo de clara oblonga de Kneller.

—¡Vamos a limpiarlos a fondo! Creo recordar cuál es su fragancia preferida, coronel.

Su acre hedor a transpiración revenida, mezclado con la fragancia astringente de una colonia anticuada; la masa de su cuerpo aplastando pesadamente mis pulmones.

Vacié toda la botella de colonia Trumper's sobre los lienzos despellejados y me puse a restregarlos con un estropajo. El alcohol tardó un rato en empezar a devorar los óleos, pero luego bastaron unos diez minutos para que apareciesen unos preciosos charcos en la superficie de los cuadros. El coronel ya había sangrado bastante para entonces y se había derrumbado hacia un lado. Forcejaba desesperadamente con sus ligaduras, pero parecía una marioneta fláccida.

—Ay, Dios. Tal vez la Casa no debería haber enviado a una becaria… Aunque eso es lo que usted pedía siempre, ¿no? Le pedía a Rupert que enviase a las chicas monas, ¿verdad? No hay que preocuparse, apuesto a que los tiene asegurados. ¿Me equivoco? Lo único que ha de hacer es llamarles luego, cuando me haya ido. Pero será mejor que lo levante del suelo. ¿Hay una línea fija? Moveré un poco la mesita. Así, ¿ve?, el cordón alcanzará. Perfecto.

Había desplazado una de las recargadas mesitas auxiliares para situarla entre el sofá y la chimenea, a unos dos metros de donde había dejado apuntalado al coronel entre los almohadones caídos. Pasé otra corbata por el amasijo de seda ensangrentada de sus muñecas y la até a la pata del sofá por encima de la rueda metálica.

—¿Dónde se formó usted, por cierto? ¿En Sandhurst? Esa no la tenían. No tendría que resultar tan difícil deshacer el nudo, al menos para un muchachote militar como usted. Y ahora, como le he dicho, ya no voy a tardar nada, y luego puede ponerse a almorzar a sus anchas.

Cogí el álbum, pasé las páginas plastificadas y me detuve en una oronda dama a cuatro patas con plumas en el moño.

—¿Usted creyó la otra vez que yo iba a disfrutar con estas imágenes? «Insólitas» creo que dijo, ¿no?

Me arrodillé y pasé la mano por la entrepierna del coronel.

—¿Le excita, verdad? ¿Quizá con una pastillita? Bueno, pues échele un buen vistazo.

Coloqué el álbum abierto sobre la mesita, junto al rechoncho y anticuado teléfono. Luego me situé detrás de él, le sujeté la barbilla con la mano y, echándole la cabeza hacia atrás, pellizqué la piel en torno a sus ojos para tantear. Y a continuación le corté los párpados en dos nítidos triángulos. Bueno, quizá no tan nítidos. Uno de los globos oculares se le salió un poco.

—¡Disfrute de las fotos, coronel!

En el Planet Organic de St. John's Wood pedí un café con leche con cúrcuma y entré en el baño para limpiarme, estrujando los trocitos de piel en un pañuelo de papel y tirándolo todo al váter. Los guantes de látex los tenía otra vez en el bolsillo. Me desharía de ellos más tarde. Mi ADN estaría probablemente por toda la casa, pero… ¿de quién era ese ADN? Tampoco es que Elisabeth Teerlinc existiera de verdad, al fin y al cabo. Estaba empezando a asimilar esa idea. Tantas molestias para construirte una identidad, para convertirte en una persona real, y luego acababan acusándote a causa de ello. Me quité la falda y la blusa arruinadas y me puse un vestido-camiseta blanco Alexander Wang que llevaba enrollado en el bolso. Después de limpiarme una delatora mancha de sangre del tobillo, salí a la calle con mi taza de color azafrán y observé a las madres y los niños desde detrás de mis gafas de sol, disfrutando de la límpida bruma del tranquilo día de julio. En una ocasión le dije a alguien que no me interesaba la venganza, pero la verdad es que digo muchas chorradas. Quizás el coronel había logrado llegar al teléfono, pero yo no habría apostado por ello.

27

*H*abía solo un corto paseo desde el Claridge hasta la Casa, pero se habían molestado en enviarme un coche. Antes de salir, le mandé un mensaje de texto a Elvis, confirmándole la hora y el lugar de nuestra cita de esa noche; luego me eché una larga mirada en el espejo. Muchos ojos iban a estar puestos en mí. Me acordé de cuando me había cambiado para mi primera exposición en Gentileschi, del desvergonzado placer que había experimentado al contemplar el reflejo de todos mis logros. Mi vestido aquella noche era negro; ahora era blanco, un vestido columna Maria Grachvogel, largo por detrás y atado holgadamente a la altura de las caderas, con los pendientes de Yermolov como única joya.

Da Silva asomó la cabeza desde el baño, con una toalla alrededor de la cintura.

—Uau.

—¡No me toques! Tienes todas las manos mojadas.

—Aguafiestas.

—Nos vemos en la subasta, ¿no? Y luego, en el almacén… ¿a las once?

Yo estaba planeando algo especial. Romántico. Algo que quería que él viera al terminar la subasta, para celebrarlo antes de que regresáramos a Italia. Al volver de St. John's Wood, lo había llevado a la Casa para mostrarle el camino hasta el almacén. Usé el pase que Rupert me había dado. Aún me acordaba del ajetreo de los días de subasta: las obras cuidadosamente envueltas trasladadas en carrito a través de los talleres, los mozos dando por una vez instrucciones a los expertos… Había saludado a Jim, que estaba embalando un cuadro pequeño para transportarlo. Observé con placer que era el Utrillo de Mackenzie Pratt, finalmente retirado de la subasta.

—¡Buena suerte esta noche! —me gritó, y yo le lancé un beso. Cuando ya lo habíamos dejado atrás, le puse a Da Silva la lengua en la oreja y le expliqué algo más sobre mi sorpresa. Mis palabras provocaron una reacción positiva.

—Necesitarás esto, amor —le dije, dándole el pase—. Tú accederás por la entrada para el público, yo iré directamente a la fiesta a través del vestíbulo.

Él se guardó el pase en la cinturilla de la toalla.

—¡No te retrases!

—Te lo prometo, mi amor. *In bocca al lupo!*

Miré su espalda desnuda mientas cerraba la puerta del baño.

En cuanto oí el ruido de la ducha, abrí la puerta del armario y luego la caja fuerte que había dentro. La combinación era la fecha del cumpleaños de Franci. Me había fijado cuando Da Silva había guardado su Caracal al llegar. No había ningún motivo para que él cogiera su pistola esta noche. Mi bolso, un Balenciaga Giant City de piel de lagarto albaricoque, era amplio y sólido. Habría rayos X de seguridad en la puerta para el público, pero conmigo entraría sin problemas.

Sabes que llevas un buen vestido cuando te ves rodeada de silencio. El sol de la calle llenaba el aire de motas doradas. Me trajo el recuerdo de Calabria, de aquellos largos días bajo el bochornoso calor. Había resistido entonces porque… bueno, ya no importaba por qué había resistido. El motivo había resultado tan efímero como los destellos de luz que bailaban en mis ojos cuando me los restregaba frente al resplandor del sol. Una cosa se mantenía en pie, sin embargo: yo aún quería ganar. Mientras cruzaba el vestíbulo del hotel hacia el coche que me estaba esperando, el único sonido que oí fue el redoble de mis tacones sobre el suelo de mármol.

Habían extendido una alfombra roja desde el bordillo de la acera hasta la puerta principal de la Casa. La multitud congregada podría haber sido para un estreno de cine: incluso habían colocado barreras para mantener a los mirones a raya. Le pedí al conductor que diera una vuelta a St. James's Square mientras una actriz televisiva de elevada estatura, con un escotado vestido de noche, posaba para el puñado de paparazzi que merodeaban en la acera. Había dos furgonetas de los medios estacionadas frente a la London Library, y reconocí de lejos al crítico de arte del *Times*, al que estaba entrevistando un reportero en las escaleras. Aguardé discretamente mientras los paparazzi sacaban fotos a un par de rutilantes estrellas de *reality show* que llegaban cogidas de la mano y con sus respectivos catálogos. Luego aproveché para deslizarme tras ellos.

Rupert estaba en el vestíbulo, de esmoquin, saludando distraídamente a los compradores y mirando el reloj. De vez en cuando se limpiaba la cara con un ostentoso pañuelo de seda estampada. Me recibió efusivamente con un beso en cada mejilla y me hizo pasar a la sala de juntas y de ahí al sanctasanctórum: la sala de presidencia. Yo nunca había cruzado esa puerta cuando trabajaba allí. Varias mujeres serias y esbeltas con copas de *champagne* se hallaban sentadas en sofás de seda del siglo XVIII charlando con un surtido variopinto de hombres: la mayoría de esmoquin y algunos, más jóvenes, con camisa desabotonada, chaqueta y tejanos. Jeff Auerback, el consejero delegado de la compañía tecnológica KrytoSocial, desafiando todas las convenciones, iba con zapatillas deportivas y un polo gastado. Recordé cómo Carlotta había tratado de persuadirme el invierno anterior, en St. Moritz, para que hiciera un intento con él. Le dirigí un gesto de saludo y él sonrió. Rupert me presentó a un grupito situado cerca de la puerta, pero, a medida que avancé a través del parquet de color ámbar, me saludaron muchas personas. Todos sabían que yo era la vendedora del Gauguin y, aunque nadie era tan vulgar como para mencionar el dinero, parecía prácticamente como si yo llevara la cifra de la reserva estampada en la frente. Si la Casa sacaba ese precio, iba a tener un montón de nuevos amigos.

—Estás preciosa. —Una voz suave a mi espalda. Me giré y vi a Yermolov.

279

—Gracias. No tanto como tu regalo.

—Debe de estar muy excitada, señorita Teerlinc —añadió con un tono más formal.

Rupert seguía merodeando con aire solícito, pero la distancia creada entre él y nosotros por su abultado estómago le estaba poniendo de los nervios. Pavel Yermolov era célebre en el mundo del arte por no aparecer nunca en las salas de subastas; él prefería comprar sus obras maestras mediante intermediarios anónimos, y sin embargo, aquí estaba, en la fiesta de Rupert, mordisqueando una tartaleta de trufa blanca y champiñones salvajes. Finalmente, fue el propio Yermolov quien dio un rodeo y le tendió la mano.

—Estaba elogiando ahora mismo a la señorita Teerlinc por su extraordinario ojo.

—Sin duda, sin duda —farfulló Rupert.

La sala estaba cada vez más atestada de gente. Pronto llegaría el momento de bajar para la subasta. El protocolo y la avaricia libraban una batalla en el rostro de Rupert. La idea era que todos debíamos simular que aquello era un agradable encuentro social, mientras que la inminente subasta no pasaba de ser una simple y encantadora formalidad.

—Y usted, señor Yermolov, ¿tiene puesto el ojo en algo esta noche? —preguntó Rupert a la ligera, como si un representante de la Casa no fuera a rebajarse a seguir las intenciones de sus clientes a través de los tabloides.

—Por supuesto.

Rupert se excusó un momento y se apresuró con toda la celeridad que le permitía su físico hacia un lacayo que estaba en la puerta. Iba a mandar un mensaje abajo, a la centralita, para confirmarle a Pandora Smith la presencia de Yermolov. Como Zulfugarly iba a pujar desde Nueva York, yo había pedido que Pandora fuera su representante. Era su primera gran subasta, y ella se había sentido entusiasmada. El acelerado recorrido de Rupert había dejado abierto un pasadizo hacia nosotros, y, en cuanto la gente reconoció a Yermolov, aumentó visiblemente la tensión ambiental. Aquello me trajo el recuerdo de las otras fiestas que yo solía frecuentar cuando vivía en Londres: el interminable momento de expectación antes de que alguien se decidiera a extender una mano o a dar un beso; todos esperando al borde de la acción, tensos por la promesa del éxtasis.

—¡Elisabeeeeeeth!

Angelica apareció esgrimiendo su móvil para sacarse un selfie con Yermolov, pero él se apartó con firmeza. Intercambiamos unos cuantos gorjeos que por fortuna fueron interrumpidos por el sistema de megafonía.

—Damas y caballeros, ocupen sus asientos, por favor. La subasta dará comienzo en cinco minutos.

Yermolov me ofreció su brazo.

—¿Vamos?

Abajo, las «Spice» de recepción estaban revisando las invitaciones, repartiendo paletas y asignando los asientos. Los principales compradores estaban sentados de la mitad de la sala hacia delante, mientras que los vendedores se hallaban en las filas posteriores. Las alas laterales, donde había que permanecer de pie, estaban atestadas de galeristas, estudiantes, periodistas y algunos turistas curiosos. Las subastas son públicas y, en teoría, cualquiera puede asistir sin pagar. En la parte trasera, todavía con sus batas marrones, divisé a los mozos del almacén. Miré a ver si Jim estaba entre ellos. En las ventas menores, los propios mozos se encargaban de llevar las obras a la tribuna, pero esta noche la Casa había seleccionado a dos jóvenes altos y apuestos, igualitos a un par de lacayos, que iban ataviados con frac y guantes blancos, como los animadores de una despedida de solteras.

Yermolov cogió una paleta numerada de madera y me acompañó a mi asiento.

—Entonces, ¿tal vez nos veamos mañana? —dijo en voz baja.

—Tal vez.

Me besó en la mejilla y siguió adelante hacia la tribuna. Flanqueando el estrado, los asistentes telefónicos aguardaban junto a las relucientes y anticuadas centralitas. Otra innovación: iban ataviados con los colores de la Casa; los chicos, solemnes e importantes con traje y con corbata de color dorado claro; las chicas, con vestido de noche sin tirantes del mismo tono. Cada uno tenía apoyada la mano sobre el auricular, y esa pose repetida añadía tensión al ambiente: parecían caballos de carreras alineados frente al juez que da el disparo de salida. Pandora captó mi mirada y me lanzó una rápida sonrisa de complicidad. Parecía orgullosa y nerviosa a la vez. Atisbé a Da Silva por encima del hombro unos segundos antes de que se apagaran las luces. Llevaba una camisa azul oscuro con un gran logo blanco de Polo, no una de las prendas que yo le había comprado. Pero allí estaba. Sentí que mis músculos se aflojaban, relajados y flexibles de pura anticipación. Allá vamos.

El cuarto movimiento de la «Novena» de Beethoven resonó por los altavoces mientras se encendían las luces estroboscópicas y se iluminaba la pantalla de detrás de la tribuna con el logo de la Casa. El coro de asistentes telefónicos alzó sus auriculares al tiempo que el vídeo de presentación desataba una oleada de vítores entre el público, que aplaudía con entusiasmo ante cada uno de los lotes presentados en una combinación de imágenes y letras con los nombres de los artistas. Surgieron como champiñones teléfonos móviles dispuestos a captar la escena: en cualquier momento la gente sacaría también sus encendedores. El vídeo repasó los veinte lotes principales, de Manet a Pollock, y luego hubo un fundido en negro. Silencio. Entonces sonaron las primeras notas del tema musical de *Rocky*. Por Dios. Las luces lanzaron una oleada de rosas y azules eléctricos, como una salva de fuegos artificiales, cuando el De Kooning y el Gauguin —mi Gauguin— surgieron el uno junto al otro en la pantalla, y entonces Charles Eagles cruzó al trote el pasillo central, vestido con una chaqueta de esmoquin de terciopelo. La multitud acompañó su entrada aplaudiendo a rabiar e incluso agitando el puño hasta que se subió a la tribuna. Pero ¿qué demonios le había pasado a la Casa? Pobre Rupert. Eagles esperó como un actor, absorbiendo la tensión, mientras se encendían las luces. Los dos Chicos de Oro llevaron la primera obra, un Basquiat, y la colocaron con gesto reverente en el soporte. Y ya despegamos sin más.

La euforia dio paso a la concentración. Eagles dirigió la subasta de las primeras piezas sin sorpresas: el Basquiat, que se vendió por ochenta, seguido de un Caillebotte y del Manet, cada uno de los cuales superó la reserva por unos doscientos mil. El número cuatro era el Pollock, con un precio de salida de cincuenta. Inmediatamente, una chica de los teléfonos, junto a Pandora, alzó la paleta; la que estaba situada frente a ella hizo otro tanto. Hubo una seña entre el público, otra oferta telefónica y un gesto silencioso de una dama japonesa de primera fila.

—Ciento cincuenta —anunció Eagles—. ¿Alguien da más?

Los precios sucesivos destellaban en la pantalla, por detrás de su cabeza, en libras, dólares, euros y rublos. Una nueva oferta desde los teléfonos, luego otra. Sonó un murmullo general de emoción. Ciento ochenta. Y entonces pareció como si a los compradores invisibles se les hubiera contagiado la codicia desatada de la multitud presente en la sala. Eagles apenas daba abasto para seguir las ofertas, que iban elevando la excitación y las cifras a niveles astronómicos. Doscientos treinta. Con eso podías comprar un hospital. Doscientos cincuenta. Doscientos sesenta. Los postores se fueron reduciendo hasta que solo quedaron dos figuras en los teléfonos, la chica del principio y un chico furiosamente concentrado. Ambos se miraban, tapando el auricular con las manos, mientras instaban a los compradores a seguir pujando. Doscientos setenta. Doscientos ochenta. Un largo silencio.

—¿He oído doscientos noventa millones?

El chico murmuraba apresuradamente, pero su cara ya delataba que había asumido la derrota.

—Doscientos ochenta a la una…

El chico indicó con una seña que ya había alcanzado su límite.

—A las dos y… ¡adjudicado! Damas y caballeros, por doscientos ochenta millones de libras.

Un rugido recorrió las filas de espectadores.

Me clavé las uñas en las palmas mientras se sucedían varios

lotes más, y mantuve la espalda erguida, tratando de aparentar calma e indiferencia. Yermolov no había alzado aún su paleta.

—Y ahora, *Intersection*, de William de Kooning.

Con sus cuatro metros aproximados de lado, el lienzo les dio ciertos problemas a los portadores para colocarlo en su sitio. Incluso bajo los focos, tenía un aspecto deslucido; los vívidos colores habituales del pintor parecían blanqueados: un estridente amasijo de bambú y de pálidos husos de peltre encorvados en torno a un único fogonazo de intenso azul manganeso. Me ponía nerviosa. Había algo frío y taimado en su densidad que resultaba poderoso, debía reconocerlo: las formas atravesaban el lienzo con una nitidez horriblemente predatoria. Atraía el ojo de un modo casi hipnótico. Al menos, era un cuadro al que no podías darle la espalda sintiéndote del todo a salvo; preferías ver qué estaba haciendo, por así decirlo.

Eagles se alzaba en tensión sobre las puntas de los pies, disfrutando la emoción por anticipado.

—Damas y caballeros —dijo lentamente, con un murmullo seductor—, se abren las ofertas a partir de sesenta millones.

La reserva era el doble de esa cantidad: había salido en todos los periódicos y figuraba impresa en el catálogo, pero aun así la emoción aumentó visiblemente en la sala. Casi de inmediato, Pandora cogió su teléfono. Mierda. Zulfugarly pujaba.

—Tengo setenta millones, damas y caballeros. ¿He oído por ahí ochenta?

Las ofertas empezaron a ascender a toda velocidad, y las cifras por encima de su cabeza apenas cambiaban con la rapidez suficiente, mientras sus manos se movían como las de un director de orquesta siguiendo las señas procedentes de toda la sala. El precio superó la reserva y llegó cerca de los doscientos. Pandora seguía en la puja, alzando la mano cada vez que aparecía una nueva oferta. ¿Habría cambiado Zulfugarly de idea? ¿Apostaba por el De Kooning, y no por el Gauguin? Rupert debía de estar al borde de un ataque coronario. Sin duda se lo merecía el orondo hijo de puta, pero era lo último que me hacía falta ahora mismo.

Al llegar a los doscientos cincuenta millones quedaban tres postores. Uno en la sala, un americano de pelo plateado al que había visto antes en el salón; dos en los teléfonos. El americano ofreció doscientos setenta.

—¿He oído doscientos ochenta? ¿Doscientos ochenta millones de libras?

Una seña de Pandora. Otra de su contrincante en los teléfonos.

—Trescientos millones de libras.

Si subían más, romperían el récord mundial. Contuve el aliento en el estómago, rezando para que Zulfugarly estuviera actuando estratégicamente, agotando la munición de un posible rival para el Gauguin.

Sonó un murmullo en la sala. Una diminuta señora asiática de avanzada edad, toda vestida de negro, había alzado su paleta en los asientos de delante.

—Trescientos diez millones de libras, damas y caballeros.

El De Kooning era ahora oficialmente el cuadro más caro del mundo. En las galerías laterales, los periodistas empezaron a teclear en sus dispositivos, transmitiendo la noticia, incluso mientras Pandora hacía una seña, no sin lanzar una mirada angustiada en mi dirección. El otro telefonista alzó la mano. La pequeña anciana asiática hizo otra seña discreta.

—Tengo trescientos treinta millones de libras. Ahora está usted por detrás, señorita —dijo Eagles, con una inclinación hacia Pandora.

Ella se detuvo, habló al teléfono y se quedó callada. ¿Iba a subir? No, estaba fuera. Gracias a Dios. Si hubieran seguido, me habría asfixiado, junto con la mitad de los presentes, porque en los últimos minutos se me había olvidado respirar.

—Queda entre la dama y el comprador al teléfono. ¿He oído trescientos cuarenta millones?

La mujer alzó la mano, incluso a pesar de que el otro asistente telefónico meneaba la cabeza.

—¡Trescientos cincuenta millones por el *Intersection* de Willem de Kooning! ¡Para usted, madame!

La suma había dejado apabullada a la gente. Durante unos

285

momentos, toda la sala se sumió en un silencio sobrecogido. Luego se desató la euforia general, una liberación multitudinaria. La mayor parte de los empleados de la Casa lograron mantener una actitud profesional, pero Eagles jadeaba de forma audible en su micrófono y extendía las manos ante el amor del público enfervorizado.

—Y ahora el último lote de la noche: *Muchacha con abanico II* de Paul Gauguin.

Sentí que los ojos de los asistentes a la recepción me buscaban desde todos los rincones de la sala. Mientras traían el cuadro, no pude resistir la tentación de mirar a Da Silva. Parecía tranquilo, absorto en la pantalla de su móvil, y apenas levantó la vista cuando colocaron la obra de Li en el soporte.

—¡Buf! —bromeó Eagles, imitando el gesto de Rupert de secarse la frente con el pañuelo—. Vaya noche, damas y caballeros, vaya noche. Pero ¿me ha parecido oír una primera oferta de cincuenta millones?

286 Durante un espantoso segundo, casi esperé que se levantara alguien y denunciara el cuadro como un fraude. Conociéndolo como lo conocía, de repente me sentía incapaz de verlo del modo apropiado: cada línea y cada capa de color parecían gritar: «¡Falso!». Y ahora que se hallaba expuesto a todas las miradas, los miles y miles de veces que mis ojos habían recorrido el lienzo buscando el fallo más minúsculo no contaban para nada. Sentí el impulso desatinado de denunciarlo yo misma, de levantarme y desembucharlo todo. ¿Qué me importaba a mí si Raznatovic recuperaba su dinero y si Da Silva era indultado? Metí las manos bajo los muslos y miré fijamente el cuello rígido del hombre sentado delante. «Tiene que venderse —pensé—. Si no se vende, esto no se habrá acabado.»

Las primeras ofertas ya estaban subiendo antes de que me concentrara en la espalda de Yermolov, buscando el indicio de algún movimiento. El número que figuraba por encima de Eagles se había detenido en ochenta y cinco. Yermolov alzó su paleta. Miré otra vez por encima del hombro. Ahora sí estaba prestando atención Da Silva, vaya que sí, y sus ojos corrieron como los míos hacia Pandora. Ella levantó la paleta. Yermolov replicó. Más ofertas desde la sala. Cien, ciento veinte, ciento cincuenta. A pesar de los asientos que nos separaban, casi pude percibir el alivio de Da Silva. Raznatovic ya había alcanzado su precio. Pero yo quería más.

—Damas y caballeros, tengo doscientos millones de libras.

Eagles ahora había bajado la voz, centrando toda la energía de los presentes en el duelo entre Yermolov y Pandora, pues los demás postores habían ido renunciando, uno a uno, a continuar la puja. Fijé los ojos en mi regazo, deseando que Yermolov siguiera adelante. «Para esta gente, no se trata del dinero —pensé—. Barcos, aviones, chicas, pinturas. El dinero es solo una forma de llevar la cuenta.» Yo solo podía esperar que se impusiera el deseo de Zulfugarly de ganar. Había llegado a los trescientos treinta por el De Kooning. ¿Cuál era el límite de su lunático presupuesto?

Dos treinta, dos cincuenta. Yermolov siguió alzando su paleta con gesto rápido e impasible, como si estuviera jugando a pimpón. Dos setenta. Se habría podido oír cómo caía una pluma. Dos noventa, trescientos, y así siguieron, como impulsados por el silencioso y contenido frenesí de la multitud.

—Tengo trescientos veinte millones de libras.

Un largo silencio. Luego, lentamente, Yermolov alzó la paleta. No, no puede comprarlo, pensé. Yo no podía hacerle eso. Pandora estaba hablando apresuradamente por el auricular. Esperó. Eagles también esperó. Pandora seguía susurrando.

—¿Para el caballero de la primera fila por trescientos treinta?

Joder, no. Zulfugarly tenía que pujar, tenía que pujar. Pandora miraba al público, insegura. Mientras se alargaba el silencio la miré a los ojos. Dile el nombre, Pandora, dile el nombre. Recuérdale que es Yermolov. Yo ya estaba dispuesta a creer en la telepatía, en cualquier cosa con tal de arrancar esas tres sílabas de sus labios. Ella tapó el auricular con la mano con más fuerza y miró para otro lado. Bien, bien, buena chica.

Pandora asintió bruscamente e hizo una seña.

—Trescientos cuarenta millones por *Muchacha con abanico II* de Gauguin. Ahora responde usted, caballero.

Pero Yermolov ya estaba negando con la cabeza y dejando la paleta.

—Por trescientos cuarenta millones de libras voy a dar por cerrada la puja.

Sentí el gusto de la sangre en la cara interna del labio.

—Adjudicado.

Antes de que la gente se moviera, yo ya me había levantado y abierto paso hasta la parte trasera, en dirección al despacho de Rupert. Angelica estaba al otro lado de la sala en pleno frenesí Instagram, corriendo de aquí para allá como un reportero de guerra. Tuve el tiempo justo para captar la mirada de Da Silva antes de cruzar las puertas. Rupert estaba de pie ante su escritorio, bajo la gran pantalla que había transmitido en vivo la subasta, observando el alboroto que se había armado. Vi que Eagles descendía de la tribuna pavoneándose como si acabara de marcar el último penalti de la final del Mundial.

—¿Rupert?

Él se volvió lentamente, medio hechizado por lo que estaba viendo. De hecho, tenía el brillo de una lágrima en un pliegue del carrillo derecho.

—Tres cuarenta —susurró. Yo cerré los ojos con fuerza mientras me entregaba a su abrazo.

Ya estaban descorchando botellas en la sala de presidencia cuando me encaminé hacia el almacén. Le había dicho a Rupert que estaba demasiado abrumada para sumarme a la fiesta y él, tras su breve arrebato de emoción, me había dicho que lo comprendía. Conmigo ausente, no habría nadie salvo Eagles para robarle protagonismo. Yo me sentía más que satisfecha dejándole disfrutar su momento. Merodeé por el pasadizo mientras las obras, bajo la dirección de un experto de la Casa, se devolvían de nuevo al almacén, donde permanecerían hasta que se completara todo el papeleo necesario para el envío. Le tiré de la manga a Jim cuando pasó con un carrito.

—¡Jim! ¿No es maravilloso?

Él me sonrió.

—La mejor venta de la historia. Acabaremos en un minuto. Tengo una fiesta en un pub a puerta cerrada, si le interesa…

Me eché a reír.

—Gracias. Ojalá pudiera. Pero tengo que volver ahí.

Puse los ojos en blanco con cansancio ante el ruido que salía de la sala de presidencia.

—Escuche, me gustaría echarle un último vistazo al cuadro, pero me he dejado el pase arriba, en el abrigo. ¿Le importa?

—No hay problema, señorita. —Contuve la respiración mientras él me dejaba cruzar la puerta.

—Gracias. Será solo un minuto. Ah… otra cosa, Jim. —Señalé mi vestido blanco con impotencia—. ¿Podría prestarme…?

—Ah, sí, claro. —Se desató la bata marrón.

—Es usted un cielo. Se la dejaré colgada junto a los estantes. Y tome. —Le di un par de billetes de cincuenta que ya tenía preparados—. Para que invite a los chicos a una ronda.

—Muy amable, señorita. ¡Enhorabuena!

Si alguna vez hubiera planeado un robo de obras de arte, este habría sido el momento que hubiera escogido: inmediatamente después de una gran subasta, cuando todo el mundo está distraído y las obras son llevadas de nuevo al almacén: la única grieta diminuta en el gran lienzo de la seguridad de la Casa. Me escondí en el palanquín de época, con el peluche de los Minion, hasta que la última de las obras quedó guardada y los mozos se fueron al pub a celebrarlo.

28

*E*l sótano era fresco y oscuro; solo se oía el apagado runrún de las unidades de temperatura. Miré el reloj —las 22:40, Da Silva aparecería en quince minutos— y le mandé un mensaje de texto a Elvis: «En marcha». Era el momento de dar un paseo rápido. La mayoría de las obras estaban amontonadas en cajas, pero en el espacio de la parte trasera reservado a Pintura Británica había varios lienzos apoyados en el estante contiguo a una de los grandes mesas de exposición. Busqué a tientas el interruptor bajo el borde del tablero y encendí los rayos ultravioletas. William Etty. Cremosos muslos victorianos y sonrojados bustos victorianos, languideciendo en todas las remilgadas posturas del deseo victoriano, con las carnes iluminadas de un azul surrealista por el resplandor artificial. Perfecto. Quitándome los zapatos y atándome el vestido a la cintura, me puse la bata de la Casa que me había guardado en el bolso y troté hacia la puerta que daba al muelle de descarga. Había una hilera de carritos bajos de madera estacionados a lo largo de la pared, aguardando los traslados del día siguiente. Empujé uno con cuidado hasta el fondo del almacén —la bata ondeaba sobre mis piernas desnudas— y situé el asa de hierro detrás de la mesa de exposición; luego oculté el bolso en el estante, detrás de un par de chicas desnudas entrelazadas. Me quedó el tiempo justo para despojarme de la ropa y subirme a la mesa antes de oír la voz de Da Silva.

—*Amore, sei qui?*

—Por aquí —respondí, apoyándome en un codo y estirándome sobre el tablero de madera, consciente del fulgor opalescente que mi propia piel adquiría al recortarse sobre el brillo barnizado de los lienzos. Él sofocó un grito cuando apareció por fin. Observé cómo su mirada recorría lentamente mi cuerpo y luego las pinturas: todos aquellos labios entreabiertos, los pezones rosados, los miembros carnosos y mullidos...

—Pero si tú dijiste...

Me llevé un dedo a los labios.

—Chist. No importa lo que dije. Ven.

Me incorporé mientras él se acercaba a la mesa, separé bien las piernas y me pasé una mano por el cuello, por los pechos y a lo largo del muslo hasta llegar a los labios de mi coño, abriéndolo a su boca cuando él se arrodilló ante mí. Me metió la lengua dentro y su mano subió para acariciar y estrujar mis pechos. Dejé caer la cabeza mientras él lamía y succionaba, y mi cuerpo empezó a reaccionar incluso cuando extendí el brazo hacia atrás para alcanzar el bolso. Él se puso de pie, sacó su polla henchida y tensa y me sujetó para atraerme hacia sí, pero yo me zafé y di unas palmadas a mi lado sobre la mesa.

—Ahora me toca a mí. Túmbate, rápido.

Da Silva obedeció y yo me monté encima a horcajadas, con las piernas flexionadas en ángulo recto, de modo que solo la punta de su polla tocaba los labios de mi sexo. Lentamente, descendí para introducirme solo el glande; luego me incorporé y lo restregué sobre la abertura de mi coño. Oí cómo gemía, le puse las manos detrás de la cabeza y empecé a removerme en espiral con breves giros, abajo, media vuelta, abajo, media vuelta, dejándome penetrar cada vez más profundamente; y justo cuando lo tenía todo dentro, me alcé de nuevo sobre él, hice una pausa en el aire y embestí con tanta fuerza que me quedé sin aliento. Me eché hacia atrás con las caderas contra las suyas y fui recorriendo toda la longitud de su polla mientras trazaba lentas siluetas en ocho, tensando los músculos en la cumbre de cada pasada.

—*Sei una meraviglia.*

Sin dejar de machacarle, me incliné hacia delante y dejé que atrapara mi pezón con los dientes, atrayéndolo aún más hacia mí, contemplando su rostro.

—¿Te gusta? ¿Te gusta cuando te follo así?

Él asintió, mudo, frenético, abandonado.

—¿Y así?

Empezó a correrse mientras yo sacaba el pequeño bote del bolso y me las arreglaba para que el primer grito de su orgasmo se convirtiera en el primer trago de gas licuado. Había sido su Dupont lo que me había dado la idea. La primera rociada mandó su cabeza contra la mesa con un golpe seco; y antes de que se recuperase lo suficiente para forcejear, ya le había envuelto la cabeza con la bolsa. Conté hasta veinte mientras lanzaba en su interior la segunda dosis. Él tosió y se quedó fláccido, tanto por dentro como por fuera. Me salí de él, lo coloqué boca abajo y lo esposé antes de quitarle la bolsa. No lo quería muerto. Volví a ponerme la bata de la Casa, colgué el bolso del asa del carrito y subí la base hasta dejarla a la altura de la mesa; luego hice rodar su cuerpo, lo metí dentro y lo aseguré con las correas de nailon. Saqué el carrito al patio. Mientras descendía por la rampa por donde solían desfilar las obras, tuve que echar el cuerpo hacia atrás para contrarrestar su peso. En cuanto llegamos al final de la rampa, le envié un mensaje a Elvis.

«¿Estás aquí?»

«Afuera.»

El aire nocturno estaba despejando a Da Silva. Gemía y daba arcadas. Le lancé otra rociada de gas licuado para volver a dejarlo inconsciente; luego abrí la verja del almacén con el pase. Este iba a ser el momento más complicado. No había cámaras en el almacén mismo —la Casa era demasiado celosa de la privacidad de sus clientes— pero cualquiera que estuviera controlando las del patio vería a un mozo con un carrito. Los guardias de seguridad quizá bajaran a echar un vistazo al almacén. No encontrarían nada raro —a veces los mozos trasladaban obras de noche para llegar a los transportes que salían a primera hora—, pero aun así solo disponíamos del tiempo que les llevaría bajar y vernos ahí fuera. El cubículo de seguridad estaba junto al vestíbulo, o sea que un par de minutos como máximo.

Según lo planeado, Elvis había dado marcha atrás hasta el muelle de carga y dejado las puertas traseras abiertas. Cuando bajó a ayudarme, no pude reprimir una sonrisa al ver que iba con una vulgar chaqueta tejana y que incluso había sacrificado su tupé. En silencio, le indiqué que me ayudara a colocar en posición el carrito.

—¿Así que este es el paquete? —susurró irónicamente.

—Tápelo y arranque la furgoneta. Rápido. Voy a dejar el carrito en su sitio.

Las verjas se cerraron mientras nos alejábamos del muelle. No había oído nada en el interior del almacén.

—¿Ha traído mis cosas?

—Detrás. Al lado del bulto.

Extendí el brazo por encima del asiento, consciente de que tenía el culo al aire bajo la bata, pero Elvis no apartaba los ojos del taxi que estaba pasando en ese momento por la calle. Durante un instante agónico pareció que reducía la velocidad, como para dejar a un pasajero, pero luego siguió adelante. Mi maletín y la bolsa de viaje se hallaban junto al colchón donde Da Silva empezaba a volver en sí. Estirándome por un lado del cinturón, lo coloqué de lado antes de que se pusiera a vomitar, para evitar que se ahogase. Saqué de la bolsa de viaje los tejanos, la sudadera y las zapatillas y me los puse.

—¿Ha traído también la silla?

—Todo, tal como me dijo. Lo demás está en la mochila, debajo del asiento. Kevin me pidió que le diera esto —añadió Elvis, pasándome un Crunchie sin inmutarse—. Dijo que usted tenía debilidad por estas golosinas.

Lawrence solía servir chocolatinas Cadbury's en vez de canapés. Qué tierno por parte de Kevin haberse acordado. Elvis encendió un cigarrillo y miró por encima del asiento.

—¿Qué aspecto tiene? —pregunté.

—Un poco verde. Pero está bien.

Saqué del bolso el grueso sobre con el dinero.

—Aquí tiene. Tres mil pavos, en billetes de veinte, como le dije. Ha estado impecable, gracias.

Dios sabía por qué seguía susurrando aún.

—Vale. Me alegro de hacerle un favor a Kevin.

—No es usted muy charlatán, ¿verdad, Elvis?

—¿Cómo?

—Nada. Mejor que se vaya ahora. Volveré a traer la furgoneta aquí mañana a las cuatro.

—¿Seguro que podrá con él?

—No hay problema.

Habría sido mucho más fácil pedirle a Elvis que me ayudara con Da Silva y con el equipo, pero no quería implicarlo más de lo necesario. Además, tenía que hacer aquello sola.

La furgoneta era el vehículo más grande que había conducido en mi vida. De hecho, yo nunca he conducido ningún vehículo aparte del Vauxhall de la academia donde había hecho el examen de conducir. A saber dónde estaba mi permiso, por cierto. Se me caló vergonzosamente el motor en Piccadilly y, sin saber bien cómo, me sorprendí en el carril de autobús cerca de Chinatown. Pero luego le fui pillando el tranquillo mientras subíamos a través del Soho por Dean Street en dirección a Oxford Circus. Los grupos de turistas y noctámbulos entraban y salían de los bares y se entretenían bajo el cálido aire veraniego. Tres chicas con los brazos enlazados —encantadoras, arrogantes, dispuestas a dejarse llevar por las corrientes de la noche— se pusieron a bailar claqué frente a la furgoneta con sus zapatos de plataforma. Una de ellas me lanzó un beso. Sorbí el caramelo deshecho que tenía pegado en el paladar. El trayecto me llevaría unas cuatro horas y media; llegaríamos antes del amanecer. Conseguí que la chocolatina me durase hasta que tomamos la Westway, en dirección norte hacia la M1; luego, cuando la furgoneta empezó a devorar kilómetros en la oscuridad, trepando por la columna de Inglaterra hacia Liverpool, encendí la radio para mantenerme despierta.

Algunas veces, cuando era pequeña, mi madre me llevaba a Crosby Beach. Solo que nadie la llamaba así; era simple-

*mente la Erosión, la amplia cuenca del estuario Mersey donde
los barcos entraban majestuosamente tras los remolcadores
jadeantes para anclar en los muelles de Liverpool. Barcos de
América, de Grecia, de Noruega y de China. Mi madre y yo
intentábamos adivinar de dónde eran las banderas mientras
hacíamos picnic con unas manzanas y unos arrollados de pan
de molde con jamón. Recuerdo el grano rasposo de la arena
rojiza, que se metía por todas partes: debajo del jersey, en los
dobladillos de mis tejanos. En realidad, no estaba permitido
bañarse, las corrientes y las arenas movedizas eran demasiado peligrosas, pero mi madre me dejaba chapotear, creo que
una vez incluso con una red de pesca. Y tomábamos cucuru-
chos de nata de la furgoneta de helados, un Mr. Whippy con
salsa de frambuesa. Cosas que te parten el corazón, ¿no?*

El viaje se vio puntuado por los murmullos de Da Silva,
por la ronca presencia de Darth Vader en el GPS de Elvis, por
algún que otro golpe sordo y algún improperio en italiano. Al
final casi me adormilé, pero volví a despertarme sobresaltada
cuando el GPS gruñó con su voz cavernosa que doblara a la
izquierda por Marine Terrace, en dirección al lago navegable.
Mi reloj marcaba las 4:35; faltaban quince minutos para el alba.
Atontada por la fatiga, abrí la puerta trasera y saqué la silla.
Aquí el aire era espantosamente frío; un viento acerado del Atlántico lanzaba algas y detritos sobre las vías del paseo. Aparte
de las farolas de la calle, la playa estaba oscura. Sujeté entre los
dientes la pequeña linterna mientras bajaba la silla y las cuerdas a la arena. Con cautela, eché a andar hacia la primera de las
figuras inmóviles que custodiaban el horizonte.

La obra *Another Place*, de Anthony Gormley, se instaló en
Crosby Beach en 2005. Son un centenar de figuras de hierro
colado, cada una de 650 kilos, modeladas a partir del cuerpo
del propio artista, que mantienen vigilancia a lo largo de tres
kilómetros de costa y se adentran hasta un kilómetro entre
las olas. Su objetivo, en palabras del propio escultor, es poner
a prueba la vida humana frente al tiempo planetario, cosa que

295

venía a ser más o menos lo que yo tenía pensado, aunque no exactamente del modo que Gormley pretendía.

A unos cien metros, la firmeza del suelo cambió bajo mis pies al pasar de la arena seca a la húmeda. Las mareas en el estuario se suceden en un ciclo de cinco días: la marea alta de la mañana empieza en un lapso que va desde pasada la medianoche hasta aproximadamente las 6:30. Hoy estaba prevista a las 5:47. Cargada con la silla, avanzaba lentamente. Quería darme prisa porque intuía, más que veía, las primeras luces del alba a mi espalda, pero era consciente de que debía dar cada paso con mucha cautela, tanteando la resistencia y la succión de la arena empapada de agua. Pasé junto a varias figuras fantasmales, erosionadas por el mar, hasta que el suelo se hundió de golpe y se tragó mi pierna hasta la rodilla con un ruidoso y ávido chapoteo. Retrocediendo un poco, coloqué la silla y luego volví al trote por donde había venido.

De nuevo en la furgoneta, Selena Gómez gorjeaba melancólicamente acerca del whisky solo. Cargué la Caracal y llevé la mochila a uno de los bancos del paseo. Da Silva no olía demasiado bien: el gas licuado de encendedor y los canapés medio digeridos no despiden una fragancia muy agradable. El vómito le había dejado regueros secos por el cuello y le había empapado la camisa. Tenía grandes cercos morados bajo los ojos aturdidos. Le puse la mordaza y traté de levantarlo, pero él se resistió, dejando su cuerpo como un peso muerto. Imposible mirarle a la cara, imposible mirar esos ojos. Así pues, le metí la Caracal en las costillas y conseguí que se moviera. La mantuve ahí, reproduciendo nuestro paseo desde el cobertizo de Calabria, mientras lo hacía caminar por la playa. Lo que pasaba por ser el sol en esta región había salido ya, pero desde detrás pareceríamos una pareja que ha salido a dar un paseo romántico al amanecer. Él todavía estaba atontado y se tambaleaba sobre mí a medida que avanzábamos hacia las olas marrones.

—Muy bien, guapo. Toma asiento.

Primero le até las piernas juntas, pasando la cuerda alrededor de las patas de la silla; luego desabroché su horrible camisa

Ralph Lauren, desgarrándola a lo largo de las costuras para pasarla sobre las esposas. Él empezó a protestar entonces, sacudiéndose de lado a lado, intentando darme una patada.

—Yo, en tu lugar, no lo haría. Solo conseguirás volcar la silla y caerte. Lo cual te estropeará las vistas.

Lo até por el pecho al respaldo de la silla y le pasé la tercera cuerda alrededor del cuello y a través de las muñecas esposadas para mantenerle la cabeza en su sitio; luego retrocedí para admirar mi obra. Amarrado por sus ligaduras, paralizado sobre la silla, Da Silva parecía desde detrás tan inmóvil e impasible como las figuras de Gormley de las inmediaciones.

—Bueno, y ahora… *ciao* —dije, recogiendo la camisa manchada y desgarrada y metiéndome la pistola en los tejanos. No miré atrás hasta que llegué al paseo y encendí un cigarrillo en el banco, contemplando cómo pasaba el mar del marrón turbio a un tono más claro del mismo color. Las 5:00. Me pregunté cuánto tiempo necesitaría Da Silva para deducir que le quedaban unos cuarenta minutos antes de que el mar se cerrara sobre su cabeza. Él había intentado matarme en una playa, al fin y al cabo. Supongo que era incluso poético. El agua ya empezaba a tender hacia la silla lenguas de espuma de color nicotina.

Siempre resulta un poco hipnótico contemplar el mar. Comprender que, pase lo que pase, esas olas seguirán rompiendo en la misma orilla durante una serie infinita de mañanas. Supuse que eso era lo que pretendía señalar el artista: el extraño consuelo que nos proporciona nuestra propia pequeñez. Estuvimos los dos aguardando y, al cabo de un rato, bajo el murmullo arrullador de las olas, casi se me olvidó que la figura sentada era más humana que las otras. No parecía importar mucho. A Da Silva, desde luego, nunca le habían importado estas cosas. Lo recordé en la granja de Calabria explicando como si nada que a veces los barcos arrojaban al agua su cargamento humano. Esa indiferencia era la fuente de la única afinidad que había existido realmente entre ambos.

Porque éramos parecidos, él y yo. Yo le había observado: la naturalidad con que llevaba su doble vida, la crueldad, la tranquila aceptación de la violencia necesaria… Y me había creído, como cualquier otra zorra melancólica que se hubiera sentado aquí para llorar sus penas frente a las aguas indiferentes, que eso significaba que podía amarme. Sé tú misma, y encontrarás a alguien que te ame tal como eres. Da Silva me había visto, sabía cómo era, lo que había hecho. En Tánger, yo le había dicho que la mejor arma a la que podía recurrir una mujer era la sorpresa. Pero el amor es la mejor arma de todas. Al final, yo me había convencido a mí misma de que el amor me lo acabaría entregando, que nos libraría al uno en brazos del otro. Tal vez habría sido posible. Yo ya me había reinventado a mí misma muchas veces, pero Da Silva constituía una oportunidad para volver a ser otra. Y luego él mismo me la había arrebatado. No cuando descubrí que iba a sacrificarme, sino cuando comprendí que lo haría y no sentiría absolutamente nada. Él no iba a salvarme, así que yo no podía salvarle.

El agua ahora lamía la base del paseo marítimo. La cabeza de Da Silva había desaparecido hacía mucho bajo la superficie reluciente. Lo que pasa con el amor es que te vuelve ingenua. Te vuelve crédula. Te vuelve lenta. Pero cuando un hombre cree que una mujer es todas estas cosas, él mismo se vuelve más débil. Yo había sido ingenua, crédula, lenta. Pero al final la propia imagen suya en mis ojos había hecho que él se relajara lo bastante para subestimarme. Da Silva me había considerado transparente, diáfana. Ambos habíamos creído durante un tiempo que él me veía con claridad, lo cual acabó convirtiéndose en su mayor error. Enrollé la camisa desgarrada, eché un vistazo al paseo para comprobar si había algún deportista madrugador y la arrojé a las olas. Observé cómo se desplegaba en el agua, extendiendo las mangas impotentes. En alguna parte, por encima del silbido del viento procedente del Atlántico, alguien estaba llorando. Quizás era yo. Quizá porque lo que había de ser para siempre había resultado muy breve.

Era hora de continuar. Pero antes, quizá, un desayuno. En la avenida principal, detrás del paseo, había un café abierto que desprendía un olor a grasa en el aire impregnado de salitre.

—¿Todo bien, reina? —preguntó el tipo del mostrador.
Sonreí.

—Todo bien, gracias.

Un sándwich de beicon con dos huevos fritos, salsa marrón y un té escaldado. Qué maravilla estar en casa.

$\mathcal{H}$abía quedado con mi madre a las once en el café de la Tate Gallery, en el Albert Dock. Yo había aparcado la furgoneta a las ocho en Hannover Street y me había acurrucado sobre los asientos de delante para dormir un par de horas. El colchón de detrás no me apetecía mucho. Cuando me despertó el teléfono, me cepillé los dientes con una botella de agua, me limpié la cara con una toallita húmeda, me puse un suéter azul marino de cachemira y caminé hasta el estuario.

Ella tenía buen aspecto. A veces yo me sentía tan rematadamente vieja que me costaba recordar que mi madre solo tenía cuarenta y siete años. Estaba demacrada de cara, pero como se había arreglado aquel diente y se había hecho mechas en el pelo, su piel —con algo de bronceador— parecía bastante fresca. Además, iba de punta en blanco: una blusa blanca, un pañuelo vistoso y unos botines marrones que hacían juego con el bolso Mulberry que le había enviado.

—¿Qué tal, Judy? —Nadie más me llamaba así, ahora que mi vieja amiga Leanne estaba muerta. Yo soy más alta que mi madre y, al inclinarme para besarla en la mejilla, procuré contenerme para no husmearla con suspicacia. Pero ella me cogió la mano y la retuvo un instante sobre su rostro.

—Estoy bien, cielo.

—Sí. Tienes un aspecto estupendo, como si te hubieras estado cuidando.

—Voy a la piscina del club. Con Mandy. Ahora tienen sauna y toda la pesca.

—Qué bien.

—¿Quieres pedir algo?

—Solo café. Ya he desayunado. —Me moría por un cigarrillo.

—Entonces yo tomaré un capuchino. ¿Te vas a… quedar?

Cuánta fragilidad en esa pregunta vacilante.

—No puedo… He de volver al trabajo.

—¿A Italia?

—Sí. Solo he venido a dejar algo. Una pieza.

Llegaron los cafés y los removimos. Cuando levantamos a la vez las tazas, ella me miró a los ojos y dejó la suya sin darle un sorbo.

—He leído los periódicos. Es increíble. Pero no he dicho nada, ¿eh? —se apresuró a añadir.

—Sí. Ha ido muy bien. Mis clientes están entusiasmados.

—Ya. Mira, Judy. Lo siento.

—¿El qué?

—Todo. La bebida. Ya sé que no puedo compensarte, pero lo siento. Y… entiendo por qué te has mantenido lejos de aquí. —Llevaba doce años viviendo fuera—. Pero me siento orgullosa de ti. Toda la historia del cuadro. En la tele y demás. Realmente has conseguido convertirte en una persona importante.

—Mamá, no estamos en un *reality show*. Tranquila. Entiendo lo de la bebida. ¿Cómo no iba a apetecerte una copa cuando una de tus hijas había matado a la otra?

—No digas eso.

—Pero es la verdad, ¿no? —Me incliné sobre la mesa. El café americano me lo habían servido en un tarro de mermelada—. Yo maté a Katherine.

—Fue un accidente. Las dos lo sabemos. Un terrible accidente.

—Y tú dejaste que yo me llevara la culpa.

—¿Qué remedio tenía, Judy? Si no, se te habrían llevado.

—No. Fue porque tú sabías que yo lo había hecho.

—¿Para eso has venido? ¿Para atormentarme?

—No. Quería verte. Quería…

—¿Entender? Yo no lo entiendo. Me conozco, sé que soy un desastre. Hago todo lo posible para seguir adelante, simplemente. En cambio, tú... ¿Por qué eres... como eres? Tú sabes lo que te conviene muchísimo mejor que yo.

Tengo un montón de cosas en común con mi madre. La cara. El modo de pensar. Pero ella nunca me había hecho sentir así de idiota. Apretó los labios, como si estuviera reprimiéndose para no llorar, pero las tensas líneas blancas de su maquillaje no mostraban dolor. Era desprecio lo que mostraban.

Puso un billete de diez libras sobre la mesa y cogió su bolso.

—Adiós, Judy. Cuídate. Me ha encantado verte. Llámame.

Me pregunté cuánto dinero llevaría en el monedero. Cuánto rato pasaría antes de que acabara cediendo y abriera la puerta del pub más cercano. Me la imaginé, cayéndose borracha a las tres de la mañana, llorando en el autobús a casa, y, de algún modo, esa imagen me dio placer. Ella era como yo en muchos aspectos. Pero era débil. Lo cual me había vuelto fuerte a mí.

302

Mi hermana Katherine, que olía a almendras. Nació cuando yo tenía doce años. Durante un tiempo estuvimos bien las tres juntas. Mi madre dejó de beber. Venía a recogerme al colegio y traía a Katherine bien abrigada en el cochecito, con aquel gorro rosa con mullidas orejeras. Los viernes íbamos al café de la panadería Greggs y mi madre me pedía un chocolate caliente. Compartíamos una hojaldre de vainilla, yo con el peso de Katherine sobre mi falda escolar de color oscuro. Sus diminutos y rechonchos dedos se abrían y cerraban en torno al biberón mientras la ayudaba a beberse la leche tibia.

Yo adoraba a Katherine. Pero entonces mi madre empezó a ir otra vez al pub. Se presentaba a las tantas con algún tipo al que se había ligado y me gritaba que me levantara y mirara cómo estaba la bebé mientras ellos daban porrazos con el sofá contra la pared. Yo estaba cansada todo el tiempo, se me cerraban los ojos de sueño. Se me caían las cosas, olvidaba los libros del cole, daba cabezadas en clase y saqué un suspenso en el examen de mates. No podía hacer los deberes porque siempre tenía que cuidar de Katherine, cambiarla y darle de comer y arreglarle la cuna y sacar la basura y poner la lavadora y meterla en el cochecito para ir a Tesco cuando había algo de dinero en el bolso de mamá, y tratar de preparar el té con la bebé sujeta en la cadera, mientras mi madre dormía la mona delante de la tele. Al final, resultó más fácil no ir al colegio siquiera. No quería dejar sola a Katherine con mamá. El director me llamó para mantener «una pequeña charla». Me dijo que yo era una chica inteligente, que podría ir a la universidad, pero él no apartaba los ojos del reloj colgado en la pared gris de su despacho, que apestaba a cigarrillos Benson. Todo el mundo en el colegio sabía que tenía escondida una botella de vodka en el cajón de su escritorio. Él solo estaba haciendo tiempo, como todo el mundo en nuestro polígono. Yo lo compadecía, por su espantoso aliento, por las bolsas que tenía bajo los ojos. Estaba atrapado. Empecé a ir al colegio otra vez y, al volver a casa, me encontraba a Katherine aullando en la cuna, empapada y emporcada, y algunas veces la dejaba así y cerraba la puerta, porque aquello no era justo.

303

Así que ese día, cuando abrí la puerta, el piso olía a almendras dulces. La luz del baño estaba encendida, pero el resto se hallaba en la penumbra. Mi madre le había preparado el baño a Katherine con el aceite especial para bebé y luego se le debía haber olvidado, porque había varias botellas vacías a su lado, en el sofá. Katherine estaba caída sobre los barrotes de la cuna. Al verme, intentó ponerse a llorar otra vez, pero debía haberse quedado afónica de tanto gritar porque a su vocecita solo le salía un ronco graznido. La cogí y la achuché.

Y entonces pensé. «No podrás marcharte.» Tenía doce años. En cuatro o cinco podría largarme. Pero Katherine solo tendría entonces unos cuatro años y yo sabía que no sería capaz de dejarla. Eso sería lo que ocurriría. Y en un poco más de tiempo acabaría igual que mi madre: sin ningún objetivo, salvo emborracharme el día que cobrara el subsidio de desempleo. Me acerqué a mi madre con la bebé en brazos. No se iba a despertar. Me incliné un momento y Katherine extendió la mano hacia su rostro, pero yo me incorporé de nuevo y la llevé al baño. *Cogí una toalla limpia y desabroché los botones húmedos de debajo de su pijama; añadí agua caliente al agua turbia de la bañera. Cuando la tuve desnuda, toda rosada y temblorosa, le di un beso en la piel mullida junto al rabillo de ojo.*

—*Lo siento, bebé* —*susurré.*

Fue bastante rápido. Después, la envolví en otra toalla, su toalla especial, la de color amarillo con capucha. Tenía la cara gris y los ojos vidriosos. Aún me temblaban las piernas cuando la llevé de nuevo al sofá.

—*Mamá* —*dije entonces, una y otra vez—. ¿Mamá?*

Mi café estaba frío. Deambulé por las tiendas elegantes que se alineaban en las arcadas del centro comercial y me acodé en las barandillas del río. No tenía nada más que hacer en Liverpool, así que al poco rato fui a buscar la furgoneta, tomé la carretera de circunvalación y luego la M1. En la radio sonaba «Hot Love», de T. Rex, pero yo tenía una cita con Elvis.

30

*H*abíamos quedado en The Bunch of Grapes, en Duke Street, en honor a los viejos tiempos. Yo llevaba mi viejo traje Chanel de Italia, chaqueta entallada y falda plisada ondeante. Dave me estaba esperando en una mesa, con una pinta de cerveza y una copa de lo que sabía por experiencia que debía de ser un vino blanco horrible.

—Te he traído una cosa. —Empujó una bolsa verde botella de Hatchard's por encima de la superficie de madera—. La edición en tapa dura de mi libro.

—Oh, Dave.

Primero miré detrás: la biografía del autor, Dave muy serio y elegante con su uniforme. Luego volví a las primeras páginas. Me lo había firmado. «Con cariño y agradecimiento siempre. Dave.»

—¿Agradecimiento… por qué?

—Ya lo sabes. Dave había perdido por mi culpa su preciado empleo en la Casa, pero después el dinero de la venta de un cuadro de Richter, mi primera adquisición como marchante, le había permitido sacarse su título de instructor. Lo cual, aun así, no era nada comparado con lo que yo le debía.

—Me siento muy orgullosa de ti. Soy afortunada por tenerte como amigo.

Ambos dimos un largo y británico sorbo a nuestras bebidas.

—Yo también te he traído algo.

—Espero que sea un billete a las Bahamas. Ahora eres famosa y todo. «La chica que encontró el Gauguin.» Me gusta tu nuevo nombre.

—Sí, bueno. Motivos profesionales. Ya no volveré a necesitarlo. Pero tú —coloqué mi maletín sobre la mesa—, tú sí que vas a hacerte famoso. A la BBC esto le va a encantar.

Empecé a sacar las notas que había tomado sobre las procedencias de *Muchacha con abanico II,* las fotos que había sacado de Li trabajando, siempre con la precaución de enfocarle solo las manos. Dave las miró, pasando los dedos una y otra vez por su superficie satinada.

—Pero ¿cómo…?

—Es una falsificación. Rupert ha vendido una falsificación. Por trescientos cuarenta millones. Y ahora tú tienes la prueba. Lo puedes destruir, Dave.

—¿Por qué iba a querer destruirlo?

—¡Él te despidió! ¡Y también a mí! Nos dejó en la calle como… como si fuéramos las colillas de sus puros de mierda. Con esto podrías hacerte famoso, Dave. Podrías convertirte en un experto, en un columnista de periódico, qué sé yo. ¿No te gustaría?

Sin prisas, Dave ordenó pulcramente los documentos y las fotografías y los empujó hacia mi lado de la mesa. Su rostro se había cerrado de golpe. Todo el calor y el entusiasmo habían desaparecido.

—No sé por qué has hecho esto ni quiero saberlo —empezó—. Pero no ha sido por mí, ¿verdad? Lo has hecho por ti, por Judith, o Elisabeth, o como sea que te llames ahora. Porque tú siempre has de ser la estrella, ¿no? Toda aquella historia en la Casa con el Stubbs fue cosa tuya. Me utilizaste en aquel momento y me has seguido utilizando desde entonces.

—Pero te lo compensé —repliqué, enfurruñada.

—Es cierto, y siempre te estaré agradecido. Pero no es esa la cuestión. ¿Por qué habría de querer echarme todo esto a mis espaldas? Ellos me preguntarían cómo lo conseguí, cómo nos conocimos… Yo solo quiero vivir tranquilo. Es lo que he querido siempre.

—Entonces, ¿por qué me ayudaste todas esas veces?

—Porque me inspirabas un poco de… compasión, supongo. Tú eres una buena chica, en el fondo. Pero yo siempre he intuido que faltaba algo. Por ejemplo, cuando te conocí en la Casa, la gente decía que eras... rara.

—¿Porque no era una niña pija? Yo creía que tú precisamente entendías esa parte.

—No me refiero a eso. Faltaba algo, como te digo. Ellos decían que los mirabas como si no fuesen reales.

Observando todo el tiempo. Imitando, deduciendo lo que se esperaba de mí. Es lo que todo el mundo hace, ¿no? Solo que yo... soy más rápida que la mayoría.

—Para el carro, Dave —le solté—. Déjalo.

—Vale. Lo siento. Siempre he creído que eras buena persona, aun así. Y cuando te metías en líos, quería echarte una mano. Pero esto... esto no tiene nada que ver conmigo. Lo siento.

Me puse de pie, guardé los documentos en el maletín imitando su pulcritud. Luego me incliné y observé su rostro amable y honesto. Había compasión en él, lo cual habría resultado insoportable si lo insoportable hubiera existido en mi diccionario. Pero no había nada más que decir. No estaba enfadada; Dave tenía toda la razón. Yo ya no podía seguir utilizándolo. Ahora se había vuelto irrelevante.

Erguí bien la espalda. Su silencio me persiguió mientras salía a St. James's.

Quizás es así como deberían haber ido las cosas. Nosotros contra ellos, los intrépidos cruzados de la verdad destruyendo a los farsantes y a los esnobs, a los corruptos y a los arribistas. A todos los que creen que la belleza es solo un negocio y que los óleos pueden tapar las manchas de sangre. Pero no es así como funcionan las cosas. Por eso estaba volviendo ahora a la Casa por última vez.

Ni me molesté en saludar a las chicas de recepción; me dirigí directamente a la escalinata tallada del vestíbulo central, por la que siempre me había sentido orgullosa de subir.

—¡Elisabeth! —Rupert era todo sonrisas por su récord mundial como vendedor—. ¿Cómo está? ¿Qué puedo hacer por usted?

—Necesito que hablemos urgentemente. En privado. ¿No le importa cerrar la puerta para que no nos molesten?

—Claro que no.

Pasó rápidamente por mi lado, cerró con llave y, al volverse, me encontró sentada sobre su escritorio, con la Caracal apuntando a su rechoncho corazón congestionado. Su primera reacción fue soltar una risita estridente, una absurda flatulencia salida de las profundidades de su corpachón.

—Yo no me río, Rupert. Venga, tome asiento.

Empujé la silla con la punta de mis zapatos Saint Laurent de tacón. Cuando él se hubo encajado entre los reposabrazos, me bajé del escritorio, lo rodeé y le puse la preciosa «O» del cañón en el rollo de carne que le sobresalía por encima del cuello de la camisa.

—Abra el maletín. Saque los documentos. Eche un vistazo. Si hace cualquier otra cosa, lo que se supone que es su cerebro estará en Whitehall antes de que suban a rescatarlo. Vamos.

Observándole mientras descubría el trabajo de Li, me pregunté hasta qué punto se trataba de una falsificación. Era un Gauguin perfecto, solo que no era de Gauguin.

—Joder.

—Esos modales, Rupert. Aunque sí. El jodido cabrón está totalmente jodido. Y el cabrón es usted.

—¿Qué quiere? ¿Dinero?

Había captado la situación con admirable celeridad. No podía dejar de admirar el aplomo de su voz, el hecho de que no estuviera perdiendo el tiempo con expresiones de incredulidad.

—No.

—Entonces, ¿qué?

Había varias respuestas a esa pregunta. Opción número uno: salgo con los documentos, tomo un taxi directo a Kensington y se los entrego al *Daily Mail*. Adiós a la carrera de Rupert. Opción número dos: le dejo retirar el cuadro —qué pena, qué vergüenza— y Raznatovic mata a Da Silva. No, un momento... Da Silva ya estaba muerto. Opción número tres: dejo que Hay-Z lo cuelgue en el espantoso monumento al ego que su arquitecto haya diseñado y asunto concluido, de modo que solo Rupert y yo sabemos la verdad. Y nos cagamos de la risa por siempre jamás. Me sentía bastante tentada por esta última opción.

El intento de Rupert de mantener la sangre fría se vino abajo. Empezó a llorar con unos ruidosos y feos sollozos.

—Es un cuadro. Es solo un cuadro de mierda —resolló.

Opción número cuatro: esparzo el bulbo raquídeo de Rupert por todo el escritorio. Al menos bulbo raquídeo sí tenía. Pero a mí siempre me ha gustado jugar limpio. ¿Cómo lo había dicho Raznatovic? La opción «colectiva».

—No, no quiero dinero. No quiero arruinar su carrera. Ni siquiera deseo matarle, ya ve. Lo que quiero… —Rodeé lentamente su corpachón, lo cual era todo un ejercicio, y volví a sentarme sobre el escritorio. Moví el cañón de la Caracal entre su cabeza y su corazón—. Lo que quiero es jugar a un juego. Es muy sencillo. Lo único que debe hacer es decir mi nombre. Si acierta, recojo los documentos y no volverá a verme. El Gauguin seguirá en su sitio, usted será ascendido y finalmente ordenado caballero, como si a mí me importara una mierda. Ahora, si no acierta… ay, amigo.

Abajo, en King Street, se disparó en ese momento la alarma de un coche. Adaptar tu arte a tus circunstancias era algo que yo había aprendido de Caravaggio, así que aproveché el camuflaje sonoro para dispararle a Rupert en el pie izquierdo. La bala provocó unos pequeños fuegos artificiales bajo sus zapatos de cuero Edward Green al incrustarse en el parquet. Él se levantó de la silla y trató de agarrarse la extremidad herida, pero estaba demasiado gordo para alcanzarla.

—Nada de gritos.

Los flancos de las mejillas de Rupert estaban tan pálidos y húmedos como una mozzarella fresca. Tragó saliva e inspiró hondo al sentir el dolor, pero no gritó.

—Vuelva a sentarse. Bien. ¿Está listo? Se lo pondré un poco más fácil.

Me abroché la blusa recatadamente hasta el último botón, tal como la llevaba cuando era una becaria y me recogí el pelo rápidamente en una cola de caballo.

309

—¿Le suena?

Nunca había visto babear a nadie tan agónicamente. Las babas le resbalaban por la barbilla, mezclándose con el sudor al llegar al cuello de la camisa. De hecho, yo empezaba a oler el tremendo pestazo de su canguelo.

—Venga, haga un intento.

—Hmm... hmm. —Sus ojos desorbitados seguían sin comprender.

—Bueno, se va acercando.

—Por favor —farfulló—. No lo entiendo. ¿Qué he hecho? ¡Yo no he matado a nadie!

Me encantaría poder decir lo mismo, pensé.

—¿Quiere una pista?

Él asintió frenéticamente.

—Tendrá que pagarla. —Me incliné y le pasé la pistola por la cara, por la pechera húmeda de la camisa—. ¿Qué parte está dispuesto a canjear por una pista? ¿Otro dedo del pie? ¿Qué tal una oreja?

—Por favor, por favor. —Ahora volvía a sollozar.

—Venga, hombre, me estoy aburriendo. ¿Stubbs?

—Hmm, hmm... ¿Georgina?

—No. Aunque me gusta esa muestra de pensamiento lateral. George Stubbs, *El duque y la duquesa de Richmond en las carreras*. ¿Recuerda ese cuadro? Debería. —Señalé las fotos de las manos de Li, poniendo la base de color para el Gauguin—. Fue el mismo tipo quien se lo modificó en la época en la que usted hacía negocios con Cameron Fitzpatrick...

—No lo sé, se lo juro. De verdad que... ah. Ah.

Fue una gozada contemplar el momento de su epifanía.

—¿Judith? ¿¡Judith!?

—Bingo, Rupert. Al fin lo ha conseguido. —Empecé a recoger los papeles con una mano, sin dejar de apuntarle.

—Judith. No lo entiendo, pero lo siento. Lo siento si...

—Ahórreselo. Demasiado tarde para explicaciones. O como se suele decir, ya es agua pasada.

Rupert sabía cómo había muerto Cameron Fitzpatrick, su viejo compinche. Asesinado en la orillas del Tíber, en Roma. El cuadro que ambos habían falsificado, el que había provocado que me despidieran, desapareció.

—¿Quiere que le explique cómo murió Cameron, Rupert? Es decir, ¿quiere conocer los detalles?

«Situé su torso sobre el borde del muelle de un empujón. El cuerpo entero se arqueó hacia atrás y la parte posterior de la cabeza crujió contra las losas de la orilla. Le puse la rodilla en el pecho para sacarle la compresa de la boca y luego lo empujé por la cadera para girarlo hasta que rodó y cayó al agua.»

—Fue usted. —Lo dijo inexpresivamente.

—Sí, fui yo. Ha vuelto a acertar. Pero la verdad es que no tengo tiempo para ponerme a charlar sobre los viejos tiempos en Pintura Británica, Rupert. En un minuto, me voy a ir. Usted puede retirar el Gauguin si quiere, o firmar la autorización y mandarlo a Bakú. Supongo que hará esto último, porque su integridad es inversamente proporcional al tamaño de su repugnante trasero. Hablando de lo cual... bájese los pantalones.

—¿Cómo?

—Obedezca. Póngase de pie, con las manos en el escritorio, y agáchese, por favor. Ahora escupa —dije, poniéndole la pistola delante—. Escupa en el cañón.

Como Da Silva me había explicado una vez, hay todo un vocabulario para designar a los soplones en la mafia. *Vomitini* («vomitones»), *muffuti* («descompuestos») o, mi favorito, *ammalati di sbirritudine* («enfermos de carabinieritis»). Es raro que los chivatos vivan mucho tiempo, pero si se da el caso y se encuentran en la cárcel con «hombres de honor», un castigo especialmente degradante para los traidores es la sodomización. Yo me preguntaba si esa costumbre atávica, al igual que el pelo rubio y los ojos azules que aparecen a veces en el pool genético del sur de Italia, procedía de los vikingos, que tenían tendencia a violar a sus prisioneros varones tras una batalla victoriosa. Una vez que la pistola estuvo bien lubricada, rodeé el cuerpo encorvado de Rupert y, usando el cañón, le bajé con cuidado el elástico del slip.

—Bueno, si se está calladito un poco más, creo que podemos mantener esta reunión en secreto, ¿sí?

311

—Sí.

—Ay, Dios. Sí… ¿qué?

—Sí, Judith.

Yo no tenía ningunas ganas de relacionarme más íntimamente con la anatomía de Rupert, pero quité el dedo del gatillo y coloqué suavemente el cañón en su sitio.

—Si quiere, puede ponerse el puño en la boca. Vaya con cuidado al sacar la pistola, todavía está amartillada.

Allá vamos. Tensé el antebrazo derecho y me lo golpeé con el puño izquierdo justo por debajo del codo. La mayor parte de la Caracal desapareció en el interior de Rupert, que logró contenerse estoicamente.

—Eso es, con cuidadito. Haga lo que haga, no toque el gatillo o su desayuno volverá directo al café Wolseley. Adiós, Rupert.

Recogí el maletín y salí muy garbosa por la puerta con mis tacones de aguja.

En la escalera, vi a Angelica. Ella estuvo a punto de pasar de largo mientras yo descendía con mi traje negro, pero algo hizo que se volviera.

—Ah, hola… Elisabeth. ¿Elisabeth?

Yo le dirigí un leve gesto con la mano.

La mayoría de los artistas no mueren artísticamente. Artemisia, desfallecida y febril de peste; Caravaggio, convertido en un peregrino tambaleante en una playa italiana desierta; Gauguin, enloquecido y muerto de hambre en su paraíso corrompido. Nosotros preferimos hacernos una idea de sus vidas a partir de las imágenes de su obra. Los tres se hallan unidos por la violencia, por el sacrificio, por la sangre. Caravaggio solo firmó uno de sus cuadros, y lo hizo con la sangre de un santo. Él había matado a un hombre en Roma y el Papa había ofrecido una recompensa por su cabeza. Cuando acabó en Malta, en el cuartel de los Caballeros de San Juan, Caravaggio ofreció su talento para reducir su condena. Entrar en la orden serviría para conmutar una posible sentencia. *Las biografías decían que Caravaggio no acertó a comprender la naturaleza del acuerdo, que estaba cambiando el cadalso por una cárcel de su propia creación,* pero a mí me gusta pensar que él ardía en deseos de volver a pintar y que decidió arriesgarse. Siempre prefirió los líos a la obediencia. *La decapitación de san Juan Bautista,* el mayor retablo de su carrera, lo pintó para la catedral de La Valeta donde habría de ser nombrado caballero de la orden. Caravaggio situó al santo en el patio oscuro de una prisión durante la noche: un escenario similar al del frígido recinto de piedra donde Gauguin presenció la ejecución de Prado. La fiesta ha concluido, el palacio está dormido, el salón donde ha danzado Salomé ha quedado a merced de los espectros de los vapores del vino y del incienso. En alguna alcoba interior, ella sueña con su trofeo. El verdugo se inclina sobre su víctima atada; tiene la espada a su lado, en el suelo. Ha cumplido su misión, pero el trabajo aún no está terminado. La espada ha seccionado profundamente el cuello de Juan, pero la cabeza no se halla separada del tronco y la herida abierta chorrea sangre. Sujetando a Juan del pelo, el verdugo busca impasiblemente el cuchillo en su cinturón para cortar los huesos y tendones restantes del tronco todavía palpitante. La víctima no está viva ni muerta; está petrificada en una agonía cruel e interminable. La sangre se acumula en una madeja carmesí y, si te fijas bien, sus hilos trazan como en un bordado el nombre de Caravaggio. Podría entenderse como un retrato de redención: el pintor rebautizado, lavado de su pecado de asesinato con la sangre de la mortalidad menguante del santo. O tal vez, está diciendo Caravaggio, aquí es donde estoy para siempre, brutalmente congelado en la cúspide de una piedad despiadada.

Eran casi las seis de la tarde, la hora en que la ciudad gira de nuevo sobre su eje. Yo estaba esperando en el andén de la Piccadilly Line de Green Park: una mujer más con un traje negro entre los oficinistas de rostro vacío y resignado. *Yo hago lo que llevo dentro.* En el interior de mi gastado maletín de cuero, una ficha

313

con un número, las procedencias de un falso Gauguin, un pequeño pero auténtico Rembrandt, un par de pendientes de diamantes de cien quilates y un pasaporte. En un depósito de Francia, un cuadro y un cajón con unos restos sin cabeza. En Ámsterdam, el hombre que poseía el récord actual por la falsificación de arte más cara del mundo estaba esperando en un hotel. En el sur de Francia, otro hombre estaría esperándome. En Nueva York, un tercero. A mi espalda, un ronco grito colectivo atravesó la multitud. Alguien que se había tirado a las vías, probablemente.

FIN

Agradecimientos

Quiero dar las gracias a las siguientes personas por su pasión, su dedicación y su inmenso y duro trabajo:

Jane, Kate, Julian, James, Stephen, Angie, Georgia e Imogen de Bonnier Zaffre; Bill Massey y Emily Burns de Brandhive; Annabelle Robinson, Carol y Andrea de Roca; Camille, Glenn y Sandrine de Laffont; Giuseppe, Tommasi y Raffaella de Longanesi; Stefano y Cristina de Achille Mauri; Henrik de Norstedt; Tomas de House of Books; el incontenible Jochem Bouwens. Frank McGrath por los pescados, Erikkos de nuevo, Rosi Apponyi por mucho más de lo que podría decir jamás. Dominique de Bastarrechea y Christopher Maclehose, que lo consiguió de nuevo, y Michael Platt, que se encargó de lo más difícil.

Y Mark Smith. Editor extraordinario, visionario, Ernie. Mark, me cambiaste la vida. Nunca podré darte las gracias lo suficiente. También Kate Smith, cuya paciencia y generosidad han hecho esto posible.

Queridos lectores:

Última es el final de la trilogía de Maestra, y quiero dar las gracias a todos los lectores que han seguido a Judith hasta el final. Gracias por vuestras cartas, por vuestros encantadores mensajes y vuestras sugerencias tremendamente útiles. Uno de los grandes privilegios de trabajar en esta serie ha sido la oportunidad de conoceros a muchos de vosotros —en Francia, Italia, Holanda, Australia, Bélgica, España, Suiza, India, Alemania, Suiza y Estados Unidos— y de recibir noticias vuestras desde lugares tan diversos como Bulgaria, Singapur, Noruega o Ucrania. Cuando estábamos sacando los libros, mi editor, Mark Smith, hablaba de los cuarenta y dos países que han publicado la serie de Maestra como de una «familia», y a mí me honra que forméis parte de esa familia.

Última os mantendrá, espero, pasando páginas hasta la última (¿y primera?) escena. El final es una de las cosas sobre la que estoy deseosa de conocer vuestra opinión. En cierto modo, Judith Rashleigh ha recorrido un círculo completo, ¿pero a dónde podría dirigirse ahora? Fue un placer sacar de nuevo a Yermolov, Dave, Rupert y Carlotta, y espero que el argumento funcione como parte de una secuencia narrativa coherente y también como lectura independiente. Una de las cuestiones que surgieron durante el proceso de corrección fue por qué escogí a Gauguin, después de Artemisia Gentileschi y Caravaggio, como El Artista del último libro. En parte, creo, porque los dos primeros son pintores barrocos y yo pienso que Gauguin, como simbolista, le debe mucho al barroco; y en parte porque estos tres pintores están conectados por una sensualidad y una violencia que se adaptan a la visión del mundo (muy idiosincrásica) de Judith. Y más específicamente, sin revelar demasiado... bueno, por algunas cabezas cercenadas...

Judith es un personaje complejo y turbador en muchos sentidos, pero escribir sobre ella me ha resultado enormemente placentero. El suyo es un mundo al que vale la pena escapar: violento, sexy, exótico, pero también lleno de humor. Así que, aunque *Última* es en cierto modo el libro más oscuro de todos, creo que es también el más divertido. La serie ha provocado reacciones muy fuertes, tanto positivas como negativas, pero como lectora apasionada que soy, creo que cualquier libro que dé que hablar a la gente, que los irrite, que los haga reír, que los lleve a implicarse, está cumpliendo su función. Ardo en deseos de saber qué impresión os causará a vosotros.

Si queréis saber más, podéis visitar en www.bit.ly/LSHilton e inscribiros en My Reader's Club. Es solo un momento, no hay trampas ni costes de ningún tipo, y los nuevos miembros recibirán automáticamente un mensaje exclusivo mío. Bonnier Zaffre mantendrá la confidencialidad de vuestros datos personales y no los pasará a terceros. No os bombardearemos con montones de mensajes, solo nos pondremos en contacto con vosotros de vez en cuando para daros información sobre mis libros; y podéis cancelar la suscripción cuando queráis.

Y si deseáis participar en una conversación más amplia sobre mis libros, escribid por favor una reseña de *Última* en Amazon, GoodReads o cualquier otra tienda *online*, en vuestro propio blog y en vuestras cuentas de las redes sociales, o bien comentadlo con vuestros amigos, vuestra familia y vuestros grupos de lectura. Compartir vuestras opiniones ayuda a otros lectores, y a mí siempre me encanta saber qué impresión ha sacado la gente de mi trabajo.

Gracias de nuevo por vuestro interés en esta novela, y espero recibir noticias vuestras y conocer vuestras reacciones.

Con mis mejores deseos,

Lisa

Este libro utiliza el tipo Aldus, que toma su nombre
del vanguardista impresor del Renacimiento
italiano, Aldus Manutius. Hermann Zapf
diseñó el tipo Aldus para la imprenta
Stempel en 1954, como una réplica
más ligera y elegante del
popular tipo
Palatino

Última
se acabó de imprimir
un día de invierno de 2019,
en los talleres gráficos de Egedsa
Roís de Corella 12-16, nave 1
Sabadell (Barcelona)